国家出版基金项目

中国传统评书抢救出版工程

孙庞斗智

主　编　田连元
执行主编　耿　柳

白佩玉　编著

春风文艺出版社
·沈阳·

图书在版编目（CIP）数据

孙庞斗智 / 白佩玉编著． — 沈阳：春风文艺出版社，2025.6
（中国传统评书抢救出版工程丛书 / 田连元主编）
ISBN 978-7-5313-6388-0

Ⅰ．①孙… Ⅱ．①白… Ⅲ．①北方评书 — 中国 — 当代 Ⅳ．①I239.8

中国国家版本馆CIP数据核字（2023）第007855号

春风文艺出版社出版发行
沈阳市和平区十一纬路25号　邮编：110003
辽宁新华印务有限公司印刷

责任编辑：姚宏越	责任校对：于文慧
封面设计：黄　宇	幅面尺寸：145mm × 210mm
字　　数：242千字	印　　张：7.75
版　　次：2025年6月第1版	印　　次：2025年6月第1次
书　　号：ISBN 978-7-5313-6388-0	
定　　价：50.00元	

版权专有　侵权必究　举报电话：024-23284292
如有质量问题，请拨打电话：024-23284384

目　录

第 一 回	赠奇宝义母临终有重托	寻仙师孙膑执意赴云蒙 / 001
第 二 回	结兄弟孙庞上山学武艺	陷荒野巧遇牧童指迷津 / 009
第 三 回	求富贵庞涓三载下云蒙	解人危孙膑赠桃招祸殃 / 018
第 四 回	乍出山庞涓得志做驸马	藏杀机魏王面前荐兄 / 026
第 五 回	旨难违徐甲三上云蒙山	躲灾难伯灵挥泪别恩师 / 034
第 六 回	妒火烧庞涓设计除孙膑	歹心起糊涂魏王中圈套 / 042
第 七 回	设毒计文面刖足害孙膑	骗兵书笑里藏刀数庞涓 / 049
第 八 回	梦方醒悔恨交加焚兵书	开宝盒装疯卖傻存性命 / 055
第 九 回	闹寿堂庞涓出丑广众前	传书信王氏兄弟冒风险 / 063
第 十 回	除孙膑夜半火烧卑田院	救恩人徐甲仗义巧安排 / 069
第十一回	脱虎口田忌出城迎义兄	遇恶狼邹坡上殿告御状 / 076
第十二回	挫邹坡赛马场上施小计	愁煞人兵临城下难解围 / 082
第十三回	打李目偏激袁达三丈火	擒野龙巧布四门兜底阵 / 089
第十四回	为防诈夜审孙膑辨真伪	解疑团王氏兄弟认恩师 / 096
第十五回	收袁达孙膑火焚卧虎山	扬英名夸官三日临淄城 / 103
第十六回	娶美荣田忌热心做月老	赚邹刚孙膑从容设妙计 / 109
第十七回	白挨打邹刚抢亲自讨苦	急救燕袁达率兵先远程 / 116
第十八回	出奇兵孙膑挥师围大梁	折副帅庞涓惨败乱方寸 / 123
第十九回	下毒手杀兄献头诳孙膑	枉费心弄巧成拙招骂名 / 129
第二十回	甘就范邹坡贪珠做引荐	谎称臣庞涓巧语退齐兵 / 136
第二十一回	害贤良邹妃设宴献毒酒	缉凶犯袁达逼宫报兄仇 / 143
第二十二回	再称霸魏军强攻邯郸城	又中计庞涓自刎马陵道 / 150

第二十三回	思爱妃春王崩于儿女情	盼得宠邹坡又施美人计 / 157
第二十四回	献亲女邹坡得手凭小姣	奸亲姨湣王荒政弃何妃 / 164
第二十五回	骂金殿三王被贬气难消	杀寝宫太子遭难恨难平 / 170
第二十六回	进谗言邹坡拱火擒孙膑	点重兵湣王挂帅围蓟城 / 176
第二十七回	破蓟城田地放手大血洗	兴燕国姬平高筑黄金台 / 183
第二十八回	湣王溜齐东开城迎乐毅	鸟兽散燕军挥剑剐小姣 / 189
第二十九回	被追捕湣王受擒暴晒死	遭通缉太子落难暂偷生 / 195
第 三 十 回	保幼主石猛捐躯积米城	归心切乐毅受阻天罗山 / 202
第三十一回	助乐毅孙燕暗抛九阴针	救袁达解铃还须系铃人 / 208
第三十二回	挫堂弟孙燕阵前不留情	投刘帆孙安中途遇高人 / 214
第三十三回	灵雾山孙膑父子重相逢	天罗山孙安二次闯燕营 / 219
第三十四回	表心迹孙燕断然绑孙安	显身手毛遂悄然盗解药 / 225
第三十五回	先得手白猿盗药鬼不知	二进宫毛遂劫人天不晓 / 230
第三十六回	出奇兵田文大摆火牛阵	拜孙膑乐毅猛悟超红尘 / 236
后　　　记 / 242		

第一回　赠奇宝义母临终有重托
　　　　　寻仙师孙膑执意赴云蒙

　　公元前300年前，齐、楚、燕、韩、赵、魏、秦七个大国割据中原，称为"战国七雄"。当时齐国第二代国君齐宣王田辟疆，政治开明、举贤任能，使齐国日益强盛，国威大振。正当齐宣王运筹帷幄、图谋霸业的时候，不幸他的御妻钟离无盐病势沉重。齐宣王悬榜赏金，请医求药，但谁也治不好钟离无盐的病。

　　齐国京城在山东临淄城，初冬时节彤云飞渡，寒风潇潇。临淄城里的官兵百姓心里像压上了石头似的，他们为钟离无盐的病体担心、忧虑，有的人暗暗为她祈祷。齐国的臣民都知道，齐国所以能有强盛的今天，是因为齐宣王拜了足智多谋的晏婴为相，娶了知兵善战的钟离无盐为妻。有这一文一武的辅佐，才使百姓免遭战乱之苦。如果夫人真有个三长两短，齐国的前途将不堪设想。

　　更为焦虑、忧愁的自然是齐宣王。钟离虽然生得相貌丑陋，缺少女儿家的妩媚娇态，但是她能征惯战，武艺高强，在战场上浴血抗敌，屡建奇功。所以齐宣王把对她的情爱化作了崇敬，她的一笑一颦，都引起齐宣王的注意，夫妻二人可算得上互相关怀备至，相敬如宾。

　　这一天早晨，齐宣王服侍夫人吃罢药，令侍女取来梳篦，亲自给钟离梳理头发。他见夫人身形日渐消瘦，坐在床上难以支撑，不禁伤心起来，站在钟离的背后偷偷地落泪。

　　"大王，您怎么啦？"她感到齐宣王拿木梳的手在颤抖。

　　"我？我没什么。"齐宣王急忙用衣袖擦拭泪珠，深情地说，"爱妻卧床多日，瘦弱不堪，不知何时才能痊愈。"

钟离叹了一口气，说："大王不必伤心。常言说富贫由命，生死在天。我看这病难治愈啦……"

"爱妻说哪里话。现在是冬天，我看到春暖花开之时，万物苏生之日，你的病自然会好的。"

钟离对齐宣王的安慰报以凄然一笑："即使我的病能够痊愈，也不能再披盔挂甲、驰骋疆场啦。活着只不过是一副空皮囊，倒不如死了的好。"

齐宣王知道夫人怨他只重她的武艺，不爱她的容貌，因此心灰意冷，感慨万端，于是连忙抚慰道："爱妻不能上阵杀敌，可当我的贤内助，定国安邦平天下呀。"

钟离摇了摇头："恕我直言，平天下、图霸业之事非大王所能。盼你能选择一个精明强干的储君，把希望寄托在他的身上。"

提起选储君之事，齐宣王双眉紧锁，半响不语。钟离无盐自进王宫后，一共生了四个儿子，长子叫田单，次子叫田原，三子叫田忌，四子叫田文。这四个儿子选谁为储君呢？齐宣王举棋不定，早已为此费尽了心机。今天夫人提及此事，他便想听听她的意见。

"爱妻，你说该立谁为储君呢？"

"这四个孩子都是贱妾所生，并无亲疏薄厚之分。要依理而论，当立长子丹儿。可是他过于宽厚，且有些迂腐。他若为君，智敏不足，缺乏主见，很容易被别人左右；可是他若为臣，倒能忠君听命，俯首帖耳。"

齐宣王信服地点了点头。

钟离继续说："原儿和文儿也不见有奇才异术，虽不是庸才，也不是贤能之辈，唯有三子忌儿才华出众，武艺过人，多谋善断，气度不凡。"

齐宣王手拈胡须，笑着点了点头说："爱妻所言，正中下怀。立储君之事，可谓本王千锤敲锣，爱妻一锤定音。好，明天我就召集文武群臣宣旨。"

齐宣王见夫人疲惫不堪，便扶着她躺下："爱妻劳累了，先养养神，过一会儿我再来陪你。"

钟离一把拉住齐宣王的手说:"大王不要走,哀家还有一事相求。"

"有什么事爱妻尽管说吧。"

"这几日我病势沉重,老是思念大皇儿,渴想见他一面,请大王恩准。"

齐宣王一听,觉得好生奇怪。自从夫人病卧凤床,四个皇儿每天来病榻前探望侍奉她,母子们一天不见三面也见两面。她要见大皇儿的话是从何说起呀?齐宣王略一沉思,蓦地明白了,看来夫人是病入膏肓,神志不清啦。于是答应,当下传旨,召大皇儿入宫探母。

大皇儿田单急忙来到后宫,宫女引他进入母亲的卧房,跪倒在地,口称:"丹儿叩见皇娘千岁,愿母亲福寿安康。"

钟离睁开眼看了看田单,问道:"怎么不见你大皇兄?"

田单往前跪进一步说:"母亲,孩儿在此。"

"唉!"钟离夫人轻轻地叹了一口气,说,"我说的不是你!"

田单一听,丈二金刚摸不着头脑。暗想,我就是大皇子,母亲居然认不出来了,看来母亲将不久于人世。想到这里,不禁鼻子一酸,滚出两行热泪。

钟离见田单沉默不语,又催促道:"快去找你大皇兄去!"

"儿不知皇兄是谁?"田单惶恐地说。

"他就是燕国大驸马孙操之子孙膑!他若来晚了,我们母子怕再难相见。"钟离气喘吁吁地说完,闭上了双目。

齐宣王在一旁听罢此话,恍然大悟,往事历历浮现在眼前:当年燕国驸马孙操与公主燕丹带兵伐齐,钟离无盐率齐军迎战。在界牌关一战,钟离把孙操的兵马杀得一败涂地,兵丁将士丢盔弃甲,溃不成军。当时公主燕丹身怀六甲,经过战场上奔波、厮杀、感到腹内疼痛,有临盆的征兆。钟离见燕丹公主马不前行,落到队后,近前一看,只见她汗如雨下,痛苦不堪,两个手捂着个大肚子呻吟不止。钟离一看此景更明白了几分,问道:"你可是要临盆?"

燕丹又惧怕又痛苦地点了点头。

钟离见状,更动了恻隐之心,急忙跳下马来,令她率领的追兵退回城去,安置燕丹公主生产,使母子安然回到燕国。

燕丹公主不忘救命之恩,在婴儿满月那一天,抱着孩子,坐着牛车来到齐国，登门拜谢钟离无盐。

钟离与燕丹公主见礼后，分宾主落座。

燕丹说："承蒙夫人救命，我母子才有今天，请夫人上座，受我母子一拜。"

钟离急忙搀起燕丹公主："公主免礼，待我看看你家娇儿。"

钟离把孩子抱在怀里细细一端详，这婴儿面似桃花，明眸大眼，咧着小嘴瞧着她笑。她喜欢地说："真是个好儿郎，恭喜公主连得三子。"

燕丹恭谦地说："娘娘谬奖，这孩子能活在世上，您是他真正的母亲。"燕丹见钟离听到这里，长长地叹了一口气，便把话岔开，"夫人跟前有几位皇子？"

钟离苦笑着摇了摇头。原来齐宣王同她结为夫妻，为的是用她高强的武艺安邦定国，并不是真正爱她。自成婚以来，钟离多数长夜是孤灯独眠，齐宣王另有美女伴宿，所以结婚数年，她未能生出一个孩子。燕丹一句话戳在她的疼处，半响不语，十分伤感。燕丹公主机灵地把话锋一转，说道："夫人若不嫌弃，就让这孩子给您当个义子吧。"

钟离大喜过望，当下吩咐下去，准备黄金千两作为见面礼。

公主急忙推辞："夫人不必破费，孩儿认您为母已倍感荣幸，若赠黄金反而显得见外了。"

钟离春执意要送礼品，燕丹公主拗不过她，只好收下黄金，写下字据。钟离并为这孩子取名孙膑，这便是后来传说的"千两黄金买孙膑"的典故。

今天，钟离要见大皇子，齐宣王才想到十八年前的往事，于是他命侍者取来笔墨，写好竹简，派人送到燕国，召孙膑速来齐国看望义母。

孙操夫妇得到齐宣王的书信后，得知钟离病危，思念孙膑心切。当天便打点行装，带着三子孙膑日夜兼程，直奔临淄而来。三人正往前走，有一道姑拦住说，三公子快到齐国看母亲，我有仙丹一粒，到必要时给皇娘用下即可。

自从齐宣王派人到燕国去召孙膑，钟离病势日重，整日昏睡不醒，水米不沾。齐宣王和四个儿子轮流守在病榻旁小心侍奉。

这一天有人来报："燕国驸马、公主带领三子孙膑参拜夫人。"

钟离慢慢睁开了眼，慢声细语地问："是膑儿来啦？"

孙膑这时已长大成人，急忙跪到病榻前连叩三个响头："孙膑给母亲叩头，愿母亲玉体早愈。"

钟离陡然来了精神，说道："快扶起我来！"

孙膑和侍儿近前软软将她搊扶起来，靠在龙凤锦枕上。

钟离拉着孙膑的手，仔细端详了一阵，啧啧称赞："我儿出息得龙眉虎目，一表人才，真惹人喜欢。"

"谢谢母亲夸奖。"

钟离环视左右，说道："大家不必陪着，先到客厅喝茶，我与膑儿单独聊聊。"

齐宣王一看，夫人要和孙膑说体己话，便招呼大家到客厅赴宴入席。

众人走后，钟离对孙膑说："我临终前要见你一面，一来是为尽母亲之情，二来是有件大事要嘱咐于你。"

"孩儿听从母亲指教。"孙膑站在病榻前眼泪花花地望着钟离。

"先要问你，现在你是学文，还是练武？"

"回禀母亲，我的两个兄长体魄健壮，都跟着父帅练武；母亲见我生得瘦弱，不让我练武，整日苦读诗书。"

钟离一听，面有愠色。她暗自埋怨燕丹公主糊涂。现在是英雄辈出，天下纷争，都要图业称霸，不让孙膑练武，实在没有远见。她不禁叹息道："可惜，可惜！"

孙膑看出义母的心事，急忙安慰她："孩儿虽然长大成人，年纪还不算大，回去后习文练武，齐头并进，定要学会文武之道，以图安邦定国的大业。"

钟离听罢，那病枯的脸上掠过一丝笑影，满意地说："这就好，这就好。"

她说完，用手指向背后指指画画。孙膑会意，忙把她靠背的枕头搊开，见枕下有一个黄缎子包裹。他拿出包裹双手捧到义母手中，再把枕头给义母靠好。

"膑儿,你可知道这包中之物吗?"

孙膑摇了摇头:"孩儿不知。"

钟离无盐喘息着,一字一停地说:"儿啊,这是传世奇宝,价值连城。今天将这宝物交给你,可要小心珍藏,切不可有半点闪失。"

孙膑急忙摇头摆手:"孩儿一无贤能,二无尽孝,万万不敢领受此宝。"

"膑儿,你不必推辞。此宝是你家传家之宝,只有你才能承受。"钟离连说话的力气也快没有了,声音越来越微弱,"你虽是燕国人,但是我的儿子。将来齐国不论谁当储君,望你看在弟兄的情分上,尽力辅佐他……"

孙膑明白了义母的心事,双手接过黄缎包裹说:"母亲放心,孩儿绝不辜负您的厚望。请母亲稍息,莫要劳累过度。"

钟离无盐宽慰地看着孙膑,款款地闭上眼睛,喃喃问道:"膑儿,你打算何时回去?"

"孩儿十数年来不曾尽孝,深感内疚。这次来探望母亲,想在床前侍奉母亲痊愈后再回去。"

钟离黄蜡蜡的嘴角上溢出一丝满意的笑容。

这时,齐宣王和四位皇子、孙操夫妻都走了进来,见钟离安详地闭目详睡,孙膑守在床边。

齐宣王对孙膑说:"你也不必老站着,坐下歇歇吧。"

屋内沉默了片刻,突然见钟离无盐脸上松弛的肌肉不断抽搐,似有痛苦、挣扎之状。齐宣王赶紧叫醒她。

钟离睁眼一看,大家都在跟前,断断续续地说:"我刚才……做了一个梦。又上战场厮杀,累得……厉害。恐怕……难活下……去了。只望膑儿……好好辅佐……御弟。"

说着,一口痰堵在咽喉,喘不过气来。齐宣王和皇子上前摇她的头、捏她的手,拼命呼唤,钟离无盐再也没有睁开眼睛。她走完了自己的路程,办完了该办的事情,撒手离开了这个乱世纷争的人间。

王府里一片哭声,临淄城内一片缟素。从文武众臣到黎民百姓都思念哀悼这位忠烈义勇的夫人。

孙膑一家三口给钟离无盐发了丧,而后辞别宣王,回到燕国京城蓟城（今北京）。

孙膑一到家，急忙打开黄缎包裹看个究竟。他连解三层包皮，才露出一个银盒来，内有一摞竹简。第一片竹简上写着三个大字"孙武子"。

孙膑不禁一怔。他曾听父亲讲过，孙武是他们的祖先，卓越的军事家，曾著《兵法十三篇》，后来失传。莫非这银盒内的竹简便是《孙子兵法》？他拿起那三层包皮细细端详，发现在最里面的一层白缎包皮上有钟离的亲笔题字：

承担业，安邦定国。
寻仙师，远涉云蒙。

晚上，孙膑在灯下一篇一篇地细读竹简，愈读兴愈浓，书里讲的都是用兵征战的策略，果然是传世奇宝。读罢兵书，他又思索、推敲义母的题词。第一句"承担业，安邦定国"浅显易懂，说得明白。第二句"寻仙师，远涉云蒙"，是让我拜师学艺，谁是仙师呢？他在哪里？远涉云蒙，莫非有个叫"云蒙"的地方有仙师吗？

孙膑想着想着，豁然开朗，对，义母的良苦用心，就是叫我潜心学武，赠我兵书一部，又让我到云蒙拜师学艺。

这时天光大亮，晨鸡高啼。孙膑一夜不曾合眼，略有倦意，于是端来一盆冷水，洗了手，洗了脸，便开始整理行囊。

孙膑和燕丹公主刚刚起床，孙膑便走了进来："孩儿参见父帅、母亲！"

"膑儿，你为何不晨读诗书，早早来这里何事？"母亲惊奇地问。

"回禀母亲，孩儿想出门游学，特来请父母恩准。"

"游学？"

"是。"

"你要到哪里去？"

"浪迹天涯，访名师学武艺。"

公主燕丹一听，拉长了脸悻悻地说："不行！你大哥孙龙、二哥孙虎都是学武的，你还学什么武？给我回房读书去！"

孙膑一看碰了钉子，不敢再强词夺理。他知道母亲的性格，她是个吃软不吃硬的人，只能慢慢地说服她，不能强争。于是叹了一口气，悄悄地退了出来。

用罢早饭，孙膑又来到母亲的住处，他说："母亲，您是希望我当个奇才安邦定国呢，还是让我当个庸才了此一生呢？"

"望子成龙，那还用问？当然希望你能成为奇才。"

"有道是：刀在石上磨，人在苦中练。我整天守在母亲身边，吃的是美酒佳肴，穿的是绫罗绸缎，这样能成奇才吗？"

燕丹沉默无语。

孙膑继续说："听说我们孙家先祖孙武，上马提刀安天下，下马挥笔定太平。我就想成为那样的人才。"

母亲深情地说："道理我都懂，娘是舍不得你。"

"自古忠孝不能双全，再说我也不是一去不返，等我学成归来，好在母亲身边尽孝。"

孙操在一旁也撺掇着说："人各有志，不可强夺。我看就让他去吧。"

燕丹见丈夫这样说，也不好再加阻拦，便允应下来，亲自帮孙膑打点行装，再三叮咛，然后设宴为他饯行。

孙膑离开蓟城，登上征途。一路上风餐露饮，晓行夜宿，不必细表。这一天晌午，他正匆匆赶路，只见大路迎面有一人像丧家之犬拼命逃跑，后面有四个公差紧追不舍。那公差边赶边喊："喂，抓住他，别让他跑掉！"

那人逃至孙膑面前时不慎跌倒，被四个公差抓获。他们长短不问，举棍便打。挥鞭便抽，一眨眼工夫，那人被打得鼻口流血，遍体鳞伤，孙膑见状，急忙上前劝阻。谁知他这恻隐之心一动，留下了无穷的后患。

第二回　结兄弟孙庞上山学武艺
　　　　陷荒野巧遇牧童指迷津

却说孙膑正在赶路，见那人被两个公差打得鼻口流血，遍体鳞伤，急忙上前劝阻。两个公差见孙膑仪表堂堂，衣襟华贵，怕他有些来历，只好住手。那人抱住孙膑的双腿，哭哭咧咧地讲述往事。

原来，他是个落魄的书生，父母双亡，家贫如洗。有位张员外聘请他为西席，教儿子读书。张员外家里珍藏着七块牛骨，上面刻着上古时期的文字，也就是甲骨文，价值很高。这个落魄书生竟然把这七块牛骨窃为己有。张员外察觉之后，把他告到官府。本地长官正是张员外的亲哥哥，勃然大怒，怪这书生胆敢偷他家的东西，立刻派公差查办。谁料，在公堂之上，书生并不认罪，说自己并非偷盗，而是通过自己的学生，也就是张员外的儿子借来的，目的是想研究牛骨上的文字。张员外的儿子也当堂做证，承认那七块牛骨确实是自己拿给先生看的。何况"赃物"还在张家的学堂，穷书生并没拿回自己的家里。弄清了事实，长官还算通情达理，责备书生，借看牛骨之事不该瞒着家主，然后就把书生当场释放了。张员外埋怨他哥哥，说他哥哥释放了书生，就等于自己输了官司，心里窝囊。所以他求公差追打书生，给自己出口气。公差看在他长官哥哥的份上，追打书生，正好被孙膑碰上。孙膑得知真相，息事宁人："二位上差，差不多就行了，我这有十两纹银，请二位上差买双鞋穿，把他放过了吧。"

两个公差本来也不想再打了，白得十两银子，喜出望外，嘴里却不依不饶："哼，要不是看在这位先生的面子，今天非打死你不可，滚吧！"说罢，扬长而去。书生见公差走远了，忙给孙膑磕头谢恩。

孙膑双手搀扶，连连还礼："请问先生贵姓高名？"

"在下庞涓，魏国人氏。请问您是何人？"

"在下孙膑，燕国人氏。"孙膑只是报通了姓名，没说出身。

庞涓问道："孙先生，萍水相逢，您为什么救我？"

"您想研究甲骨文，在下敬您是个做学问的人。"

庞涓苦笑："做学问的人有什么用？只有挨打的份。我要有满身武艺，又何至如此？"

孙膑笑道："咱俩想到一块去了，我也正要去云蒙山学习武艺！"

"好，孙先生，在下孤身一人，愿与先生同往云蒙山学艺。还有一个请求，想与先生八拜结交，只是在下出身微寒，不知先生肯否？"

"言重了！"二人堆土为炉，插草为香，结为生死兄弟。当时，磕头拜把子都得对天盟誓，什么共同拜师，共同学艺，有福同享，有难同当，有官同做，有马同骑，有背信弃义者，不得好死等等。孙膑说："我若背信弃义，死无葬身之地！"

庞涓说："我若背信弃义，死于乱箭之下！"

盟誓之后，兄弟结伴同行，这日来到云蒙山的山口。但见此山起伏绵延，气势汹汹，云盘雾绕，谷幽涧深。在方圆几百里群山之中，独有一处山势格外险峻，古树参天，荒草漫地。怪石横生，峭壁陡立。藤缠枝叶，天遮日蔽。猿鸣虎啸，绝无人迹。胆小的到了此处，准吓得立刻咽气。怎么吓得咽了气呀？这山谷里常刮一种旋风，吹得空谷之中发出几声怪叫。这声音似狼嚎，似鬼哭。大白天的，一个人听见这声音也吓得浑身汗毛直奓。人们走进这山谷里来，一听这风声就害怕，说这山里有鬼。日子长了，一传十，十传百，山外人家，都知道这地方了，并且给这个地方起了个"鬼谷"的名字。打柴的、采药的谁也不敢到这地方来，怕碰上鬼！鬼是什么样，谁也没见过。这么一来，这个地方越来越可怕。岁月流逝，慢慢地有人发现，鬼谷里住上人了，有人敢在这住，胆子得有多大？估计晒干了也得有八斤半！后来越来越清楚，确实有一个超世的奇人住在这里。此人姓王名栩，是一位隐士，由于他挑中了"鬼谷"这个地方落脚安身，所以自称"鬼谷居士"，别人尊称他为"鬼谷仙师"。这位鬼谷仙师可不是平常之辈，那可真是博学多才，内藏锦绣。据说他掌握四种学问，第一种学问叫数学，不是三角、几何、微积分，这个数学就是他会算卦，日星象纬在其掌中，吉凶祸福存其袖内，他能前知五百年，后知五百载，哪天刮风、下雨、下雪，他一掐手指头就全知道了。谁生谁死，谁倒霉、谁走运，他一抄手就全明白了。真有那么灵吗？这都是人们的传闻。第二种学问，他会兵学，就是军事学，他可以运筹帷幄，决胜千里，演兵布阵，变化无穷。第三门学问是游说学，列国年间，专门有这么一种学问，就是仗着这张嘴，到各国去说明自己的政治主张和独到见解，以取得高官厚禄。鬼谷仙师的游说学很厉害，他能广记多闻，明理审势，口似悬河，滔滔不断，真是一言兴邦，一言丧邦，活人能说死，死人能说活。第四门学问是出世学，跳出红尘，修真养性当神仙，将来能"冲举"而去，什么叫"冲举"呀？就是能飞上天。他内练混元真气，外练超尘拔俗，已经练得能脚踏清风，头顶三光了。既然鬼谷仙师有这么大的本事，为什么不到各国去做官呢？这位先生不愿当官，他一心就想要修炼成仙，拔地而起，上天而去。同时，他还打算教几个徒弟跟他一块上天，省得他一个人到了天上寂寞。不过，这上天的功夫他还没练成呢，所以他就在"鬼谷"这个地方待了下来。有时候也到山外去给人算卦，或是跟名人逸士谈今论古。一来二去，这位鬼谷仙师就出名啦，越传越神，都知道他有本事。又因为他住在这么个神秘的地方，当地人都把他当成了神秘的人物。曾有不少有志之士来找鬼谷仙师学艺，他大开门户，来者不拒。不过，他对徒弟要求很严格，不少徒弟到这之后，受不了他的严管，待上一段时间，就偷着跑啦。所以，谁也不知道他有几个徒弟，更不知道他是怎么教徒弟的。这天，鬼谷仙师正在洞中打坐，小道童禀报，说洞外又来了两个学艺的。仙师吩咐，让他们进来。时间不大，这两个学艺的人走进洞中。仙师观看二人，见前边这人年龄在二十多岁，长方脸，眉目清秀，五官端正；后边那人比前边这人显得健壮，年龄也是二十多岁，粗眉大眼，四方脸膛。书中交代，这二人正是孙膑与庞涓！

自从二人结拜之后，感情上又近了一层。那天，他俩走进云蒙山深处，眼前已经没有大路，只有几条弯弯曲曲毛毛小道，越往里走，越是艰难。二人绕来绕去，越过清澈见底的溪水，爬上险恶峥嵘的悬崖,眼瞅着片片白云就在身旁轻轻地飘过,好像用手一划拉,就能抓着一块云彩。二人走累了,坐在山头休息。忽然,传来一阵恐怖的吼声,吓得庞涓一哆嗦:"大哥,这是什么叫唤?"

孙膑仔细听了听:"好像离咱们不远,是什么野兽吧。"

"我在山外听说,云蒙山里有蛇、蟒、虎、豹,可能还有鬼!我听刚才那声音,好像是老虎叫唤。这地方山深林密,绝无人烟,咱哥俩就这么蒙头转向地往里走,不知鬼谷仙师住在哪儿,如果见不到仙师,却让老虎吃了,那可咋办?"

孙膑一笑:"贤弟,想学武艺,就要有信心。未必真有老虎,即使真有,咱也不能走回头路。一天找不到仙师,咱就找两天,两天不行就找三天,只要咱俩下苦功,早晚都会找到他老人家。"

"大哥,咱带的干粮可不多了,要是找上十天半月的,咱吃什么?"

"这么大的山林,有的是野果,随便采点果子吃,也能解腹中之饥。"

"在这云蒙山中找鬼谷仙师,就像大海捞针。咱们要在这转悠三月两月的,天天靠吃野果,能受得了吗?"

"依你之见呢?"

"要依着我,咱哥俩顺原道回去,先在山外村镇住下,养养身子,缓缓疲乏。然后花钱雇个向导,让他领着咱俩去找仙师,你看那有多好!"

"贤弟,你这个想法我早就有过,在山外的时候,我曾问过许多人,有的人一概不知,有的人虽然见过鬼谷仙师,但也不知他居住何处。我看,既然你我弟兄投师学艺志向已定,我还是那句话,咱不能走回头路!"

孙膑这一番话,说得庞涓也没词儿啦。二人站起身来,刚想继续赶路,又听见一声吼叫,这声吼叫比刚才那声更加猛烈,吓得庞涓脸色发白:"大哥,老虎来啦,快跑!"孙膑站那没动,好像要听听老虎到底在哪儿。庞涓拉着孙膑衣袖说:"大哥,你怎么啦?别在这儿傻站着啊,再不快跑就没命了!"

"贤弟,老虎要是真来了,咱俩的腿再快,能跑过老虎吗?哥哥豁出去了,我不跑,让老虎把我吃了。我把老虎喂饱了,你就能脱离危险。快跑吧,见着鬼谷仙师,好好学艺,将来为国立功!"

庞涓心想：既然你愿意喂老虎，我就顾不上你啦，此时此刻，爹死娘嫁人，个人顾个人吧。想到此处，他转身就跑。刚跑出二十多步，听孙膑喊道："贤弟，别跑了！"

庞涓又想，不让我跑，让我跟你一块死呀？我还没活够呢！他跑得更快了。听孙膑再次喊道："贤弟，回来吧，不是老虎，是牛！"

庞涓回头一看，见半山坡上果然走来一头青牛。这场虚惊，让庞涓的脸上也有点发烧。回想刚才，扔下大哥，自己狼狈逃跑，觉得对不起孙膑。不过，他脑袋反应得挺快，哈腰伸手，捡起一块大石头，转身跑回来说："大哥，我捡了块石头，正想打老虎呢，怎么不是老虎是牛哇？你看这事闹的……"用今天的话说，庞涓这是"弄景儿"呢。

孙膑并没注意庞涓这些细小动作和复杂的心理，只是说道："贤弟，你看，那头青牛的背上还坐着一个童子。"果然，牛背上坐着个小男孩儿，年纪在十四五岁，头绾日月双抓髻，身穿粗布衣，腰间的蓝花带上别着一根竹笛。庞涓心想：这地方还有放牛的？正好，我向他问问道路。走上前来，把手一摆："喂，你知道鬼谷仙师在哪住吗？"

牧童看了看庞涓，没言语。庞涓不高兴了："小孩，你是聋子还是哑巴？"牧童不看庞涓，从腰里抽出竹笛，悠扬自得地吹起来了。庞涓火了，走上前来，拦住牧童，说道："我向你问路，你怎么对我吹笛子？"

牧童一笑："我这对牛吹笛呢，不是对你吹，你不够资格！"

孙膑明白，庞涓说话不礼貌，惹得牧童挑礼了，连忙赔笑说道："这位小哥，我这兄弟脾气不好，举止莽撞，请你多多担待。我二人是到此投师学艺的，不知鬼谷仙师身居何处，还望小哥指条明路。"

牧童看了看孙膑，笑道："照你这么说话，我可以告诉你们……"

庞涓是个急脾气："仙师在哪？"

牧童答道："他老人家，飘如浮云走如风，此身只在此山中，云蒙山长三百里，仙师足踏六百峰。你二位慢慢找吧，说不定在什么地方。"

庞涓一听：这分明是在取笑我们，今天得好好管教一下这个小兔崽子！他刚要往前上，孙膑冲他一瞪眼，示意他不可放肆，然后笑道："小哥谈吐不俗，想必是与鬼谷仙师也有结识。"

"那倒是常见。"

"听说鬼谷仙师住在鬼谷，他老人家云游在外，我们就去鬼谷恭候他老人家归来。只是不知鬼谷在什么地方，还请小哥指教。"

"你们要去鬼谷，今天是走不到了！从这往北，越一道山梁，蹚两条溪水，拐三个山弯儿，爬四个高坡，过五个独木桥，眼前有六棵大松树，树旁是七块卧牛石，再爬一个八步紧，登上九重岩，再钻十里枯藤架，那就到了！"

庞涓摇头："我的妈呀，再过十天也到不了，有近道吗？"

"有哇，前边有道野猪岭，翻过那岭，岭下就是鬼谷。"

"你怎么不早说？"

"野猪岭上有三百六十五头千斤重的野猪，还有两丈多长的大蟒，七尺多长的金环蛇，饿了半年的老虎，专吃活人的魍魉。三年之前，有八个学艺的从野猪岭奔往鬼谷，到现在还没见人影呢，你们敢走这条近路吗？"

庞涓看了看孙膑："大哥，怎么办？"

"贤弟，不见鬼谷仙师，决不罢休！"孙膑说着，又冲牧童深施一礼："小哥，你久在山中，必熟山路，我想请你为我们带一段路，不知可否？"

"好吧，看你这人知书达理，冲着你的面子上，我给你们引路吧。我在前边走，你们随后跟，随我来——"牧童骑着青牛头前带路，孙膑与庞涓后边相随。

牧童口唱山歌，仔细一听，歌词倒也清楚。他唱的是："学艺难，学艺难，熬过酷暑度严寒。竹帛三千册，师训五万言。毡坐透，砚磨穿，三更火，五更寒，只盼一朝跃登天，登天何其难！"

庞涓在后边悄声说："大哥，这小子还有点词儿呢。"

孙膑说："我看他有些来历！"

他们三人涉水登山，攀藤跨涧，时见山穷水尽，又看路转峰回。直走到日落西山、晚霞东照的时候，牧童在前边把青牛带住："二位，我已经把你们领进了鬼谷，你们穿过前面那一片藤萝，就能见到鬼谷仙师的洞府，我去了！"说罢，骑着青牛，顺山腰小路，走向密林深处。其实，这牧童乃是太上老君跟前的接引童子，不然的话，险峰峭壁，谁会在此放牛？为了培养孙膑和庞涓两位军事家，太上老君特派接引童子把这兄弟二人送到鬼谷仙师的洞府。

单说孙膑和庞涓又走了二里多地，抬头一看，眼前别有洞天。山梁上挂一道瀑布，飞流直下，浪激石鸣。瀑布两边有几个洞府，中间那个洞府很是宽大。庞涓说："大哥，这个大洞可能就是鬼谷仙师的住处。"

"贤弟，在这里说话可要小心。"

"放心吧，别看我跟放牛的小孩说话放肆，见了鬼谷仙师我就不敢那么说话了，这叫见什么人，说什么话。"

二人整理衣服，走到大洞门前。正巧从洞中走出来一个小道童，他看看二人："请问，你们找谁？"

庞涓说："这里可是鬼谷仙师的住处吗？"

"正是，你们是谁？"

"我是魏国人，叫庞涓，他是燕国人，叫孙膑，我们特来此地，向鬼谷仙师学艺，望您给传禀一声。"

道童说："二位在此稍候。"道童进去，不多时就出来了："二位，鬼谷仙师请你们到里边叙话。"

孙膑、庞涓走进洞府，见洞中香烟缭绕，正中是道教创始人老子的神像。神像下的蒲团上坐着一位仙师，鹤发童颜，仙风道骨。头绾牛心发纂，竹簪别顶。身穿豆青色道袍，腰系丝绦，白袜云靴。苍眉似霜，银须如雪，手拿数珠，在蒲团上盘腿而坐。二目双合，不言不语。庞涓心想，好大的派头，别看住在这深山老峪，看来的确与众不同。道童在仙耳边轻轻说道："师父，他们来啦！"随着道童这句话，孙膑与庞涓同时跪倒在老道的面前："仙师，燕人孙膑、魏人庞涓与仙师见礼了。"

鬼谷仙师微睁二目，慢条斯理地说道："二位远路而来，到我深山古洞，不知有何贵干？"

孙膑说："久慕仙师父大名，只恨不得相见。如今，天下纷争，各为其主，我等愿以不才之身献与王家。只是自度孤短无知，难成大事。因此，冒昧而来，欲求教于仙师，愿拜仙师门下为徒，学得一技之长，报效国家，恳请仙师收纳！"

庞涓在旁边早就想说话，只是没插上嘴。孙膑话音落地，他马上就说："仙师大名，如春雷贯耳，皓月当空，我等求拜仙师，如饥似渴，如痴似呆，今日谒见膝下，万望仙师收留。"

仙师把眼睛睁大，端详了半天，问道："你叫庞涓吗？"

"是，我叫庞涓。"庞涓心想，人有一见之缘，这老道没问我大哥孙膑，专门问我，肯定是挺得意我。心中高兴，又往前跪爬了半步："仙师，您有何见教？"

鬼谷子说："庞涓，今天我暂把孙膑收下，至于你嘛，还是顺路回去吧。"

庞涓一听，怎么刚见面就打发我回去？连忙说道："仙师，不知庞涓何处失礼，招惹先生将我拒之门外。"

仙师摇头："庞涓，你没有失礼之处，只是此地远离尘世，既苦又贫，你在这里，恐怕难挨煎熬，不如早些回去，到红尘之中另谋生路吧！"

庞涓一听这事要麻烦："仙师，庞涓此来，早已把苦、难二字置于身后。我与您初见之际，仙师怎么就料定我不能吃苦、不能受贫？"

仙师笑道："庞涓，接引童子已对我说过，你二人一同进山，心地各异，孙膑志坚心诚，你却连连遇难而退，不如早些回去，免误时光。"

"仙师，谁是接引童子？"

"哈哈，昨日，太上老君到我洞中闲坐，他已算定，你们二人今日来临，所以派出他的童子去接引你等。你等一路的情景，童子已经告知于我了！"

庞涓一听：哦，毛病在这儿呢，好你个放牛的小兔崽子，跑这先告我一状。咱走着瞧，等我学会本事，再见面时，往死里收拾你！眼下的怎么办哪？庞涓跪直了身子说："仙师，路上所说，都是信口胡言，您还是看我今后的行为。"

孙膑再次跪倒："仙师，我与庞涓义结金兰，曾对天明誓，共同拜师，共同学艺，如有渝志，天诛地灭。仙师如若留下我，不要他，岂不违背我等的意愿，恳求仙师，将我二人共同收留。"

"要是你们两个，我全都不收呢？"

孙膑含泪说道："如若全不收留，足见我二人品德卑微，不可雕琢，我兄弟二人甘愿死在仙师的面前。"

庞涓吓了一跳，心想，别死呀，好死不如赖活着。鬼谷仙师微微一笑："这样吧，我考考你二人的智谋。我坐在洞中，你二人去洞外。如果能把我从洞中调到洞外，我就收你二人为徒。不过，只许你们调我三次，不能没完没了！"

庞涓高兴，这考题也太容易了，他马上应承。二人来到洞外，庞涓笑道："大哥，你别操心，看我的，不用调他三次，我一次就成功！"说着，他把双手形成喇叭状，放在嘴边学狼叫：嗷——嗷——然后跑进洞中高喊："仙师，您快到外边看看，狼来了，足有一百多头！"

仙师连眼皮都没撩："来就来吧！"

庞涓一计没成，又施二计。他捡了点干柴，放在洞口，用火镰点着了，跑进洞中，再次高喊："仙师，着火了，您看，火苗都烧到洞口，我快背您往外逃命吧，您再不走，就危险了！"

仙师还是连眼皮都没撩："着就着吧，已经两次了，还剩最后一次！"

庞涓紧张了，如果三次不成，就白来了！

孙膑双眉紧皱："贤弟，这最后一次，让我来试试！"

第三回　求富贵庞涓三载下云蒙
　　　　解人危孙膑赠桃招祸殃

　　庞涓没有能把鬼谷仙师从洞里诓出来，灰心丧气、自艾自怨。孙膑走进洞去应试，只见他面有难觅，动作迟缓。庞涓在一旁暗笑：看你这副模样定败无疑。

　　孙膑走到鬼谷先生座前，扑通跪倒磕头："仙师在上，孙膑前来拜别。"

　　鬼谷仙师慢慢睁开眼："怎么，你要走吗？"

　　"是的。"

　　"你不想在此学艺吗？"

　　"何曾不想。只是仙师所出的题目太难，我无法把仙师请出洞去。"

　　鬼谷仙师很失望，他怕孙膑失掉学艺的机会，鼓励道："你不妨试试。"

　　"回禀仙师，如果仙师置身洞外，不才或许能把您请进洞府来；您在洞内，我万万请不出去。"

　　鬼谷仙师一听，不假思索地说："由里到外和由外到里道理一样，我出去，如你能把我诓进洞来便收你为徒。"说罢撩袍下座，旋即来到洞外。

　　孙膑见鬼谷仙师从洞里走了出来，欢喜不尽，急忙奔到仙师跟前，跪倒便拜："徒儿给师父叩头！"

　　"怎么？你还没有把我诓进洞里。"

　　孙膑不慌不忙地说："徒儿已把师父诓出洞外了。"

　　"哈哈哈……"鬼谷仙师这才恍然大悟，不禁畅怀大笑，"好，好，贫道就收你为徒。"

众人簇拥着鬼谷仙师进了洞府，仙师登上莲花宝座，道童设案焚香，行拜师之礼。

孙膑跪倒在地，连磕四个响头："师父在上，徒儿孙膑大礼参拜！"

"孙膑！"

"徒儿在。"

"从今天起，你便是道家弟子，要谨守道规，潜心学艺，劳其筋骨，饿其体肤，你能做到吗？"

"弟子能做到。"

"好！贫道赠你道号'伯灵'。"

"谢谢师父。"

庞涓在一旁看着这一切，眼热得将要冒火，嫉妒得快要滴血。他恨鬼谷仙师，又恨孙膑。可是这悔恨只能默默忍受，不敢发作。

孙膑拜毕仙师后，庞涓扑通跪到地上："仙师，请把我也收下吧！"

鬼谷仙师说："不是贫道不收你，是你没有把贫道诳出洞外的本事。"

孙膑被羞了个大红脸，忍气吞声地说："老仙师，我们弟兄二人同志、同道、同心。若不能同师，将是毕生的遗憾，再无面目活在世上。求求您开恩收下徒儿吧！"

孙膑也跪下替庞涓求情："恩师，看在徒儿的面上，怜惜他一片拜师的诚意，您就收卜他吧！"

鬼谷仙师叹了口气，不情愿地说："好吧，既然伯灵求情，就收下你吧。贫道赠你道名'仲卿'。"

"谢谢恩师。"

孙、庞二人拜师后，同其他道徒一起，每天早晨起床后洒扫庭院，晨昏后焚香诵经，日子过得倒很清闲自在。

庞涓为讨好师父，常在鬼谷仙师面前献殷勤，亮智慧，卖弄自己。鬼谷仙师白天独自把庞涓叫到后院传授技艺。

三年过后，庞涓学会了八路神刀，摆兵布阵。他沾沾自喜，心想：孙膑可没有吃上偏饭，我比他高一着，将来他只能听我指挥。又一想：师父更喜欢孙膑，既然师父白天能悄悄教我，难道就不会偷着教他吗？怎样才能摸清这个底细呢？他翻来覆去苦思冥想，终于想出了主意。

这一天，鬼谷仙师出门会客，庞涓闲着无事，便找到孙膑闲聊。

"三哥，我们上山三年，你的艺学得如何？"庞涓试探着问。

"受益匪浅。"孙膑淡淡地回答。

"你我今日无事，比试比试武艺如何？"

孙膑谦和地说："我初学武功，怎敢在贤弟面前卖弄！"

"不要紧，咱们随便玩玩，不到之处，我来指点。"

孙膑一听这口气，嫌他狂妄，便道："好，就请贤弟指教。"

二人各持一把大刀，便在后院比起武来。刚一过招，庞涓大吃一惊，孙膑一招一式神出鬼没，变化无穷，武功胜过自己多少倍。想起刚才自己口出狂言，恼羞成怒，立即跳出圈外，收住兵刃悻悻说道："三哥住手，小弟领教啦！"

孙膑不以为然地说："愚兄功夫不到家，请贤弟多多指教。"

"三哥，你的功夫都是什么时候学的？"庞涓试探着问。

"每天晚上。"孙膑实话实说。

"啊！"庞涓打了个冷吸渴，暗自思忖：原来师父白天教我，晚上教他。教我是应付，教他是真心。一样的徒弟两种待法，这不是小看我吗？我庞某虽然武艺不精，比不过孙膑，可是也不在别人之下，现在离山到外面闯荡，混个一官半职易如反掌。想到这里，他对孙膑说："三哥，我们走吧！"

孙膑听了一怔："要到哪里去？"

"你我学艺三年，我看师父也没有新艺可教，不如下山投军，一显身手。"

孙膑摇了摇头："我们只学了一些皮毛，怎能以此为满足，有仙师教导，再学几年定有好处。"

庞涓心里说：师父偏爱你，把真功都传给你了，当然你不想走。我待在这里如同麻雀跟着蝙蝠飞，能混出什么结果来？于是说道："我已拿定主意，非走不可，要留你自己留下吧。"

孙膑十分惋惜地说："贤弟，我们弟兄一场，同来同归才是正理，何必要匆匆离去？"

"人各有志，不能强求。我在这里待上一辈子也学不到真功。我回去如再学艺，另投高师或许才有出路。"

孙膑一看庞涓执意要走，便说："愚兄挽留不住贤弟，也得等师父回来告别后再走。"

"哼，当初他就不愿收我为徒，如果与他告别，他必然要数落我一顿，何必自寻烦恼？"庞涓说着径直回到自己的寝房打点行囊。

孙膑无奈，只好送庞涓一程。他二人离开水帘洞，踏着崎岖石径往山下走，一路上孙膑百感交集，满腹心事不知从何说起。

"贤弟，回去后你打算投奔哪里？"

"我也没有主意。现在诸侯割据，哪国重用我就为哪国效力。"

"你若无门可投，不妨到燕国，投在我父帅帐前，保你有用武之地。"

"你父帅能收留我吗？"庞涓带着讥讽的口吻说。

孙膑拿出写好的家书："这是我给父帅写的信，父亲见了此书，定会像待亲儿子般待你。"

庞涓不情愿地接过书信，淡漠地说："多谢三哥关怀小弟。"

孙膑又拿出一包铜币交给庞涓："这些钱权作路费，请贤弟笑纳。"

庞涓接过钱来，脸上绽出了笑容。

孙膑把庞涓送到密林中，庞涓说："相送千里，终有一别。请三哥回去吧！"

孙膑恋恋不舍地又叮咛几句，才转过身来往回走。他朝前刚走了几步，只听树上有人高喊："呔，住手！"

孙膑回头一看，庞涓正持刀还鞘。抬头往树上一看，只见树杈上蹲着一个怪物，身如人体，裸露着上半身，下穿一条红布短裤，脸上、身上长满寸把长的白毛，红眼圈，蓝眼睛，三分像人，七分像兽。

庞涓看清这个怪物，俯身捡起一块石头照他掷去。那怪物将身一闪，乘机跳下树来，匆匆跳去。庞涓并不搭话，紧紧追赶那怪物去了。

原来那"呔，住手"的喊声是从怪物嘴里叫出来的。孙膑和庞涓分手后，二人相背而行。庞涓在一刹那间闪出一个可怕的念头：我这身武功万人不及，可以称雄列国。可是孙膑一出师，便把我盖住啦。

若要名冠群芳，必须先除孙膑。于是孙膑扭过头去刚往前走了几步，庞涓便抽刀行凶。当他刚举刀，就听树上的怪物一声呼喊，惊动孙膑，才收刀归鞘，去追赶怪物，借以遮掩孙膑耳目，免去他的疑心。

孙膑回到洞府，鬼谷仙师刚拜客回来。孙膑向他禀明庞涓离山出走的情况。鬼谷仙师长叹一声："贫道早有预料，今天我出门就是为给他留个空子。"

鬼谷仙师的先见之明，令孙膑惊骇不已。

"伯灵，你到此学艺，已满三年，你也该走了。"鬼谷仙师的话出乎孙膑意料。他急忙跪下央求："恩师息怒，徒儿功不成、艺不精，望师父栽培赐教，不要赶我下山。"

"你不愿走？"

"徒儿不愿走。"

"你纵然不走，贫道也不再教你一招一式，留在此处可不要后悔。"

"永不反悔。"

"好吧，从今日起，你去看桃园吧。"

"遵命。"

孙膑拜辞师父，正要返身往外走，只听鬼谷仙师喊道："站住！"

"师父有何教训？"

"那桃园是贫身所爱，你可要用心看护。园中有一棵树王，树上结了六枚桃子，更要精细看管，不得闪失。"

"徒儿记住了。"

孙膑把行囊搬到桃园中，每天从早到晚巡察桃树，拔除杂草，尽心竭力看管桃树，不敢有丝毫疏忽、怠懈。

有一天，他正巡察桃园，忽听林中有腾挪之声，循声一看，那棵桃树王上蹲着一只猴子，与那天送庞涓时在林中看到的怪物一模一样，瘦骨伶仃，一身白毛，下穿红短裤，裸着上身，赤着双脚。

孙膑一看便急了："毛猴，你快下来，不然我打死你！"说着扬起手中的木棍吓唬它。

"嘿嘿！孙老三，我认识你，别咋呼。"

猴子竟能说话，孙膑惊奇不已，问道："你究竟是人是猴子？"

"你才是猴子呢！"

"你上树干什么?"

"这还用问?上山把路开,吃桃上树摘。上树当然为摘桃啰!"

"你敢摘桃,我就打断你的腿!"孙膑威胁道。

"嘿嘿嘿!"那人一阵冷笑,顺手摘了一个又鲜又大的桃子,"对不起,我先摘一个给你看看。"

孙膑见他真的把一枚桃子摘了下来,急得暴跳如雷,挥棍就朝树上打。白毛人嗖的一声跳下树来,双脚一拧,疾步如飞地钻出桃园。孙膑紧赶几步,全无踪影,只得回到桃园,暗暗叫苦。

孙膑坐在那棵桃树王下暗自生气,忽听有人喊他:"伯灵在哪里?"

这是师父的声音,孙膑急忙上前参拜:"徒儿在此。"

鬼谷仙师说:"我好久未来桃园,这桃园可安然?"

"回禀师父,自徒儿到此,还没出过事情,只是那桃树王……"孙膑欲言又止。

"桃树王怎么啦?"鬼谷仙师迫不及待地问。他见孙膑低头不语,便径直来到桃树王前。

"一、二、三、四、五。"鬼谷仙师先数了一遍树上的桃子,一看缺了一枚。他又数了一遍,还是缺一枚。这一下可着急了。

"伯灵,怎么少了一枚仙桃?"

孙膑想把白毛人偷桃的事禀告师父,可是又怕师父不相信,支吾了半天:"这桃……是谁偷了一枚……"

"我问你是怎么偷的?"

"是……"孙膑一横心,干脆我当个替罪羊算了,"回禀师父,是徒儿看桃园时口焦舌裂,看着这桃儿馋涎欲滴,我就摘了一枚吃啦。"

"大胆!"鬼谷仙师听了,气不打一处来,"你监守自盗,真是胆大包天。童儿,把他拉出去重责四十禅杖!"

童儿不敢怠慢,把孙膑拉出桃园,拽到忏悔堂内,摁倒在地,一五一十地重打了四十禅杖。只打得孙膑皮开肉绽,鲜血淋漓,回禀过鬼谷仙师后,被抬到桃园养伤。

孙膑昏昏沉沉地一觉睡到半夜,忽听床前有人轻轻唤他。

"孙先生,醒一醒!"

孙膑睁眼一看,原来是白天偷桃的白毛人跪在他的床前。

023

"你怎么又来了。"

"一来给您赔礼道歉;二来给您送药。"

"送药,送什么药?"

"这是我娘亲自炮制的八宝定魂散,专治刀枪伤残,即使骨裂筋断一敷就好。"

"那简直成了仙丹灵药啦。"

"你不相信?来我给你先敷上试试。"白毛人便动手脱下孙膑的衣裤,洗净血迹,敷上药粉。

说来奇怪,不过一刻时辰,孙膑只觉得浑身凉爽,疼痛全消,不禁称道:"真是灵丹妙药,代我谢谢你母亲。"

"不用谢,您受这样的苦罪,全是我招来的。"

孙膑也很感触:"你偷桃子玩耍,惹得我师父大发雷霆,实在得不偿失。"

"什么,我偷桃子玩耍?"白毛人急忙分辩,"我把实情告诉您吧。"

原来白毛人叫白猿,家住青石山青石洞。其父人称白大帅,其母叫青莲,都有一身好武功。他姐姐叫白凤,年初突然被大风刮走,长期不归,他父亲去寻找她,一去半年,音信杳茫。白猿母亲思夫想女,忧思成疾,久病不愈,昨天突然想吃桃子。可是十冬腊月,哪里有桃子?只有那桃树王上的桃子成熟,为了孝母治病,白猿才偷走一枚桃子。

孙膑听完白猿叙述,说道:"原来如此,是我错怪了你。"

白猿一再道谢:"是我连累先生吃苦受罪。"

孙膑又问:"你母亲吃了桃子,病体可见好?"

白猿说:"那是一枚仙桃,母亲吃了就觉得心神爽快,病体轻了好多。"

孙膑又动了怜悯之心,问道:"你母亲还想吃桃子吗?要吃,你就再摘一个孝敬她。"

白猿急忙推辞:"先生真爱开玩笑,因为一个桃子害得您差一点送了性命,她再想吃我也不能摘了。"

孙膑一本正经地说:"我说的是真话,并非玩笑。"说着站起身来,走到桃树王下,将身形一纵,摘下一枚又红又大的桃子来,交给白猿："把这枚桃拿去孝敬你母亲，愿她贵体早愈。"

白猿被孙膑这慷慨之举感动得热泪如注，扑通跪倒磕头："先生这一片好意，白猿永远永世报答不尽。将来有用我之处，愿舍命效力。"

"壮士请起，快快回去吧。"

白猿正要转身往外走，突然想起一件事来："那天，你送一人下山，走在密林深处，你们二人告别，当你返身往回走的时候，那人抽刀要对你下毒手。是我大喊一声'呔，住手'，他才将刀收鞘。后来他追赶我。我二人在山上迂回打斗，他不慎将一个包裹失落在地上。我捡起来带回家中，让母亲一看，说那是孙子兵法，传世奇宝，我留着也没用，今天带来送给先生，以作留念。"白猿说完，从背上解下包裹，双手递给孙膑。

孙膑打开包裹一看，正是自己的孙子兵法。他又喜又气：喜的是白猿知恩当报，义肝烈胆；气的是庞涓心毒手狠，奸诈可恨。当时他也没一句怨恨语言，只说道："谢谢白壮士赠送如此贵重的宝物。"

白猿走后，孙膑立即去见鬼谷仙师。

孙膑见过礼后，师父问道："伯灵，你不在桃园看桃，来做什么？"

"回禀师父，徒儿前来请罪受责。"

"你有何罪？"

"有一位病妇，气息奄奄，来求桃吃。愚徒见她可怜，擅自给她摘了一枚，特来请罪。"

鬼谷仙师一听，气得火冒三丈："桃园坐落在深山荒野，人迹罕见，有什么病妇可到？总是你这馋鬼编着法儿偷桃吃。来人，将这逆徒推了出去，乱棍打死，以正门规！"

第四回　乍出山庞涓得志做驸马
　　　　　藏杀机魏王面前荐义兄

　　孙膑赠桃，激怒鬼谷仙师。要将孙膑活活打死，实情如何？按下不表。回头再说私自离山而去的庞涓。

　　庞涓在深山密林中，欲杀孙膑不成，和那白猿周旋了一阵，看看难敌对手，便丢开白猿急急忙忙下山去了。

　　独木桥摇摇晃晃地横在他面前。看见这座"良心桥"，想起三年前上山过桥时的狼狈情景。现在他一身武功，一脚踏上桥头，噌噌噌几步便过去了。他惋惜桥边没有一个人能看到他精彩的功夫，心里隐隐有些凄凉、苍茫。

　　庞涓当天投在一个小镇上住宿，睡觉时一检点行囊，才发现偷来的孙膑的那部"天书"无影无踪了。他想来想去，估计失落在深山老林之中，回山再寻难以到手，痛惜得拍手跺脚，无计可施。

　　他早已盼望着能出人头地，过上花天酒地、呼奴唤婢的豪华生活，该投奔何方呢？他最熟悉燕国，可是在燕国他的声名狼藉，即使有孙膑的推荐信，也不会被重用。去别的国家人地两生，更难出人头地，想来想去，还是去魏国吧。因为他出生在魏国，人不亲地亲，或许能碰上好运气。于是便向魏国的京城大良走去。

　　大良城（今洛阳市）是个繁华的地方。庞涓非止一日来到此地。他一进城门，见城墙下围了许多人，争先恐后地挤着观看，有的人还不断议论着。庞涓挤进里层一看，原来是魏襄王悬榜招贤。

　　榜文的大意是：齐国仗势凌弱，骗走魏国国宝。为雪国耻，重扬国威，愿天下英雄志士聚魏各显本领，出类文者请为相，拔萃武者拜为帅。凡揭榜者，大王召见，量才纳聘。

庞涓看罢大喜，上前就揭榜文。

卫士一看连忙止住，满脸堆笑地说："壮士不必揭榜，请跟我们去见襄王。"

这时轰动了看榜人，众人哗啦一下把庞涓围了起来，目不转睛地盯着他。有的说："看这人身材魁梧，必定有些能耐，像个帅才。"有的说："看这人眉目清秀，仪表堂堂，像个文士，说不定是个相才。"人们其说不一，争论不休。庞涓听了，心里十分得意，他真想自我表白一番：我庞某是相帅双才。

卫兵们前面引路，后面跟着一群看热闹的孩子，簇拥着庞涓来到王府。内侍往里传报，不大工夫魏襄王传来令来："立即召见庞涓。"

庞涓来到魏王殿内，上前参拜王驾："参见大王！"

魏襄王把庞涓细细一打量，见他体魄魁伟，眉目清秀，十分高兴地问："壮士高姓大名？"

"回禀大王，不才姓庞名涓，号仲卿。"

"家住哪里？"

"家住蓟城。"

魏襄王一听，勃然大怒，用手猛击书案："呔！你哪里是来辅佐魏国，定是齐国派来的奸细！"

庞涓一听，吓出一身冷汗，他定了定心神，一想为何一句话把魏襄王惹恼了：对啦，那齐、燕两家结盟对外，我说是燕国人，岂不惹他怀疑、生气。于是赶紧解释。

"大王且息雷霆之怒。我虽在燕国住过，但祖宗是魏国人，我也是在魏国出生、长大的，因此回来报效国家。"

魏襄王听了，怒气渐消，又问："你是从何处来的？"

"回禀大王，我刚从山上学艺回来，正要报国尽忠，适逢大王招贤纳士，冒昧前来揭榜。"

"你说的都是实话？"

"没有半句谎言。"

魏襄王还不放心，又问："你既然是从燕国走的，为何不回燕国？"

庞涓趁机贬燕颂魏，献上一摞高帽子："常言说，君不正臣投外国,父不正子奔他乡。那燕国国君人品如何,大王了如指掌。我只知道驸马孙操,为人奸诈,刚愎自用,容不得贤臣良将。我早就听说魏王明察秋毫,礼贤下士,所以来投,不想大王竟以国论人。"

魏襄王见庞涓说的话又恳切,又中听,把怀疑、气愤全丢到九霄云外了。他安慰了庞涓几句,有意把话岔开:"庞壮士,你说上山学艺,不知拜在那位仙师足下?"

"云蒙山水帘洞的鬼谷仙师是不才的恩师。"

"噢!"魏襄王一听,满脸堆笑,"原来是鬼谷先生的高徒到啦,快为庞先生看座。"

众臣久仰鬼谷先生,平时上山求学者众多,都是乘兴而去,败兴而归,别说拜师学艺,连面都见不上,庞涓竟是鬼谷先生的高徒,谁不羡慕,谁不敬仰!

庞涓一霎间身价百倍。他扬扬得意地坐在魏襄王的下侧,趾高气扬地扫视着众臣,观察着魏襄王的脸色。

魏襄王说:"刚才不知庞先生的来历,本王言语莽撞,请庞先生海涵。"

庞涓说:"好说,好说,大王如此谦和,真是一位明君。"

魏襄王说:"先生谬奖。不知道先生有何高艺,本王愿一饱眼福。"

庞涓一听,魏襄王是要看看他的本事,便欣然答道:"小才愿在大王前献丑!"说罢离位,走到大殿当中,表演了几套拳脚、轻功。他那动作干净利落,巧如飞燕疾如风,把魏襄王和众臣看得眼花缭乱,目不暇接,连声喝彩。最后他又打了一套罗汉拳,在一片掌声中收功落座。

魏襄王看罢,欣喜地说:"有庞先生这样的贤才,何愁齐国不把宝珠交回来!"

"宝珠,这是怎么回事?"庞涓问道。

"唉,说起来令人耻辱,"魏襄王愤怒地说,"原来齐宣王为王后钟离无盐探地穴时,得到一颗避尘宝珠,这是稀世罕见之宝。后来此宝被人盗窃,有商人重金贩到魏国。我得知后,又用加倍重金买来,奉为国宝。后来齐宣王听说避尘落在我的手中,便派使节来魏国求珠,并愿以几座城池为代价换取宝珠。当时我拘于情面,又不敢得罪齐国，便答应下来，将宝珠交给来使。谁料到，齐国得到宝珠后，一反常态，背信弃义，再不提割让城池之事。我曾派使臣到齐国交涉，齐宣王不仅极力抵赖，而且还百般侮辱使臣。这口气实在难以忍受。为雪耻报仇，讨还宝珠，这才出榜招贤纳士，想以武力震慑齐国。"

"原来如此。"庞涓听罢，轻蔑地冷笑一声，"大王不必为此耿耿于怀。庞某虽然才疏艺浅，夺不回宝珠誓不罢休！"

"好哇，庞先生！"魏襄王当下就给庞涓封官晋爵，"庞涓听封！"

"臣在。"

"本王封你为魏国大将军，高列武将之首，统揽全国兵权！"

"谢大王！"

庞涓到魏国，兵权在握，官全极品，一步登天。上任第一天便下令排兵点将，把十万人马集中于校军场，整日操练。训练了三个月后，军齐将勇，阵容威严。庞涓请求出兵攻齐。

魏襄王在校军场看过军兵操练，见士气昂扬，指挥有方，大喜过望，当下传令，出兵伐齐，讨还国宝。

庞涓率领十万兵马浩浩荡荡地来到界牌关，号令三军安营扎寨，安锅造饭。不多时探马来报，镇守界牌关的是齐宣王的长子田单。

第二天，庞涓命副将萧古达率领三千人马到界牌关前叫阵。

田单闻报，命侄儿田效、田岭带兵迎敌。两军对阵，战将各通姓名，田效首先和萧古达战在一起。二人战了四十多回合，萧古达大叫一声败下阵来。田效也不追赶，鸣金收兵。

庞涓见萧古达败下阵来，气得三尸暴跳，大骂萧古达是个酒囊饭袋，头一阵就败给齐军，灭了魏国的威风。萧古达知道庞涓是小人得志，不敢吭声。庞涓把气出完了，这才点起五千军兵亲自出阵讨敌。

田效刚回到城中，又听探马来报，魏将又在城下列阵，便拈枪上马，开城对阵。他一看庞涓是个眉清目秀的青年，心里便有几分瞧不起，用傲慢的口气喝道："来将通名！"

庞涓比他还傲慢，答道："我先取你脑袋，再告你姓名。"说着手握一口金背砍刀照田效的人头就砍，田效躲过第一刀，正要还手，庞涓的枪又呼啸着直奔他的人头。田效来不及躲闪，被砍下马来，一命呜呼。

田岭一看哥哥横遭惨死，怒火攻心，催马上阵，和庞涓战在一起。田岭哪是庞涓的对手，二人战了三个回合，又被庞涓劈于马下。

齐军将亡兵败，田单闻报又惊又气。他暗自思忖：魏国有数的几员战将，武艺都很平常，怎么今天竟连损二将。他催马出城，上阵一看，只见魏军队前，站立一匹青鬃马，马上端坐一人，身材伟岸，眉清目秀，鼻阔口方，面带杀气，年纪不过二十出头。"咦！这是谁？我怎么不认识呢？"

"来将通名！"田单勒马横枪高声喊道。

庞涓打量这位齐将，他身披银盔银甲，坐下白龙马，掌上端一杆亮银枪，威风凛凛，杀气腾腾。于是报出姓名："我乃是魏国大将军庞涓。你是何人？"

"齐国大公子田单是也！"

庞涓说："齐国一连死了二将，你若知趣，快回去告诉齐王，将那颗避尘珠乖乖交还魏国，我可饶你一命！"

"哼！好大的口气。放马过来，先吃我一枪！"

二人话不投机战在一起，没过十个回合，只听"噌嘞，嗖——"田单的枪被磕飞了。田单这一惊非同小可，拨马就逃。庞涓岂能放过，催马紧追。庞涓的坐骑叫夜里青，是一匹千里马，很快便追上了田单，马头紧衔马尾。庞涓把兵刃交在左手，往前一探身，右手抓住田单的襻甲丝绦往怀里一带，说声："你过来吧。"那田单被活活擒了过去。庞涓把他横在马鞍鞒上，直奔魏营。

界牌关一仗，使魏军威名大振，魏王得到捷报后，高兴得彻夜不眠，赶紧传令，命庞涓班师回朝。同时派使臣到齐国下书，声言一个月内送还宝珠，换取人质，逾期田单性命难保。

庞涓凯旋那天，大良城到处张灯结彩，火炮连天。魏王亲率文武百官到城外迎接。回到王宫，又大摆御宴为庞涓庆功。

在庆功宴会上，众臣争先敬酒祝贺。魏王赐金万两，并将公主许配给庞涓。庞涓梦寐以求的富贵荣华全得到了。

庞涓回到大良后，更加用心练兵。不久又战败邻境的卫国、宋国，魏国成为中原列强之一。

俗话说，"人心不足蛇吞象"，魏襄王战败小国，势压齐国，仍不甘心，他想吞并六国，谋求霸主，于是把这个心事透露给庞涓。

庞涓一听，心里嘀咕开了，要用武力吞并六国谈何容易，即使能把其他五国征服，燕国也难归从。孙膑是燕国人，他父亲孙操是老驸马，燕国受乱，孙膑岂能不救？再者，齐国是燕国的盟国，孙膑又是当今齐宣王的义兄，齐国向孙膑求救，孙膑也不会袖手旁观。可是，这些话又不能对魏王明言。因此，他沉吟不语，陷入深思。

魏王见庞涓半晌不语，面有难色，又追问："驸马对此大业有何忧虑？"

庞涓犹犹豫豫地说："父王有此雄心，是天顺民愿之举。我国兵强将勇，兼并六国无所顾忌。只是两国交战，谋在一，勇在二，我国尚缺一位足智多谋的军师。"

"缺军师？"魏襄王不解地说，"自驸马来到魏国，国威大振，各国对我魏国刮目相看，全靠驸马用兵有方。你是一位不可多得的智勇双全的人，还能请什么高人？"

庞涓听了，虽然心里很舒服，但是醉翁之意不在酒，他并非要真心举荐贤能，而是要把高他一着的能人置于死地，于是直截了当地说："臣保举一人，文武全才，在我之上，若能把他请来，父王的壮志必酬，大业必成。"

"你说的是谁？"

"我的师兄，义兄孙膑。"

"他现在哪里？"

"还在云蒙山学艺。"

魏襄王思索了一阵说："他愿意下山相助吗？"

庞涓满有把握地说："只要父王拟旨召他前来，许以高官厚禄，我再写封信苦苦求他，我想他不会拒绝。"

"既然如此，你也不必写信，就亲自辛苦一趟吧。"魏襄王求贤若渴，恨不能立即把孙膑叫到面前。

庞涓急忙推诿："恕我不能亲自前往。"

"为何？"

"现在我们虽然扣押着齐国的人质，但齐国虎视眈眈，无刻不在伺机出兵伐魏。我若离开魏国，这……"

魏襄王蓦地想起了魏国的大局，连忙说："多亏驸马提醒，险些误了大事。"他沉吟半晌又问："你说派谁去请孙膑为好？"

"派大夫徐甲为好。"

"对。"魏襄王当即传诏，"宣徐甲大夫上殿！"

徐甲上殿拜过魏王，与庞涓见礼后，问道："大王宣臣上殿有何吩咐？"

魏襄王说："庞驸马的师兄孙膑现在云蒙山鬼谷仙师门下学艺。他这文武双全，是当今世上的高人。本王求贤若渴，欲遣你到云蒙山去请孙先生出山助魏，不知你意下如何？"

徐甲说："愿听大王差遣。"

庞涓插嘴道："徐大夫，鬼谷先生不同凡人，性格怪僻，请孙先生出山不易呀！"

徐甲不知道水深水浅，说道："驸马放心，臣竭力把他请来就是。"

魏襄王说："好！本王静候佳音。"说罢，将诏书和庞涓的亲笔信都交给徐甲。徐甲拜别魏襄王，打点停当，带两个随从相伴，向云蒙山进发。

非止一日，徐甲来到云蒙山水帘洞前。他刚驻足，便见从洞内出来一位道童上前稽首："施主来此何事？"

"我是魏国使臣，到此来拜访鬼谷仙师。"

"请到洞府。"道童引徐甲绕过水帘，来到洞府大殿。道童回禀仙师后，回来对徐甲说："师父有请大人。"

徐甲进大殿一看，只见莲花台上端坐一位老者，白须白眉，面如童颜。仙师二目炯炯有神地打量了徐甲一眼："不知大人到此，有失远迎，失敬，失敬，快给大人看座。"

徐甲开始暗暗责怪鬼谷子稳坐莲台，没有出来迎接他，心里怏怏不乐。当他一看这位仙师岸然道貌，仙风道骨，不觉肃然起敬，连忙躬身施礼："仙师在上，恕下官冒昧。"

"大人高姓大名，从何而来？"

徐甲说："我姓徐名甲，在魏国供大夫之职。"

"噢，原来是徐大夫到了。徐大人有此雅兴光临这荒山野洞，使道观蓬门生辉。"

"仙师，我是奉了魏王之命来求仙师的。"

"求我？"鬼谷先生淡然一笑，"贫道乃荒山野人，何言一个'求'字！"

徐甲忙把魏王的诏书递上，说："魏襄王思贤若渴，欲请孙膑先生下山助魏，以成统一大业。"

鬼谷仙师见了诏书连看也没看，脸色变得惨淡凄凉，悲悲切切地说："不巧哇，徒儿伯灵无福享此大任。"

"仙师何出此言？"

"他三天前刚死了。"

徐甲一听，长叹一声，一种怅惘、失落的感觉涌上心头。

第五回　旨难违徐甲三上云蒙山
　　　　躲灾难伯灵挥泪别恩师

　　魏国大夫徐甲到云蒙山来请孙膑，一见鬼谷子，惊闻孙膑已死的噩耗，千种扫兴，万种惆怅，他无可奈何，只好拜别鬼谷仙师，离开云蒙山，回到魏国。

　　徐甲回奏魏王，说明原委，满以为此事作罢。谁料想在一旁听奏的庞涓却对孙膑之死发表了一通异议："父王，那孙膑只比小婿大一岁，体魄健壮，没有陈疾，而且鬼谷仙师对他倍加青睐，怎会突然死去？依臣之见，不是鬼谷子有意推诿，便是孙膑不愿效忠父王！"

　　魏襄王一听，此话有理，不由得气冲斗牛，厉声斥责徐甲："徐大夫，本王待你不薄，为何用谎言欺骗本王？"

　　徐甲一听，魏襄王要定他"欺君之罪"，吓出一身冷汗，急忙跪倒："大王息怒，臣所奏的全是实话，没有一句谎言。"

　　庞涓在一旁插话："徐大夫，你说孙膑已死，以何为凭？"

　　"这是鬼谷先生所讲。"徐甲说。

　　"你可看见他的尸首？"庞涓追问。

　　徐甲不高兴地摇了摇头。

　　"你可看过他的坟丘？"

　　徐甲又摇了摇头。

　　庞涓哈哈一阵冷笑："徐大夫，到云蒙山路险山高，跋涉艰难，你不是知难而退吧！"

　　徐甲一听，庞涓是诋诬他没到云蒙山，欲置他于死地，不由得怒火升腾，厉声说道："大将军因何说我未到云蒙山？你既然在云蒙山学艺，又和孙膑是结拜兄弟，为何不亲自去请孙膑？是不是有为难之处，无脸再见故人？"徐甲在云蒙山听说过庞涓学艺不辞而别的劣迹，因此在痛处戗了他一下。

"你……"庞涓干生气说不上话来。

"好了。"魏襄王连忙制止他二人的争执，说道，"徐大夫，望你能为国求贤，为王分忧，烦你再到云蒙山去一趟。孙膑活着，一定把他请下山来；如果他真死了，也要亲自看看他的坟丘。"

徐甲不敢违命，只好辞别魏王，二上云蒙山。

一路之上，徐甲心里反复琢磨：庞涓为何要撺掇魏王去请孙膑呢？是为求贤治国吗？庞涓不是那样的忠臣。庞涓比起孙膑来，无论智谋、武功都在其后，孙膑真来辅佐魏国，庞涓只好屈居下位。所以庞涓绝不会真心请他。庞涓嫉贤妒能，请孙膑来魏国到底为了什么？他搜肚刮肠，绞尽脑汁，最后终于想通了：庞涓请孙膑下山辅佐魏国是假，置他以死地是真。我怎么能干这种伤天害理的事情呢？可是如果公然抗命，绝不会有好下场。思来想去，无计可施，只好昧着良心去请孙膑下山。

他经历了千辛万苦，二次来到云蒙山水帘洞府。在门前见两个道童正要出洞挑水，徐甲赶紧上前拦住道童："二位仙童辛苦啦。"

道童放下水桶，把徐甲打量了一番："老施主，有何事？"

"我来打听一个人，不知在仙府不在？"

"谁？"

"他叫孙膑。"

二位道童都说："有，有，他是我们的大师兄哩！"

徐甲不胜欢喜："那就好，请二位领我见他一面。"

道童对目相视，然后说道："施主来迟了，前些日子大师兄去世了。"

徐甲一听，如同热扑扑一团火上浇了一瓢凉水。他愣怔了半晌说："不知孙先生的仙体葬在何处？"

道童朝东边一努嘴说："就在那边。"

徐甲心里想：这回我要去亲眼看看孙膑的坟茔，回去也好交代，以防庞涓挑剔。于是他朝东边走去，寻找孙膑的坟茔。

在几棵参天的古松下面、果然有一座坟丘,坟前立着一块墓碑,上写"孙膑之墓"。徐甲这一看,心里有了底,便匆匆忙忙往山下走,好早些回国交旨。

徐甲回到大良,觐见魏王。

"徐大人,你何时回来?"魏襄王问。

"回奏大王,今日刚回京城。"

"可请来了孙先生?"

"孙膑他确实死了。"徐甲的声音铿锵有力。

"何以见得?"庞涓在一旁问。

"我亲眼看见孙膑的坟墓。"

"他是怎么死的?"庞涓再问。

"这……大概是得病吧!"

魏襄王一听,大发雷霆:"徐甲,你大胆!孙膑既然真的死了,你竟连死因都不知,用'大概'二字搪塞本王,该当何罪?"

庞涓火上加油:"孙膑多年练功,已练就内外真功,强身健体,绝不会因病夭折。我问你,真的到过云蒙山没有?"

"不仅到过,而且看了孙膑的坟茔、墓碑。"徐甲理直气壮地说。

庞涓看到徐甲对自己毫无谦恭的奴色,怂恿魏襄王道:"情不密不孝,利不近不忠。依儿臣之见,把徐甲的家小拘禁起来作为人质,让他再去请孙膑,请来孙膑便释放全家,加官晋爵;如再请不来,抄杀满门!"

魏襄王准奏,当即命卫士去把徐甲一家老少全部拿来。在大殿上徐甲和全家见面,诉说原委。妻儿啼哭,十分悲惨。

魏襄王让他一家相见后,命人将妻儿老小软禁起来,不准再与徐甲相见。

徐甲悲愤难言,食难下咽,睡难安榻。好不容易熬过一宿,第二天又去云蒙山三请孙膑。

这一次徐甲也不进洞拜见鬼谷仙师,径直奔到孙膑墓前,跪下便号啕大哭,边哭边诉:"孙先生啊,你我近日无仇,往日无怨,你害得我好苦哇。魏王命我上山请你,你偏偏早逝。现在把我年迈的父母,娇妻爱子全软禁于王府。请不到你,他们便是刀下之鬼,你一人把我全家十数口的性命都害了。你的天理良心何在？"

徐甲哭罢又诉："我三次上山都是败兴而归，受尽了魏王的斥责之苦，受够了庞涓的奚落之辱。这次我空跑一趟，性命也难保，与其死在别人的刀下，不如在此落户全尸。"

徐甲哭着，颤颤抖抖地站立起来，对着坟丘说："孙先生慢走，我到阴曹地府也得把你请到。我的一片真心要让老天爷明鉴。"说罢便朝石碑撞去。可是说来奇怪，他扑到石碑跟前，双腿已挨住石碑，只是脑袋距石碑半尺多远，怎么用劲儿也碰不着，似手背后有什么东西把他拽住。他扭头一看，原来是一位二十多岁的道人用手揪住了他的衣背。

"老兄何必轻生？"那人不慌不忙地问。

"你……你为何拦我？"

"无量天尊，罪孽呀罪孽。道家以慈善为本，普济众生，怎能见死不救！"

"这位道长你错了。今天我非死不可，你若救我就是害我。"

"咦，这话就奇了。救你怎么就成了害你。"

"你今天救我不死，明天我回到家里，必死于刀刃之下，连个全尸也落不下，岂不是害我吗？"

"贫道今天非要救你不可。"那道士斩钉截铁地说。

徐甲一阵苦笑："恕我直言，除了孙膑能救我外，别人都无能为力！"

"哈哈哈！"道士一阵大笑，说道，"贫道正是孙膑！"

徐甲不禁一怔，擦干眼泪，细细端得这位年轻的道士。只见他头戴冠，脑后双带飘垂，青道袍，一巴掌宽的白护领，腰系青丝绦，水袜云鞋，黄白净脸，细眉长目，鼻止口方，文质彬彬，年纪不过二十三四岁。

"你真是孙先生？"徐甲半信半疑地问。

"道家不打妄语。"

"这样说来，是孙先生鬼魂再现，来引徐某上黄泉路的？"徐甲又惊又惧地问。

"贫道见徐大人哭得伤心，动了慈悲之念，恻隐之心，特来成全你的。"孙膑一片诚意地说。

"不知'成全'二字是何意思,是成全我死,还是成全我生?"

"当然是成全徐大人脱离危难,全家团圆。"

徐甲不相信地摇了摇头:"魏王是让我来请活孙膑,不是来请你的鬼魂,何能救我。"

"徐大人被诳矣,贫道不曾死去。"孙膑把实情说了出来。

"那为何鬼谷仙师和众仙童都说你死了,而且有坟茔、墓碑在此?"徐甲疑惑地问。

"徐大人,听贫道详细说给你听!"

原来孙膑为赠给白猿病母仙桃,被鬼谷仙师责打一顿,在乱棒下将孙膑活活打死,为什么老先生这么大的气,因为这仙桃是王母娘娘三月三蟠桃盛会用的,桃丢了怎么向王母交旨?之后把尸体停在一间房内,派人严加看守,不准别人入内。

青莲圣母算出孙膑有难,让白猿带一颗回春丹和刀枪药来看孙膑。当天夜里,白猿施展法术,进到停尸房内,先把回春丹给孙膑服下,又取出刀枪散给他敷在伤处。他刚刚忙完,正要休息,等待孙膑还阳,忽听院内一阵急促的脚步声传来。白猿暗说"不好",正待施展法术功逃走,没想到已被道士团团围住,白猿说:"你不要围我,我正要去见老祖请罪。"到大殿上,只见殿内香烟缭绕,鬼谷仙师正襟危坐在莲台上念经。

白猿一到,鬼谷子把双目微微睁开:"你是何人,竟敢黉夜来撬门偷尸?"

"回仙师的话,小人名叫白猿,我看孙先生死得冤屈可怜,特来吊唁。"

"他怎么死得冤屈?"

"他不就是因为偷了两枚桃子被打死吗?那桃子他闻都没闻,都是我母亲吃了。"

"伯灵说是他偷吃了,你却说是你母亲吃了,到底是谁吃了?"

"千真万确是我母亲吃了。因我母亲病危,口口声声想吃鲜桃。这十冬腊月到哪里去弄桃?我后来想到仙师的桃园,于是便偷偷爬上树去摘了一枚桃子,当即被孙先生看见,非要把桃子留下。我不管不顾，拼命地往家里跑。家母吃了那桃子，当下心清神爽，病体见好。于是我来桃园向孙先生赔礼道歉。孙先生十分仗义，便又赠给我一枚仙桃孝敬母亲。今天来仙洞府，一则是来感谢仙师的仙桃救了家母性命；二则是代孙膑领罪受死。不想孙生先已被仙师打死，我只好忍痛来吊唁孙先生。"

鬼谷子听罢，赞叹白猿真是个孝子，心里又很难过，后悔自己错怪了伯灵，于是带着白猿来看孙膑。

原来孙膑被打得昏厥过去，自服下白猿带来的药后，渐渐醒转过来。鬼谷子推门一声响动，孙膑睁开了眼，就要下榻施礼。

鬼谷子慌忙近前按住他："你安卧养伤，不必多礼。"

白猿见孙膑起死还生，十分高兴，便拉着他的手说："孙先生，家母吃了第二枚仙桃，病体痊愈，让我来替你受责。"

孙膑微笑着点了点头。

白猿又向鬼谷子："仙师，这回要打孙先生的话，我全代替啦，请问什么时候打呀？"

鬼谷仙师笑着说："就怕这辈子再没有打他的机会了。"

孙膑听他说的话蹊跷，便问："莫非恩师不要徒儿啦？"

鬼谷子面色忧虑地说："据我掐算，有人要暗算伯灵，近日有血光之难。伯灵千万不可离开云蒙山。"

白猿关切地问："那该怎么办呢？"

鬼谷子说："东边松林里有一个石洞，可让他到洞里躲避。松林中筑一假坟，立块石碑，外人来访，就说他死了，不与外人相见，一百天后便可避过此灾。"

众道士听了鬼谷仙师的话，立即依计而行，很快筑起新坟，立起石碑。孙膑便住在坟后面的石洞中读书练武。

徐甲上山来请孙膑二次不遇，这一次在坟前哭得凄凄惨惨，孙膑听了也伤心掉泪。他正要上前劝慰徐甲，不料徐甲欲碰碑自尽，被他一把拉住，暴露了自己的身份。孙膑一算，正好九十九天，于是长叹一声："天意难违，我只好跟着你去跳火坑了。"

徐甲说："魏王请先生统一中原，待以上宾，何言去跳火坑？"

孙膑说："天机不可泄露。"

徐甲急切地说:"孙先生,咱们一块走吧,免得我全家受苦。"

"我得去拜别恩师。"

徐甲忙说:"你去辞行,鬼谷仙师必然强阻硬拦,难以下山。依我看不如悄悄一走了事。"

孙膑摇了摇头说:"一日为师,终身为父。恩师待我不薄,焉能不辞而别!"

徐甲无奈,只好跟着孙膑去见鬼谷子。

"恩师在上,今天徒儿已被徐大夫识破,为拯救他一家老小,请恩准徒儿下山走一趟。"

鬼谷子微微睁开双目,长叹一声:"可惜呀可惜。"

徐甲连忙跪下磕头:"望仙师大发慈悲,搭救我全家性命。"

鬼谷子忙说:"徐大人免礼,请坐。"接着对孙膑说:"看来此灾难以躲避。你慈善的心肠是得道之本,也是招祸之源。大丈夫欲成大业,不能事事都存慈悲之心。今日一别,不知何日相逢,为师赠给你一份薄礼,以资留念。"说罢叫道童取来一个一寸见方的银盒。

孙膑双手接过银盒:"谢恩师美意。"

"伯灵,你知道盒内装有何物?"

"徒儿不知。"

"这是一部天书,记住,一定要随身携带,不可疏忽,不到紧要关头不要打开。"

孙膑把银盒藏好,又问:"恩师还有何指教?"

"当今乱世之秋,人心难测。争功如蚁排兵,拾利似蝇吮血。你虽慈善为本,可防人之心不可无哇。"

"徒儿谨记师训。"

"好啦,你可以走了。"

"恩师保重!"孙膑给师父叩了三个响头,挥泪而别。

孙膑跟着徐甲夜宿晓行,非止一日来到大良城魏王殿外。徐甲进殿交旨。

魏襄王一听徐甲真的把孙膑请来了,大喜过望,连忙降阶迎接。

庞涓更是欣喜若狂,连忙迎出殿外,一见孙膑,握着他的手说:"三哥,你把小弟想死啦。"

孙膑也被感动得热泪盈眶:"我也很想贤弟,别来无恙吧?"

"三哥一向可安?"

二人寒暄过后,携手步入内殿。殿前魏襄王又与孙膑寒暄了几句,这才进入了大殿,重新见礼,君臣落座。

文武众臣见魏襄王如此厚待孙膑,一个个上前见礼,孙膑还礼不迭。庞涓在一旁看着眼热心烦,暗道:莫看今天风光景,且待来日受罪时。

魏襄王传命,为给孙膑接风洗尘,在殿内大摆酒宴。

酒过三巡,魏襄王说:"孙先生光临魏国,如猛虎添翼。"

孙膑一看,魏襄王如此崇尚贤能,便道:"贫道无能,愿为魏王效力。"

当天宴席散后,魏襄王说:"先生的府第尚未落成,先生只好先屈居驿站了。"

庞涓忙说:"大王不必费心,我师兄与我多日不见,还是暂住我的府中,也好早晚议事。"

魏襄王高兴地说:"如此甚好。"

孙膑哪里知道身入龙潭虎穴。

第六回　妒火烧庞涓设计除孙膑
　　　　歹心起糊涂魏王中圈套

　　孙膑被请到庞涓府中，重摆酒宴，热情饮待。席间，各叙别后离情，倾吐肺腑。其实，孙膑说的真是肺腑之言，庞涓却是一片虚情假意。厚道纯朴的孙膑对庞涓的一言一语都信以为真，一点儿也没感到貌合神离，竟没有半点察觉。

　　"自从咱二人分别后，三哥又学了些什么技艺？"这是庞涓最感兴趣的话题。

　　"你走后，师父把全套兵法都教给了我，攻守之略，用兵之策，愚兄已略知一二。"孙膑实话实说，略带几分谦虚。

　　庞涓一听，妒火攻心："兵书战策乃兵家的法宝，三哥能学到全套兵法，使小弟羡慕不已。今有一事相求，不知三哥可肯赏脸？"

　　"自家弟兄，何必客气，直言无妨。"

　　"请出兵书，让小弟见识见识。"庞涓真后悔不该将偷到手的兵书丢掉，只好二次诳书。

　　"实在对不起，那部兵书没有带来。"孙膑遗憾地说。

　　"你把它放在何处了？"庞涓急切地问。

　　"留在师父那里了。"

　　庞涓一听，凉了半截，惋惜地说："你怎么能把这传世奇宝撂在云蒙山上呢？"

　　孙膑不介意地说："师徒如父子，放在师父那里最放心。"

　　庞涓一撇嘴说："莫怪小弟嘴酸，咱们师父待人不一样，待你如父子，待我像仇敌。上山学艺他不收，好不容易留下又不诚心教。你说我和他亲在哪里？近在何方？"

孙膑把脸一沉，严肃地说："师父待你不错，你的本领还不是恩师教授的！没有师父教你，你能当上魏国的大将军吗？"

庞涓被孙膑数落得面红耳赤，无言可对。他赶紧岔开话头："我是说三哥把兵书放在云蒙山，将来作战用兵，要看兵书怎么办？难道再回云蒙山请教不成！"

孙膑心平气和地说："贤弟不必担心，那兵书十三篇我都背得滚瓜烂熟，对其精辟之处还能解文领会，应用自如。"

"啊，原来是这样。"庞涓听了不喜反忧。

孙膑见庞涓神情忧伤，安慰道："贤弟想学兵书不难，愚兄一定悉心教你，代师传艺。不过，你不能对师父不尊。"

庞涓尴尬地笑了笑："恕小弟酒后出语不恭，三哥能倾囊教授，小弟感恩不尽。"

二人边说边聊，直到更深夜阑才各自安息。

次日早朝，庞涓和孙膑相随上殿参驾。拜毕，魏襄王与孙膑寒暄了几句，问道："听说孙先生是前朝兵家孙子的后人，此话当真？"

"不错，孙子正是贫道的先祖。"

"孙子曾著《兵法十三篇》，先生可曾读过？"

"那部祖传宝书常带在贫道身边，每日习读，下山时才留在师父那里。"

魏王一听，连声夸赞："哎呀呀，先生既是先朝兵家的后人，又是鬼谷仙师的高徒，文才武略必定天下第一，真是难得的人才。"

"大王过奖了。"

"魏国是区区小国，人才匮乏，见识不多，孙先生可愿一现绝艺，使大家开开眼界？"

孙膑一听，知道魏王是要考考自己，便说："贫道愿意献丑，不知大王要看长枪短打，还是要试布阵用兵？"

魏王说："一看庞驸马的功夫，便知先生的武艺，不必劳累。就请先生给大家讲讲兵法吧。"

"好，"孙膑滔滔不绝地讲起兵法来，"孙武子著《兵法十三篇》。第一是始计，论述前人用兵之道；第二是作战，论述两军对峙之法；

第三是谋攻，论述……"

孙膑一口气把十三篇兵法的题目、内容简要地说了一遍，对其中的精辟论述作了重点解释。魏王和众臣听得津津有味，聚精会神，如痴如呆。

"孙先生谈阵论兵，见解高深，振聋发聩，真是一位军事家呀，哈哈哈……"

魏王连声夸奖叫绝，使庞涓心神不定，他担心孙膑如果把能耐都显露出来，必然会得魏王的欢心，众臣的敬仰，自己自然就会被他压倒，屈居其下，那将是什么滋味呢？于是赶紧拦住话头："父王，来日方长，孙先生讲论兵书有的是时间，是不是……"

庞涓说了半截话打住，魏襄王说："对，对，改日请孙先生到内宫讲几天兵法，好让本王长长见识。"

孙膑说："遵命。"

魏襄王原来想，今天看看孙膑的才学本事，然后封职，如果才华出众，谋略过人，便封他为护国军师，居群臣之首。现在看来，封他为护国军师当之无愧，便说："本王欲止战乱，平天下，统一中原。现在武有驸马庞涓等一班战将，只缺一位足智多谋的军师，先生……"

庞涓一听，魏襄王要给孙膑封官，急忙上前拦阻："父王，现在封赏为时过早，知情的是父王量材使用，不知情的还以为是小婿为孙先生谋取高位。与孙先生名声有碍，小婿还担干系。过些日子，让人们见识见识孙先生的本领，封以高官，许以厚禄，群臣百姓心悦诚服，岂不善哉？"

魏王听了连连点头，"此话有理。"可是孙膑上朝参与国事，总不能以道士的身份出入王宫吧，总得有个官衔称谓。该封他个什么呢？魏襄王思索了一阵，终于有了主意，"孙先生初到魏国，暂时屈当客卿，以便参政议事，日后再高封厚爵。尊意如何？"

"臣遵命。"

庞涓对魏襄王的封赏十分满意，因为客卿的意思是半客半官，有职无权，这就阻挡了孙膑高升之路，可以随心所欲地摆布他。

魏襄王兴致勃勃，还想看看孙膑的本事，他看看天色尚早，又

044

说:"到校军场请孙客卿布兵摆阵,大家一饱眼福如何?"

众臣都很高兴,齐声道:"甚好!"

魏襄王传旨,速速鞴马拴车,到校军场布阵排兵。

魏国的队伍,经过庞涓长时间的训练,素质很高。工夫不大,军兵整整齐齐地列队入场。魏襄王在点将台正中坐定,群臣两边相陪。

魏襄王说:"驸马先摆几阵,让孙客卿看看。"

"儿臣遵命。"庞涓本不愿来摆阵排兵,生怕出丑,但是王命已下,不敢推辞,便硬着头皮站在点将台的石阶上,手摆令旗,排兵布阵。

庞涓布好阵后,魏襄王向孙膑:"客卿可能识得此阵?"

"此乃一字长蛇阵。"孙膑回答得干脆利落。

"如何破法?"

"先毁阵眼,首尾齐攻,一击即溃。"孙膑对答如流。

庞涓挥动令旗又摆一阵。

"这是什么阵?"魏襄王又问孙膑。

"阴阳八卦阵。"

"如何破法?"

孙膑胸有成竹,滔滔不绝地讲了一番。魏襄王和文武百官都点头称赞。

魏襄王:"请客卿摆一阵,让大家开开眼界如何?"

孙膑接过令旗,用各种旗语调度军兵,摆成一阵。

魏襄王从来没见过此阵,便问身边的庞涓:"驸马可识得此阵?"

庞涓也不认识此阵,可是又不能直说,便搪塞道:"儿臣看不大清,待我走近细细观看一番。"于是他走到孙膑身旁,说道:"师兄,你摆得阵好快啊,这叫……怎么我连阵名也给忘了。"

"这叫四龙兜底阵。"

"哦,对,对,我想起来了。"庞涓又回到魏王身旁,说:"这叫四龙兜底阵,那东西南北四队军兵如同四条龙来回游弋摆动,左右逢源、前后呼应,运动起来,敌兵无法接近。"

"啊!此阵不错。"魏襄王自言自语地说,"叫孙先生再摆一阵。"

庞涓走到孙膑跟前说道:"大王叫三哥再摆一阵。"

"好!"

"你打算摆什么阵呢?"

孙膑想了想,说:"摆个九狮护主阵吧。"说着挥动手中的令旗,很快又摆出一阵。

魏襄王一看,此阵更奇。阵内弯弯绕绕,变化多端,瞧了半天也看不出门路来。庞涓在一旁装出谙熟此阵,不屑一顾的样子:"这是九狮护主阵,没有什么新鲜的。"

布完阵后,魏襄王传令收兵,在庆功楼设宴祝贺。在宴席上,魏襄王又把孙膑夸奖了一番。

庞涓一听魏王夸奖孙膑,心里就感到酸溜溜的,暗自思忖:我来到魏国打了那么多胜仗,立了那么多战功,魏王也没这样夸奖过我;孙膑初来乍到,寸功未建,竟得到他这样的青睐。将来日子长了,我必然被冷落。原想缓缓再收拾他。只怕中途有变,必须赶快置他于死地。

好不容易熬到酒宴散后,庞涓佯醉回府,也不管孙膑,径直回到书房倒头便睡。他心中有事,翻来覆去睡不着。暗自思忖除掉孙膑的办法:如果孙膑死在自己府中,难脱干系,舆论哗然,影响自己的前程。要除掉他,先得把他……

第三天,庞涓上殿奏本,请魏王下诏将驿站改为客卿府,赐给孙膑居住。魏王允应,当下派人去办理此事。

驿站经过修葺装饰,焕然一新。庞涓亲自把孙膑送进府去,并安排了差人、侍女侍奉他的衣食起居。

有一天,庞涓把写好的一封信交给亲信庞大铁,如此这般地叮咛了一番。

庞大铁离开驸马府,牵着马来到郊外,翻身上马,紧加几鞭,催以飞奔。直累得那马大汗淋漓,庞大铁灰尘蒙脸,这才返回城内,牵马缓行,进得客卿府门前,伸手敲打门环。

家人拉开半扇朱门,探出头来问道:"你找何人?"

"烦你往里通报一声,就说孙三公子家里的下书人来啦。"

家人不敢怠慢,急忙往里通报,不大工夫出来说道:"孙先生叫你进去。"

庞大铁风尘仆仆地来到孙膑的书房："三公子在上，奴才给您磕头啦。"

"快快起来。"

庞大铁站起来，先把一封家书双手呈给孙膑："驸马爷听说公子艺满下山，来辅佐魏国，命奴才来传家书。"

孙膑性情耿直，从不多疑，也不问下书人的姓名，便把书信留下，命家人准备酒饭，招待下书人。

下书人走后，他打开家书一看，原来是母亲思念他，精神恍惚，忧伤成疾，望他能回去一趟。

孙膑看罢家书，沉思半晌，百感交集。回想自己离家六载，连一封平安家书都未曾写过，真是儿走千里母担忧，母走千里儿不愁。为人不孝，天怒人怨，孙膑思乡之愁油然而生，恨不能立刻插翅回乡，见到父母兄嫂一叙阔别之情。可是回头一想，自己初侍魏王，魏王又如此器重自己，庞涓待自己情同亲兄弟，他们为请自己出山费了多少周折，吃了多少苦头，就这样匆匆离去，岂不被说义短情薄。他再三斟酌，还是不走为好，于是急忙修书一封，向父母陈述原因，推迟归期，希望家中能理解他、原谅他。

庞大铁在厨房里吃得酒足饭饱，正闭目养神，家人来叫："客卿大人叫上差进去说话。"

孙膑把写好的家书交给庞大铁，说道："你把这封书信带好，早些登程，以免我父母惦记。"

庞大铁说："三公子放心，奴才现在就登程。"

孙膑哪里知道，庞大铁骑马出城，转了一圈，天刚擦黑便回到驸马府中。

庞大铁把孙膑的书信交给庞涓，将经过一五一十地禀报一番，庞涓连声称赞，赏了他一些金钱，让他去休息。然后拆开书信，仿照孙膑的笔迹又写了一封伪信，墨迹一干，便带着这封信入王府求见魏襄王。

魏襄王一听内侍传禀，驸马有急事求见，立即召见。

"父王，这里有孙膑的书信一封，请过目。"

魏襄王接过书信一看，沉思不语。

庞涓原来想，魏王看罢书信，定要大发雷霆，不料他看了信后，全无怒色，安然静坐，于是他上前又说道："父王，有道是画虎画皮难画骨，知人知面不知心哪。我当初没有看透孙膑，极力举荐他为魏国效力，谁知他事主不忠，心存二意。"

"唉——"魏襄王哀叹了一声，"我自登王位以来，本欲励精图治，广招天下之贤能，以展统一华夏之宏图，却忘了'用人不疑，疑人不用'的古训，没有及时封孙膑护国军师，使他产生了思乡之情，离魏之意。这是本王的疏忽，后悔莫及呀！"

魏襄王遇事能反思、忏悔、这是少见的。庞涓也感到奇怪，这封信主要是讹称孙膑不辅佐魏王，要回乡别图大业。魏襄王看了，为何不生气呢？你不生气，我非让你生气不可。于是庞涓说道："父王不必自怨，孙膑如同河水上飘着的枯叶，难以留住。以儿臣愚见，晚走不如早走。"

"这是为何？"

"孙膑有双父双母。他出生在燕国，大驸马孙操是他的生身之父；在齐国也有他的义父母。"

"谁是他的义父母？"

"齐宣王是他的义父，钟离无盐便是他的义母。"

魏襄王一听，勃然大怒："既然如此，你为何知情不举，还非要把他请来？"

"回禀父王，原来儿臣对此情全然不知，最近才有人告诉我孙膑的底细。"

魏襄王咬牙切齿地说："孙膑不保魏国，也绝不能让他去辅佐齐国！"

庞涓明白了魏襄王的意思，脸上掠过一丝奸笑："父王言之有理！"

第七回　设毒计文面刖足害孙膑
　　　　骗兵书笑里藏刀数庞涓

"哼！正因为他文才出众，武略过人，才必须除掉他。他不愿留在魏国，到哪个国家也会变成我们的对头。"

"如此说来，他真是一个可虑的后患。"庞涓佯装茅塞顿开的样子，神色懊悔地说，"当初我不该……"

魏襄王笑了笑宽慰庞涓："驸马不必自悔自责，人心莫测，自古如此。"

庞涓满以为魏王已下决心杀掉孙膑，正要献上杀人的妙计，又见魏王忧虑地说："可是，要杀孙膑也不容易。"

"这是何因？"庞涓像冷水浇头，不解地问。

"现在魏国和其他六国都知道，本王选贤任能，从云蒙山上三请孙膑，如果把他杀掉，岂不引起天下人讥笑，而且也堵塞了贤路，谁还愿来投奔魏国？"

"哦，"庞涓一听，此话也有道理，他眉头一皱，有了主意，伏在魏王耳畔说，"儿臣先去规劝他留在魏国，如果他执意要走，父王就……"

魏王点头应允。

庞涓离开王宫直奔客卿府。

孙膑闻报，迎出门外："贤弟光临寒舍，有失远迎，望能见谅。"

"三哥太客气了。小弟对兄长照顾不周，很感不安，特来谢罪。"

"请吧！"二人携手步入客厅，落座后，孙膑命人快备酒菜。

庞涓呷了一口酒，关切地问："三哥离家多久啦？"

"屈指算来，一晃六年过去了。"

庞涓似乎很动情地说："六年的光阴在外易度，在家难熬，伯父伯母不知如何想你呢！"

孙膑受了庞涓情绪的感染，思亲归乡之情油然而生。他拿出家信，递给庞涓："贤弟，家中来信催我回去，母亲很想我。"

庞涓接过信来浏览了一眼，因为这信出自他手，何用细读。他折起信来交给孙膑："三哥打算何时起程？"

"我不打算回去。"

"这正为何？"

"我自到魏国，承蒙魏王如此关照，实在过意不去。现在我身无寸功，恩德未报，先去探母，岂不被人耻笑？"

"哎呀三哥，你这话可说错了。魏王最爱孝子贤才，俗话说忠孝难全，你能尽孝，又能尽忠，更会被魏王器重，如果魏王知你母病不探，必然怪你不孝，反倒不好。"

"这……"孙膑有些不知所措。

"再说，伯母忧思成疾，你怎能置之不理，难道你一点母子之情、孝敬之心都没有吗？"

庞涓一通劝说、责备使孙膑心头一热，面有愧色。他沉思了一刻，问道："我若请假探母，魏王他能恩准吗？"

庞涓说："魏王重孝爱贤，焉有不准之理。你明天早上进宫奏以实情，魏王不仅会喜喜欢欢地准你回乡，还要赠你礼品呢。"

"好，就听贤弟的话，明天我上殿去请假。"

第二天一早，文武众臣朝见魏王。孙膑拜别奏道："启奏大王，臣离乡六年未曾探亲，家母忧思成疾，久病不愈，恳请大王准臣回乡探母。"

魏王一听，便知庞涓规劝无效，不禁怒火中烧，杀气腾腾："孙先生你要回乡探母？"

"是。"

"你怎得知令堂有病？"魏王问。

"有家人前来送信。"孙膑将书信呈上。

魏襄王不屑一顾，把书信一丢，又问："何人下书？"

"这……臣忘了问他的姓名。"孙膑窘迫地说。

"哈哈哈!"魏王一阵冷笑,"孙膑,本王早看你存有二心,想离开魏国,请假探母不过托词而已。"

孙膑急忙分辩:"大王误会了。臣蒙大王错爱,只想尽心竭力辅佐大王,从无二心。"

"谁能信你?"

孙膑想说"庞涓可以为证",可是眼睛向殿堂一打量,哪有庞涓的踪影?只好闭口不语。

魏襄王见状,又问:"孙膑,你可是燕国驸马孙操的儿子?"

"是。"

"齐宣王夫人钟离无盐可是你的义母?"

"不错。"

"本王欲灭六国,你可愿平燕灭齐?"

"这……"孙膑支吾难言。

魏王怒冲冲地说:"本王请你下山,原想封你为相,统一中原,不料你竟恩将仇报,心怀叵测,留你一命,后患无穷。来人哪,将孙膑推出去杀!"

一声"杀"字出口,孙膑大吃一惊,文武众臣也瞠目结舌。但是谁也不敢求情。因为孙膑是庞驸马推荐来的,谁知道其中的奥妙?

孙膑被推出王宫外面,正巧庞涓走了过来。

孙膑看见庞涓,如遇到救星一般,高声呼叫:"贤弟,快快救我。"

庞涓佯装惊讶,走上前去问道:"这是怎么一回事?"

孙膑将请假不准,魏王暴怒,要杀他的过程说了一遍。

庞涓抱歉地说:"全是误会,都怨小弟偶感风寒,迟来一步。这样吧,你先在此委屈一时,我赶紧上殿奏本。"

驸马说话,卫士不敢不听,只好押着孙膑等候。

庞涓来到大殿,参拜魏王后,问道:"父王要杀孙膑,不知他身犯何罪?"

魏王一听,心里好生不快,暗道:这都是你的主意,何必明知故问。可是对着众臣也不好把话说透,便说:"孙膑想逃离魏国,帮燕助齐,何必留此后患。"

庞涓说:"孙膑是儿臣推荐来的,请父王息怒,暂时打入牢监,查明叛迹,再杀不迟。"

魏王知道庞涓还有话讲,便说:"就依驸马,将孙膑打入牢监!"

庞涓领命,急忙出宫告诉孙膑:"三哥不要害怕,我已恳请魏王刀下留人,先屈居牢房,很快便会拨云见日,加官晋爵。"

孙膑一听,感激涕零,说道:"谢谢贤弟救命之恩。"

庞涓把孙膑送进狱中,命狱卒格外照顾,不可怠懈。然后对孙膑说:"小弟先回去给三哥打点行李,安排膳食,免得三哥吃苦。"

"又让贤弟费心啦。"

庞涓离开狱牢,很长时间不见返回。孙膑正等得心焦,突然从外面涌进五六个人来。传旨官走到孙膑跟前厉声说道:"孙膑听宣,大王旨意下,孙膑居魏通敌,按魏律当杀。念驸马一再求情,免其死罪,膑足文面,以正国法。"

"啊!"孙膑一听,如五雷轰顶,一阵眩晕,昏了过去。

狱官一声令下,施刑的狱卒一拥而上,将孙膑拖入刑房,用火棍文其面,用斧子断其双足。孙膑惨叫不已,那声音撕心裂肺,惨不忍睹。这出惨剧都是庞涓一手谋划的,可是孙膑却蒙在鼓里。

孙膑被膑掉双足后,一直昏迷了三天。这天他刚刚清醒过来,只觉得双足火辣辣钻心般的疼痛。他想翻个身,又不能动弹。这时耳畔有人轻轻呼叫他:"三哥,师兄!"

孙膑睁眼一看,庞涓站在他跟前。孙膑不禁流下了眼泪,庞涓也失声痛哭:"我对不起三哥,想我一步来迟,未能救下三哥,小弟在你床边整整守了三天三夜啦。"

孙膑有气无力地说:"多亏贤弟求情,免遭一死。虽然膑去双足,这是不幸中的万幸了。"

"那天小弟苦苦哀求魏王,魏王不免死罪,是我以死相争,才免死膑足,使三哥受如此酷刑,落下终身残疾。"庞涓说着,又伤心地痛哭起来。

孙膑安慰庞涓道:"贤弟不必难过,这都是天命。我虽熟读兵书,也无用武之地,今后做个酒囊饭袋,了此一生吧!"

庞涓听了这番话,心里十分高兴。他盼的就是这种结果。孙膑已终身残疾，空有其才，将来七国争雄称霸，庞涓便可大展雄才，天下再无掣肘之人。于是立即收敛泪迹，说道："魏王已经用过酷刑，三哥就随我回家调养吧！"

孙膑在牢中吃尽苦头，膑足后又无人照顾，自然很高兴同庞涓一起离狱回家。庞涓当下命人回府收拾寝房，让家人把孙膑招到驸马府中。

孙膑自到驸马府后，庞涓每天陪他吃饭，顿顿是山珍海味，美酒佳肴，并请来名医为孙膑治疗伤残。孙膑伤口渐渐愈合，甚是感激。

有一天，庞涓领着名医给孙膑诊过脉，换过药。医生走后，庞涓坐在卧榻跟前，泪水盈盈，露出一副凄苦悲惨相来。

孙膑看了，急忙劝道："贤弟不要难过，你看我这伤势日益见好。有你尽心照顾，看来性命无虑，只不过受些痛苦罢了。"

庞涓哽哽咽咽地说："都是小弟不好，原来想请三哥来魏国一展雄才，济世安民，谁知天有不测风云，竟落得如此下场。可惜三哥满腹经纶，壮志难酬……"

孙膑不以为然地说："你我同师学艺，孙某已成残疾，还有贤弟健在，定国安邦的夙愿定能实现。"

庞涓忙说："小弟怎敢与三哥相比？你熟读兵书，谙知韬略。我半途而废，连那兵书见都未见过，怎敢担当统一江山的大业？"

孙膑知道庞涓的意思：白猿说过庞涓曾偷过他的兵书，后来被白猿追了回来，平时他又多次提到兵书，这不是明摆着想得到兵书吗？孙膑本不想把兵书传给他，可是又一想，庞涓对自己亲如弟兄，自被膑足后，他精心伺候，无微不至，再说自己终身残疾，把兵书传给庞涓，对治理天下大有用处。于是说道："贤弟想学兵书吗？"

"当然想学，可是兵书还在云蒙山上，可盼而不可得呀。"

"贤弟莫急，那兵书我已熟背如流，待我伤势略好一些，能在桌前坐下，便给你默写下来。"

庞涓一听，大喜过望。他为自己想的这套残害孙膑的毒计而暗暗得意，第一，孙膑致残，除掉了对手。第二，孙膑献书，自己如猛虎添翼。赶走孙膑，后患无穷；先杀孙膑，难得兵书。只有把孙膑搞成这个样子，才是上策。他心里这样想，嘴里却说："三哥养病为重，切不可过度劳累。至于兵书的事,只不过随便说说而已,等您伤愈后再写不迟。"

庞涓离开孙膑的寝房,便命家人把竹简和笔墨给孙膑送去。

打这以后,孙膑每天吃罢饭便默写兵书。他双腿不能弯曲,便把一块木块平放在大腿上,一笔一画地往竹简上默写,每写一个字都付出很大的代价。

这一天,孙膑吃罢饭,正默写兵书,忽见门推开一道缝,露出一个胖乎乎的小圆脸蛋来。

"伯父,您做什么?"

孙膑抬头一看,是庞涓三岁的儿子英儿,于是高兴地喊道:"过来英儿,让伯父看看。"

英儿虽然刚满三岁,生得虎头虎脑,大眼长眉,口齿伶俐,十分讨人喜欢。孙膑不能动弹,英儿常来跟他玩,给他悲苦寂寞的生活平添了欢笑。

"伯父,您写什么呢?"英儿走到孙膑跟前问。

"我要写一部书。"

"是不是写兵书?"

"是。你怎么知道的?"

英儿着急地说:"伯父千万不要写啦!"

"这是为何?"孙膑不解地问。

"您写完兵书就活不了啦。我不愿意您死!"

孙膑一听,大惑不解,忙追问:"英儿,这是怎么回事呢?"

英儿正要把实情告诉孙膑,不巧有人开门进来。

第八回　梦方醒悔恨交加焚兵书
　　　　开宝盒装疯卖傻存性命

庞涓的儿子英儿正要把实情告诉孙膑，屋门吱扭一声响，英儿的乳母走了进来："哎呀，小祖宗，叫我找得好苦哇。"

"我就在这儿玩。"英儿倔强地说。

"这可不行。你爹不让你来打扰孙先生，快走吧！"

英儿恋恋不舍地看着孙膑，孙膑劝道："听乳母的话，快去吧。"

英儿走后，孙膑失神地瞅着怀里的竹简，他觉得刚才英儿说的话很奇怪。"写完书就活不了啦。"这是什么意思？他反复琢磨，百思不得其解，只好丢开，不去想它。

"先生，歇一会儿吧，请喝茶。"侍候孙膑的书童庞良把一杯酽茶递过来。

"啊，庞良，你歇着吧。"孙膑接过茶杯，呷了一口，艰难地握笔写了起来。

"先生，您……"庞良两眼盯着孙膑，欲言又止。

孙膑抬起头来，看了看庞良："怎么，你有事吗？"

"先生，小孩嘴里吐真言。刚才英儿说的话，您可要多留意呀。"

"好吧！"孙膑虽然嘴里这样说，心里却想：我住在师弟的府中，戒备森严，谁敢把我怎么样。于是不以为然地又写了起来。

庞良一看孙膑毫不介意，无可奈何地叹了一口气，转身走了出去。

庞良为何来劝孙膑？原来他是庞涓身旁的书童，平时庞涓待他不薄。自孙膑来府里养伤，庞涓便派他侍奉孙膑，暗自嘱咐他，留神孙膑的言行，监视他不准与外人来往。谁料到庞良和孙膑待了一段时间，感到孙膑是个忠厚老实的饱学之士，又听外面议论庞涓的不是，于是对孙膑产生了好感，处处为孙膑着想，侍奉他十分殷勤。

这天上午，庞良从公主的屋前经过，只听公主正高声大嗓地训斥庞涓："驸马，你身为魏国大将军，整日忙着操练兵马，晚上回来又要侍候那个瘫子，把我一人丢到房里守活寡。你要和他亲热，不妨晚上就跟他睡觉去吧！"

庞涓柔情地说："公主息怒，你还不知我的苦心何在吗？"

"什么苦心我不管，赶快把那个废物赶走！"

"别着急。"庞涓摩挲着公主的香肩说，"等他把书写完，死期也就到了。"

公主听庞涓说过关于兵书的事，便缓和下来说道："快点催他写，省得惹人讨厌！"

"遵命！"

庞涓夫妻这段密语，不仅在他们跟前的英儿听到了，也被书童庞良听到了，所以庞良对孙膑的处境既同情又担心。

晚上，孙膑在床上翻来覆去不能入睡，有时翻身不慎碰着伤口，发出轻微的呻吟。庞良走到他床前，关切地问："先生怎么啦？是不是伤口疼得厉害？"

"噢，不要紧。你快睡去吧。"

"先生不睡我也不安，我就在此侍候您。"

孙膑不忍叫庞良守在床边，催他去睡又不听，只好说："你就睡在我的床边，有事好叫你。"

庞良便蜷屈在孙膑的床边，头一挨枕便鼾声大作，进入梦乡。

突然庞良喊道："孙先生，您快逃吧，他们抓你来了！"

"庞良，庞良，你怎么啦？"

庞良被孙膑叫醒，定了定神说："先生，您没事吧？"

"我很好，你怎么出了一头汗？"孙膑抚摸着庞良的头问。

"刚才我做了一个噩梦，梦见有人来捉拿你，要杀死你。我唤你快逃，你却坐着不动。可把我急坏了。"

孙膑也感到今天发生的事有不祥之兆，心里忐忑不安，嘴里却安慰庞良："不要害怕，白天有所想，夜晚有所梦。我已成残废，有人杀我，只有束手待毙，逃也逃不掉。"

第二天，孙膑刚吃罢早饭，便听有人来喊庞良。

庞良赶紧走到院子里，一看是老院公范明。

"范老伯叫我有事吗？"庞良问。

"孙先生在不在？"

"正忙着写书呢！"

"还缺什么东西？"范院公问。

"什么也不缺。只是孙先生的伤口疼得厉害，晚上不能入睡。"

"他的伤口不是好些了吗？"

"都是抄书累的。最好能请个医生给他看看。"

"好吧，我回去禀告驸马爷。我说庞良，我是奉驸马爷之命前来催书的，你可要让孙先生快点写啊。"

"知道啦！"庞良不高兴地说，"孙先生这几日除了白天写书，晚上还秉烛苦写，硬是累得伤疼体弱。再催他不是要他的命吗？"

范老伯摇了摇头，叹息道："这我知道。孙先生是个好人，好人不长寿。快点写完书也少遭罪。"

庞良一听，这话里有话，追问道："老伯的话是什么意思？"

范老伯朝四下望了望，低声说道："可怜孙先生太忠厚了，他没几天活头啦。不过早死早转生，少活一天少受一天罪。"

"这么说，孙先生写成书就活不成啦？"庞良明知故问。

"唉！这是明摆着的事情。咱们驸马爷是个精明神，他家里能白白养活一个残废吗？"

庞良又试探着问："可是，孙先生是驸马爷的磕头弟兄，亲如手足，他怎么能让他死呢？"

范院公长叹了一声说："你还年轻，对驸马爷的秉性不了解。他是个心毒手狠的人。用人之时千般好，到不用时一刀杀。你这些日子见过大管家的面吗？"

庞良略一思索，可不，有很长日子不见大管家庞大铁了，于是问道："他去哪里了？"

"早到黄泉路上去了。"范院公愤恨地说，"咱们驸马让庞大铁假扮孙先生的家人去送信，过不几天，驸马便派人把庞大铁杀啦。这叫杀人灭口，卸磨杀驴，最歹毒了。"

"啊，原来是这样。"庞良像被蝎子扎了一下，心里又愤恨，又窝火。

"阿良，你千万不要和别人说。这话要传到驸马耳朵里，咱俩都得当刀下冤鬼。"

"老伯放心，我对谁也不说。"

老院公范明离开时，从腰里搜出一把铜钱来，交给庞良："老汉没有余钱，拿这些零钱给孙先生买些可口吃食，聊表寸心。"

庞良被老院公的义举感动得流下了热泪。这时，听得屋里孙膑高声呼唤："庞良，庞良在哪里？"

庞良和范老伯告别，回到房内："先生唤我何事？"

"我要写书，你帮我准备竹简、笔墨。"

"先生不要写了，保养身体要紧。"

孙膑说："不要紧，刚才是不是有人来催书？"

庞良点了点头。

"那就快写吧。"

庞良站着不动。

"你怎么啦？"孙膑见庞良眼圈红涩，问道，"你刚才哭了？"

庞良再也憋不住了，满腹的愤恨、悲怜、忧虑一齐化作热泪，夺眶而出。他上前拉住孙膑的手说："先生，您是个大好人，眼看到了死期，还拼命地写书！"

孙膑被庞良的情绪所感染，紧紧握着庞良的手说："此话怎讲，何言到了死期？"

庞良这才把庞涓夫妻的谈话和老院公范明刚才说的话一股脑儿全倒了出来。

孙膑听了，大吃一惊，自语道："难道真有此事？"

"孙先生蒙在鼓里被人耍弄，还替人家卖命。我家主子请您下山，为的是害死你，您还不明白吗？"庞良恳切地说。

"他请我下山，又要害死我？"孙膑喃喃地重复着这句话。

庞良见他不相信，便问："孙先生因何触犯了魏王？"

"因为请假探亲，使魏王生疑而暴怒。"

"先生的家书是谁送来的？"庞良追问道。

"是我家的奴仆，名字我记不清啦。"

"是不是年纪大约有三十出头，矮个子，尖嘴猴腮，有两颗门牙露在唇外，扇风耳，塌鼻子？"

孙膑搜肠刮肚地回忆了一阵，忙说："你说得一点也不错，就是那副长相。"

庞良说："我和先生实说了吧。那人叫庞大铁，是驸马府的总管家。驸马命他扮成您府上的家人，前去下书。那封家书也出自我家主人之手。"

孙膑一听可着急了，忙问："庞大铁现在哪里？"

"我家主人为了杀人灭口，早把他除掉啦。"

孙膑听了这一番话，细细一想事情的来龙去脉，恍然大悟，悔恨交加。他说道："庞良，多亏你提醒我，救了我一命，快快拿火盆来！"

庞良把火盆端到孙膑床前，孙膑把写上兵书的竹简一片一片地投入火中。看着熊熊的火焰，他心中升腾起几分悔恨，几分快意。

孙膑烧完兵书，躺在床上一动不动。庞良说："先生，快想个逃命的办法吧，驸马知道您烧掉了兵书，非害死你不可。到那时候我也难逃活命！"

孙膑平躺着一动不动，对庞良的话像没听见似的。

庞良一着急，就把不干不净的话喷了出来："人们都说你是鬼谷子的徒弟，满腹经纶，有济世之才，还能呼风唤雨，原来都是谣言，遇到这么点事，竟束手无策，连自己的性命都保不住。"

孙膑听了不仅不怒，反而清醒了许多，他蓦地想起下山时，鬼谷仙师曾送给他一个盒子，吩咐他非危急时不可打开。现在死难临头，不可谓不急，是到打开的时候了。于是他坐了起来，让庞良找开包袱，取出那个精致玲珑的小银盒来。

孙膑令庞良先点燃了三炷香，然后净了手，这才把银盒子打开。原来盒子内别无所有，只有一片竹简。竹简上写着四行小字：

云蒙千里去，

梁城一难生。
祸源兵书起，
逃命旦效疯。

看了鬼谷仙师的四句箴言，孙膑后悔不已，痛楚难言。这不明明告诉他不要显露聪明才智，要装疯卖傻方可活命吗？自己就是因为比庞涓略高一筹才遭受这样的劫难。于是他把竹简往火盆里一扔，号啕大哭起来。

庞良以为孙膑伤心落泪，急忙上前劝慰。谁知越劝他哭得越厉害。庞良无奈，只好愣怔怔地看着他。

孙膑哭了一阵，突然戛然而止，畅怀大笑起来："哈哈哈，我要上天了，我要入地了，哈哈哈……"

这笑声十分瘆人，庞良听得毛骨悚然。他上前拉住孙膑："先生，您怎么啦？"

孙膑不理不睬，只是狂笑不已，把自己的衣服扯开，发髻扯乱，一个劲儿地疯魔乱叫。

庞良看孙膑把自己折磨得怪可怜，上去按住他的手叫："先生，先生！"

孙膑一把将庞良推开："你是谁？是个活无常。打鬼！打鬼！"

庞良一看孙膑疯了，吓得转身就跑。他到了庞涓的书房，正好庞涓在书案上写处死孙膑的奏折。

"驸马爷，驸马爷，不好啦！"庞良推开书房门嚷道。

"何事惊慌？"庞涓不高兴地问。

庞良跪下气喘吁吁地禀道："孙先生他……"

"他怎么啦？"

"他疯啦！"

庞涓不关心孙膑疯不疯，最关心的是那部兵书，于是问道："他把书写完了没有？"

"回禀驸马爷，那书好像快写完啦。可是……"

"可是什么？快说！"

"可是，他把写好的书简都烧啦！"

庞涓一听孙膑烧了书，如雷轰顶一般，急忙起身往孙膑的住处跑去。他一进门，只见屋里杂乱不堪，被、褥、笔、墨扔了一地。一堆衣物扔在火盆里，冒着呛人的浓烟。孙膑披头散发面壁而坐，嘴里嘟嘟哝哝说个不停。

庞涓走上前去叫道："师兄，师兄！"

孙膑转过身来，瞪着两只铜铃般的大眼，看了看庞涓，伸手就是一个大嘴巴："打鬼，快打鬼！天兵天将快来除灭这个恶鬼！"

庞涓捂着生疼发烫的嘴巴，往后退了几步，说："孙膑，你别装疯卖傻！"

"哈哈哈……什么？你要和我结为百年之好？哈哈哈……来，来吧，现在就成婚，洞房化烛夜。哈哈哈……"

庞涓观察了一阵，看不出孙膑有装疯的破绽，便走到火盆跟前问道："庞良，火盆可是你给他搬来的？"

庞良吓了一跳，战战兢兢地说："前几天孙先生冷得老打战，叫我给他搬个火盆，于是……"

庞涓暗自愧惜，眼看到手的兵书化为灰烬，自己的一番苦心成为水中之月。可是有什么办法呢？只怨孙膑疯得早了几天。于是怒悻悻大声喝道："来人，给我打死这个疯子。"

一窝蜂上来几个家奴，抡棒就砸，眼看着孙膑皮开肉绽，突然，侍女跌跌撞撞地进来："驸马爷，不好了，公主她……"

"公主怎么了？"

"公主像被恶魔附体般，您快去看看吧！"

庞涓随着侍女来到后宫，只见公主正在地上乱滚："求求你们，别打了，别打了！"

"公主，公主，你这是怎么了？"庞涓叫了半天，才把公主扶起来，公主惊愕地看了半天，才哭出声来："可疼死我了。"庞涓一见大惊失色，怎么打在孙膑身上，疼在公主肤上，莫非……这也是因果报应？庞涓打了个冷战，不敢再动孙膑。急忙传令，叫来五六个家人把孙膑抬到后院猪圈里。

庞涓仍不死心，他要试试孙膑是真疯还是假疯。第二天，他派人去给孙膑送饭，悄悄藏在猪圈后面察看。

061

送饭人端着香喷喷的饭菜走到猪圈前,和颜悦色地说:"孙先生,请用早膳。"

孙膑早饿得肚子咕咕地响,他接过饭菜一看,是近来没吃过的佳肴,心里立刻明白了。他把饭菜朝送饭人掷去,骂道:"这都是猪狗不吃的东西,拿来供我,岂不亵渎神灵!"说着向猪食槽爬去,用手抓了一把猪食塞进嘴里,吞下一口,连声说道:"好酒,好酒!"然后又抓第二把猪食。

庞涓在后面看着孙膑,见他一口一口地吃猪食,恶心得直想吐。连忙走开,心里悬着的一块石头落了地。他深信:孙膑真的疯了。

孙膑与猪同圈。过了一段时间,庞涓唯恐公主再遭不测,所以不敢对孙膑动刑,便令人把他放了出去,任他在街上疯疯魔魔地爬行乞讨。晚上孙膑有时在街头露宿,有时在古廊避寒。

第九回　闹寿堂庞涓出丑广众前
　　　　传书信王氏兄弟冒风险

孙膑身下铺着一堆茅草，蜷曲着身子正朦朦胧胧睡觉，听到有人呼唤他："孙先生，孙先生？"

孙膑睁眼一看，面前站着一个四十多岁的汉子，高个子，黄瘦面皮，身着素衣。孙膑看了一眼，赶紧把眼闭上，暗自思忖：此人好生面熟，好像在哪里见过。

"先生不认识我啦？"来人蹲下身子，伸手抚摸孙膑又黑又瘦的手。

孙膑以为这又是庞涓诡计，便转过身来，抡圆手臂，照准来人狠狠扇了一个耳光，嘴里骂道："你这野狗，我连饭尚且吃不饱，你竟敢偷吃我的仙桃，我要叫天兵天将前来捉拿你！"

来人挨了一掌，不仅不恼，反而叹息道："真是狼心狗肺，竟把孙先生折磨得如此凄惨。来，孙先生随我回去一叙。"说着伸出两臂揽起孙膑。

孙膑虽然身材魁梧，但是几经磨难，早已骨瘦如柴，被人揽在怀里，挣扎不得。那人紧紧抱住他，任他喊叫，置之不理。孙膑一看挣扎无力，喊叫无声，只好任其摆布，随其奔走。

那人抱着孙膑穿过几道曰径，越过一条小河，来到一座郊外的山庄，又过院穿堂，曲曲弯弯，走了很长时间，才把孙膑放下。

孙膑睁眼一看，原来置身于一座富家的花园。在月光下，树影婆娑，香风扑面，几声蟋蟀鸣声入耳，更显得花园幽静。孙膑正观察四周动静，忽见刚才抱自己的人，被家人引到前院。工夫不大，从前院走出两个人来。前面的人手提灯笼，是仆人打扮，后面跟着的人，头戴员外逍遥巾，身穿对花外袍。他走到孙膑跟前，躬身施礼："孙先生受惊了！"

孙膑一听此人说话声，好不耳熟，不禁抬头一看，原来是魏国上大夫徐甲。孙膑看罢又低头不语。

"先生遭此不幸，罪在徐甲。庞涓心狠手毒，徐甲无力相救，甚感愤恨、羞耻。今日请先生来此，专为给先生赔罪。望先生见谅。"

孙膑听了徐甲这番话，想起当年徐甲奉王命上山，请他下山时哭坟的情景，看看现在自己落得身废腿残，乞食度日，不禁满腹苦水涌上心头。他真想把苦水全倒了出来，可是一想，庞涓诡计多端，这会不会又是他使的伎俩呢？于是把激情强压下去，往地下一躺，装疯弄魔："你们是何处来的恶鬼，搅了我的好梦？赶紧离开我的金殿，不然我要调遣天兵天将！"

徐甲端看了孙膑一阵，痛苦地摇了摇头，长叹一声说："给孙先生准备酒饭！"

过了不一会儿，家人端来酒菜，香味扑鼻，惹得孙膑馋涎欲滴。他腹内空空，很长时间过着非人的生活，他多么想饱餐一顿呢！可是，他既不能让徐甲看出破绽，又要吃到可口的饭菜，只能疯吃傻喝。他把手中的筷往空中一抛，说道："这双除妖剑我不要了！"伸手从菜盘里抓了一把菜就往嘴里填，这样，三下五除二就把饭菜一扫而光。吃罢饭，他又说起疯话来。

徐甲煞费苦心，孙膑不露真相，只好给孙膑怀中揣了一包点心，流着眼泪说："徐甲愧对先生，望先生保重，早一天出人头地！"然后命一家人把孙膑抱起来送到他栖身的破庙中。

第二天，孙膑爬行到城里，见文武官员骑马坐轿向驸马府奔去。他猛然想起，今天正是庞涓的生日，这些达官显贵都是为了高攀，前来贺寿送礼。心里不禁升腾起一股怒火：我今天非要搅了你的寿日，让文武官员们看看你这个人面兽心的豺狼！

驸马府里张灯结彩，乐曲高奏。寿堂内高悬一个"寿"字，侍女家奴来往如穿梭一般。收礼的账房先生忙得不可开交。各种金银玉器、珍宝奇物摆满了寿堂。孙膑爬到府门前，说道："我来给师弟祝寿。"

门卫都认识孙膑，本想拦他，但又怕庞涓怪罪，只好放他进去。

这时，文武官员正给庞涓祝寿。孙膑趁人们不注意的时候钻进了"寿"字前的桌案底下。

拜寿已毕，众宾客入席饮酒。庞涓往椅子上一坐，不提防椅子一挪动，闪了庞涓一个屁股墩，看他那副狼狈样，众人想笑又都没敢出声。在大庭广众面前，庞涓出了丑，大为恼火。推开桌子一看，原来是孙膑搞的鬼。只见他蓬头垢面，瘦骨嶙峋，看着庞涓龇着牙笑。

庞涓佯装不认识他，喝道："哪里来的疯子？来人哪，把他赶了出去！"

孙膑不慌不忙地从桌上够下一盘菜来，照准庞涓掷去，嘴里骂道："我是天师下凡，特来收你这恶鬼的，快跟我走！上界要清算你的罪行！"

庞涓被弄得满脸菜汤，怒喝道："快快拿下！"

众宾客一拥而上，围起孙膑来。这一下不要紧，人们就议论开了："这不是孙先生吗？""可怜他满腹经纶竟落到这般地步！""他是驸马的师兄，真给驸马丢脸。"

庞涓本想将孙膑痛打一顿，耳畔立即响起公主的哭声，听众人议论，立刻改变了脸色。他佯装吃惊地说："这不是师兄吗？怎么弄成这个样子？真是个可怜的人哪。快来人哪！"

家人走上前跪下问："驸马爷有何吩咐？"

"快把孙先生抬出客厅，好酒好饭招待！"

家人伸手把孙膑揽在怀中，走出寿堂。孙膑从家人怀中挣扎出来，嘴里说着疯魔话，慢慢地爬出府门。

庞涓喜气洋溢的寿辰被孙膑搅得乱七八糟。酒宴没吃成，反而被众臣僚议论纷纷。他心里怏怏不乐，有心派人将孙膑杀死，冥冥中似乎有人警告，使他不敢轻易动杀机，思来想去，决定把孙膑送到卑田院，派两个家奴监视着他，然后再找机会杀掉他。

卑田院是专门收养孤儿遗老、傻呆疯魔、无依无靠之人的地方。美其名曰卑田院，实际上是花子房。

孙膑被送到卑田院，不让他上街乞食。每餐只靠院内供应的一碗稀米汤度命。那些上了年纪的乞丐，知道孙膑来历不凡，蒙受奇难，从街上乞食回来，悄悄给他些酸饭馊饼。有些莽夫粗汉受了庞涓家人的怂恿，常常拳打脚踢，侮辱欺凌他。

卑田院有两个孤儿，是哥儿俩，哥哥十五岁，叫王凯；弟弟十三岁，叫王方。这弟兄二人开始常常取笑孙膑，后来听老年人讲了孙膑的身世，幡然醒悟，对孙膑肃然起敬，每天吃饭、睡觉都关照他。有人欺侮孙膑，这小哥俩便见义勇为，给孙膑出气。这小哥俩的关照和帮助，令孙膑十分感激。

一天，孙膑避开众目，独自在僻静处晒太阳。王凯悄悄地走近他身边，问道："孙先生你真的疯了吗？"

孙膑点了点头。

"我看你不像疯子。"

"何以见得？"

"晚上我听见你不住地叹气。疯子还叹气吗？"王凯早已留神孙膑的一举一动。

孙膑听了，大吃一惊，他看到这小哥俩都很忠厚，便说："对外人可不能瞎说，让人们知道我没有疯，命就保不住了。"

王凯听了十分高兴，孙膑把实话告诉自己，是对自己更贴近了。

"孙先生，你有什么用着我们的地方，尽管说，我们绝不和外人讲。"

打这以后，这小哥儿俩，白天上街乞食回来，总是把好饭留给孙膑吃，还不断给他带些药回来，疗治腿伤。在僻静无人的时候，孙膑教他们认字、作诗。这小哥儿俩天资聪慧，一说就懂，一学就会。在卑田院一年时间，学到了不少知识。

有一天，孙膑把王凯、王方叫到跟前，说："你们弟兄二人年纪尚小，在此长留必然贻误终身，不如早早离开此地，到外面闯荡一番，好争个锦绣前程。"

王方一听就不愿意了。他噘着嘴说："我们哪里也不去，就和先生在一起，要走咱们一起走！"

孙膑听了，苦笑道："我是个疯癫残废，除这卑田院没有指望了。你们可不能为我而耽误了前程啊！"

王凯固执地摇了摇头说："先生别说了。一日为师，终身为父，您就是我们哥儿俩的再生父母，我们绝不离开您。"

孙膑被这小哥儿俩纯朴、忠坚的感情所打动，再也抑制不住自己的泪水，连连点头："好，好！"

过了几天，孙膑对王凯、王方说："我托你们俩办一件事，你们可愿意？"

"只要先生吩咐，我俩在死不辞！"

"好，你们上街弄些笔墨竹简来，我写两封书信，一个去齐国，一个去燕国，你们可敢？"

"敢！"二人同声答应。

第三天，这兄弟二人上街买了笔、墨、麻布，把剩余的钱买了一些草药，高高兴兴地回到卑田院。

孙膑接过笔、墨、竹简，转到僻静处，赶紧写了两封书信，交给这弟兄二人贴身藏好。把去齐、燕两国的路径及如何送信等等嘱咐了一番，才让这小哥儿俩睡觉。

孙膑不敢入睡，他静听着鸡啼，好叫醒他二人上路。

第一声鸡啼传到卑田院，孙膑赶紧叫醒王凯、王方。这小哥俩急忙起身，穿好衣服，刚要往出走，忽听人喊马嘶，有一哨军兵把卑田院团团围住。这小哥儿俩一看大事不好，又折回房里寻思对付官兵的办法。

过了不一会儿，一名军兵走进卑田院高声喊道："都快些起来，驸马爷来啦！"

卑田院的老幼残疾、孤儿寡母一听驸马爷来啦，都惊慌失措，急急忙忙起来，到院子里迎接庞涓。

庞涓一进院，先命军兵把王凯、王方捆绑起来，然后派人在屋内搜查。

王凯被绑，一个劲儿地乱嚷："你们为何绑我？我犯了什么罪？"

庞涓走上前去，照王凯脸上狠狠扇了个耳光："你嚷什么？"

"你凭什么打人？"

"我问你，是谁叫你买来笔墨？"

王凯明白了庞涓的来意，从容地答道："街上有一位算卦先生，他是个瞎子，找不到买笔墨的地方，叫我替他买的。"

孙膑在一个昏暗的角落里屈身静听，庆幸写罢书信，将笔墨全抛入便坑内，没留下后患。

"给我搜身！"庞涓喝道。

两个军兵把王氏弟兄从头到脚搜了一遍。

"回禀驸马爷，他俩身上什么东西也没有。"

孙膑悬着的心这才落了地。

庞涓又问："你们昨天到街上买草药没有？"

王凯有些迟疑，王方接着说："买了，是拿我们讨要的钱买的。"

"买药干什么？"庞涓问。

"给孙先生用。"王方直截了当地说。

"你大胆！"庞涓气急败坏地说。

王方振振有词地说："我听说孙先生是驸马爷的师兄，在这里没人照顾，我就大胆地照顾他，寻思着给他溜溜须，兴许也能得驸马爷的赏呢！"

王方这一番话把庞涓弄了个大红脸，又愧又怒，又不好发作，只好说了声"放人"，便领着军兵离开了卑田院。

庞涓回到驸马府，把两个监督孙膑的家人责打了一顿。原来这两个家人开始对孙膑盯得很紧，时间一长，见孙膑真是个疯魔，也就懈怠了。有时他们到卑田院转一转，大部分时间各自去取方便。昨天，他二人在街上饮酒，见王凯、王方买笔墨、草药，便把这个消息禀告给庞涓。庞涓清晨搜卑田院，原想来个突然袭击，好获赃杀人，谁知偷鸡不成蚀把米，自讨没趣，回到府中，只好拿这两个家人出气。

卑田院骚乱了一早晨，过了很长时间才平静下来。大部分人都上街讨饭乞食，王凯和王方凑到孙膑跟前。

"孙先生，瞧您这师弟多坏！"王方不满地说。

"是呀，这叫知人知面难知心哪！"孙膑心里惦记着那两封书信，忙问，"你们把信放在哪里啦？"

王凯说："我藏在那个疯老婆子的烂包脚布里了，谁见了谁恶心，没有去翻。"

"你呢？"孙膑问王方。

"我找了个更保险地方，放到那个哑巴老头儿的尿壶里啦。"

孙膑看着这两个聪明的孩子，心里泛起一阵喜悦，嘱咐他们暂时不可妄动，先把信藏好，伺机而行。

过了十多天后，卑田院一切如故，孙膑才打发王凯、王方离开卑田院，各奔齐国和燕国。

第十回　除孙膑夜半火烧卑田院
　　　　　救恩人徐甲仗义巧安排

庞涓自从搜查卑田院碰了一鼻子灰后，恼羞成怒。他暗自思忖：孙膑已成疯人，留着他招摇过市，引起人们的种种议论，败坏了我的名声，不如早点找一个妥帖的办法把他除掉。至于那部兵书，只要鬼谷子在世，就不愁弄到手中。主意打定，便进宫面奏魏王。

这一天，魏王在宫中正和歌伎、舞女作乐，内侍传报："启奏大王，驸马庞涓求见！"

"进！"

庞涓来到后宫，跪倒磕头："儿臣有一事而奏。"

魏王有些不解地问："何事这样紧急？"

"启奏父王，孙膑在卑田院很不安分，将自己的来历全告诉了卑田院的花子。那些花子四处散布，街头巷尾都议论父王……"

魏王见他话到嘴边停住了，忙问："议论本王什么？"

"说父王嫉贤妒能，残害饱学之士。"

魏王大怒："胡说！是孙膑对我不忠，图谋叛逃！"

庞涓嘿嘿一声冷笑："实情虽然如此，可是怎能和那么多百姓说得清楚。人言可畏，众口之言更可畏呀！"

魏王想了想，说："既然如此，把孙膑杀掉，免得人们说三道四。"

庞涓连忙说："父王，孙膑可杀不得呀！"

"这个疯子，杀不得，留不得，你说该怎么办？"魏王认为庞涓总是为孙膑说情，不高兴地用话堵他。

庞涓连忙解释说："依儿臣之见，要杀孙膑得想个巧妙的办法。

因为孙膑的大名路人皆知,有的人还为他鸣不平。如果平白地将他杀掉,岂不引起众怒,如同火上浇油吗?"

魏王点了点头:"你说该如何处置?"

庞涓环视左右,魏王会意,当即喝退左右。庞涓说:"今日三更,我派人把卑田院烧掉,让那孙膑葬身火海,岂不万事大吉!"

魏王沉吟半晌,说道:"其他乞民怎么办?"

庞涓不以为然地说:"当然同归于尽。那些乞食的花子,沿街乞讨,偷鸡摸狗,有伤风雅,留着他们何用!"

魏王思索了一阵,才下决心,叮咛庞涓:"此事一定谨慎处之,切切不可泄露机密,触犯众怒。"

"儿臣记下了。"

庞涓回到驸马府中,当下命贴身心腹准备硫黄硝石等引火之物,等到夜半三更悄悄去火烧卑田院。

这天三更过后,卑田院一片寂静,几间破屋里的花子们乞讨了一天,蜷曲着疲累饥饿的身子进入梦乡。他们哪里知道,有人把许多柴草悄悄堆在门窗前,上面浇了许多油脂。正当他们酣睡之际,突然被浓烟呛醒,只见烈火熊熊,浓烟滚滚,门窗全被大火封住,哪个敢往火里冲。可怜这些依靠乞食度命的残疾老幼,全葬身于火海之中。

大火熄灭之后,人们相继来卑田院观看,只见遍地焦土,片瓦无存。那些花子一个个被烧得肉焦骨白,形象全无,惨不忍睹。

火烧卑田院后,人们议论纷纷,有人传说,半夜有人起来便溺,看见有人放火;有人推测,此事是庞涓所为,欲害孙膑,祸及众人。

庞涓知道这些传闻后,惊惧不已。他命手下的亲信到社会上散布:卑田院失火,是那些花子亵渎神灵,天公迁怒,降下大火。究竟火从何起,人们稀里糊涂,没有人去寻根问底。

卑田院失火后,最悲痛伤心的是上大夫徐甲。他到卑田院看了火后惨景,回到府内便顿足大哭:"孙先生,你死得好惨哪,是我徐甲害了你。庞涓伤天害理,惨无人道,我徐甲与他势不两立,不报此仇,誓不为人!"

徐甲哭罢,命家人在后花园内僻静的亭台上,设一灵位,上写"孙膑伯灵之位,"供奉各式糕点水果。徐甲更换了素衣孝巾,亲自插香祷告。

第二天,魏王召文武众臣上殿议事。众臣礼毕,魏王说:"昨日界牌关打来折报,燕国大驸马孙操领兵围困界牌关,哪位将军前去解救?"

众将互相观望,无人自告奋勇。魏王正要斥责众将,忽见门官来报:"托孤将军求见!"

"命他上殿!"

镇守界牌关的战将托孤庆德盔歪甲斜,面如土色,气喘吁吁地来到殿上,跪倒说道:"败将前来请罪!"

魏王急忙问道:"界牌关怎么样了?"

"已被孙操夺去。"

庞涓在一旁听罢,一阵冷笑:"托孤将军,你是否见本帅取界牌关时轻而易举?所以弃之不惜!"

"这……末将不敢,军兵都尽了全力,实在难以据守。"

"军兵真的都尽了全力吗?"庞涓用嘲弄的语气问。

"末将不敢扯谎。"

庞涓突然色厉声严地说:"既然尽了全力,为何关丢人存?"

托孤庆德闻听,羞得满面通红,说道:"臣有负魏王!"抽出肘下宝剑,自刎而亡。

殿上一阵惊乱,魏王痛惜地说:"托孤将军哪,胜败乃兵家常事,你何必如此伤命?快将托孤将军抬下去,大礼厚葬。"

文武众臣看到今天的情景,都怏怏不服。托孤将军为魏国疆土出生入死征战十余年,今日被庞涓奚落几句,被逼自刎,实在令人愤恨、伤感。可是现在庞涓得宠,势压众臣,谁敢直谏抗争,只好强压怒气,默默忍受。

"报!"探马上殿跪倒说,"禀报大王,孙操领兵逼近大梁,声称三日内不交出孙膑,就要将大梁城夷为平地!"

"再探!"

探马走后,魏襄王瞅着庞涓默默不语。

庞涓会意,上前奏道:"父王放心,儿臣与孙操决一死战,三日内不击退燕兵,誓不为人!"

魏王听了庞涓的豪言壮语，略略放宽了心。殿上紧张的气氛缓和下来。

"好！魏国存亡，全靠驸马这一战。举国兵马全归你调遣，速去校军场点兵去吧！"

"遵旨！"庞涓趾高气扬地走下殿去。

徐甲心事重重地回到府中，先奔到后花园看望孙膑的灵牌，想借此幽静之地，一发心中的愤懑。可他走近灵位一看，发现桌上的供品全都不见了，不禁大怒。他把家人叫来，训斥道："桌上的供品哪里去了？"

"奴婢不知道。"

"准是你们这些馋嘴猫偷吃了！"徐甲暴跳如雷，"我看你们不受皮肉之苦难以招认！"

家人一看要遭毒打，忙央求道："老爷息怒，孙先生是我们所敬仰的人，供奉他也是奴婢的心意，谁能偷吃供品？"

"哼！说得好听，我有办法让你们说实话！"

徐甲正要责打家人，忽听有人说话："且切动手，供品是我吃啦！"

徐甲闻声巡视，不见人形，便问："你是何人？"

"孙膑！"

徐甲一听慌了神，匆忙跪在地上祷告："孙先生显灵，徐甲深感幸运。今日令尊领兵伐魏，孙先生在天之灵保佑燕兵大获全胜，除掉庞涓，以报深仇大恨。"

"哈哈哈……"徐甲抬头一看，孙膑坐在供桌上瞅着他狂笑。这一惊非同小可，徐甲立即昏倒在地。

孙膑一看徐甲昏死过去，连忙从桌子上蹿下来，握着徐甲的手呼叫："徐大夫醒来，徐大夫醒来！"

徐甲慢慢睁开双目，迷迷糊糊地问："这是阴间，还是阳间？"

"当然是阳间。"孙膑解释说，"我孙膑劫后余生，大难不死，还活在人间。"

"你怎么来到寒舍的？"徐甲问。

"自从庞涓搜查卑田院后，我料到他不会善罢甘休。每天夜深人静，我便爬出卑田院，在外面露宿。幸好烧卑田院那天，遇见贵府的上差，偷偷地把我抱了进来。"

"啊，原来是这样。"徐甲听说是自己府上的人救了他，十分欣慰，"先生可知是谁把先生请来的？"

孙膑问旁边一指："就是你要责打的这位。"

"是你？"徐甲问旁边站着的家人徐进。

徐进忙说："是小人，请老爷恕罪。"

徐甲笑了笑说："救了孙先生是大功一件，何罪之有？我要重重赏你！"

"谢老爷！"

徐甲叫徐进赶快收拾静室，撤掉灵牌，然后将孙膑抱进屋内，献茶摆酒。

"孙先生，你的大难即将过去，令尊已经率领兵马夺取界牌关，现在正要围攻大梁城，魏国上下已慌成一团。失道者寡助，我看魏国灭亡就在旦夕。"

孙膑听了，并没有显出喜欢的样子，反而吃惊地问："家父真的要围攻大梁吗？"

徐甲说："今天上午探马来报，令尊大人说，三日内不交出你，就要夷平大梁城。"

"哎呀不好！"孙膑听了惊叫一声。

"先生何意？"徐甲不解地问。

"我父救子心切，必生急躁；轻夺界牌关，必生骄气，躁兵骄兵必败无疑。再说庞涓称雄争强，锐气逼人，家父难以克敌制胜。"

"这……如何是好？"徐甲问。

孙膑思索了一下，说："现在能给家父送一信，劝他退兵，可免遭损失。"

徐甲立即说："请先生快写，我派人去送。"

孙膑连忙把家人送来的白绫展开，拈笔构思，如插花栽树一般写了一封家书，交给徐甲："拜托徐大人啦。"

徐甲当天派人将书信送到大梁城外孙操手中。

孙操接到儿子孙膑的书信，知道他还活在人间，又见孙膑的退兵之见说得有理，连夜号令三军退兵。

第二天，魏王坐殿，探马来报："燕将孙操已经撤兵。"魏王大喜过望，夸奖庞涓道："燕军不战而退，是驸马的威名所致，看来孙操倒也知趣。扫平六国，统一天下的大业全靠驸马运筹啦。"

庞涓更加得意忘形，猛给魏王灌迷魂汤："父王洪福齐天，英名贯耳，扫平六国不必多虑。"

孙膑听说燕兵连夜退兵，心里踏实多了。他想，燕国发兵，必定是接到了王凯送去的书信，估计着齐国也会有举动。他隐居在徐甲府中，静候事态的变化。

果然，过了几天，齐国派使臣步商步子夏出使魏国。

魏襄王和步商见过礼后，问道："步大夫出使魏国，有何王命？"

步商微微一笑："小臣奉齐王之命，特来奉还宝珠的。"

魏王喜出望外，问道："可是那国宝避尘珠吗？"

"正是。"

"请出示宝珠，待本王一观。"魏王急不可待地说。

步商说："宝珠就在小臣身边，齐王说当年大王有言在先，珠献人还。现在齐国太子田单尚在贵国。这人吗……"

魏王不等步商说完，便道："珠献人还，是本王说的，只要还我宝珠，当下放人。"

"好！"步商这才将宝珠奉上，内侍接过宝珠，递给魏王。魏王仔细一看，正是自己朝思暮想的那颗宝珠，高兴地说："快请齐国太子！"

齐国太子田单被释后，同来使步商住在驿馆。

徐甲回到府中，将齐国派使臣献珠索太子的事告诉了孙膑，孙膑十分高兴，他想步子夏献珠，意在寻我，多亏王方把信送到齐国，使我能死里逃生，重见天日。

"徐大夫，您可知道步子夏何日起程回国？"孙膑问。

"魏王得到宝珠十分高兴，他要留步大夫多住几日，一览魏国的风光。"

"徐大夫，不瞒你说，步商是为寻我而来，你能让我见他一面吗？"

徐甲略加思索："当然可以。"

"这可是个担风险的事呀！"孙膑试探着说。

"孙先生何出此言？徐甲请您下山，害苦了您，造成终身憾事。

今天只要孙先生用得着我，担什么风险我都不怕。"

"多谢徐大夫如此仗义。"孙膑想了想说，"不知怎样去见步大夫？"

"孙先生不必多虑，徐甲自有安排。"徐甲胸有成竹地说。

第三天，徐甲备好一乘大轿，将孙膑藏在轿中，徐甲乘轿直达驿馆。

步商来到魏国，已打听到卑田院被火焚的消息，后悔一步来迟，悲叹不已。他正和田单商量回齐国的行程，忽听卫士来报："魏国上大夫徐甲求见。"

步商纳闷：我和徐甲素不来往，他来何事？他怕节外生枝，有心辞避。田单说："我到魏国后，听说徐甲为人耿直、忠厚，为请孙膑下山吃了不少苦头，该见他一见。"

"请！"

徐甲来到客厅，与田单、步商见过礼后，步商问："徐大夫有何指教？"

徐甲笑了笑说："下官一来看望太子和步大夫，二来送一样礼品。"

步商说："徐大夫何必客气，让你破费。"

徐甲诙谐地说："这件礼品虽是无价之宝，倒不用我破费分文，是白捡来的。"

田单急问："是什么礼品？"

"就在轿内，请太子一见。不过此礼品见不得外人。"

田单连忙把侍从喝退，三步并作两步，走到轿前挑起轿帘一看，原来是孙膑。他大呼一声："大哥！"伸出双臂把孙膑揽在怀里，抱进了客厅。

第十一回　脱虎口田忌出城迎义兄
##　　　　　遇恶狼邹坡上殿告御状

步商和田单见到孙膑，大喜过望，拜谢了徐甲救命之恩，当日晚上便轻装简从，悄悄离开大梁城向齐国奔去。

第二天，庞涓听说步商和田单不辞而别，悄悄离开魏国，勃然大怒，立即点起军兵追过。他一直追到边界，步商已进入齐国境内，不敢再追，只好扫兴而归。

步商一行人离开大梁，在路上不敢耽搁，日夜兼程，出了魏境来到齐地，这才把悬着的心落实下来。

这一天，他们住在驿馆，步商把田单和孙膑安排妥当，忙给朝中修书一封，派人星夜送到临淄。

次日吃早饭，三人促膝谈心。

孙膑问："我离朝数年，断绝音讯，父王一向可好？"

步商说："齐宣王早已晏驾，太子被魏国扣为人质，现在二公子田原做了齐王。"

田单苦笑一声，沉默不语。

孙膑说："二殿下为人忠厚，他治理齐国一定不错吧？"

步商摇了摇头，闭口不语。

田单说："步大夫，不必顾忌。我们兄弟俩离朝多年，很想知道朝中的事情，你就详细地说说吧！"

步商叹了口气说："田原春王开始为政时，励精图治，大有扩建祖业称雄四海之势。可是后来——"

"后来怎么样啦？"

"英雄难过美人关啊！后来邹妃入宫后，春王沉湎于酒色，不事朝政，国丈邹坡和国舅父子在朝内蒙蔽圣听，势压群臣，作威作福不可一世。除了三五个敢与他们抗争外，满朝文武都害怕邹家父子。怒臣直言，齐春王已经大权旁落了！"

孙膑听罢，心里闷闷不乐，愁肠百转，后悔不该来齐国，于是说道："御弟，步大夫，你们搭救我出生入死，大恩不忘，原想归齐报效国家，怎奈我双膝已膑，已成终身残废，望二位送我回燕国与家人团聚。"

步商不等田单开口，便劝道："孙先生是先王的干殿下，齐国和燕国都是您的家，何必舍齐归燕？再说，三王临行时一再嘱托臣，一定想办法把先生请回来。如果先生中途离去，臣回去如何交代？"

田单也说："既来之，则安之。王兄到了齐国小住几日，如果思燕，再离开齐国不迟。"

孙膑听他二人话语中肯，也不便再推辞，只好一同到齐国。

这一天，他们刚到临淄城外，忽见迎面来了一队人马，马踏尘埃，烟雾滚滚。步商老远就认出是三王的人马，赶紧来到孙膑车前说："三王田忌出城迎接孙先生来了！"

孙膑十分感激："三公子真是一往情深啊！"

田单和步商都下马迎上前去，田忌也跳下马来，和田单、步商见过礼。

田忌问："王兄可曾请来？"

孙膑撩起车帘往外一看，只见田忌长得身材魁梧，气度不凡，头戴王冠，身穿红袍，外罩斗篷，腰挎宝剑；往脸上看，面似火炭，两道扫帚眉，一双杠铃眼，狮子鼻，四方口，身高一丈开外，膀乍腰圆，年纪不过二十多岁，血气方刚，威严逼人。孙膑暗自赞叹：三公子奇哉，威哉！

"三王殿下，孙先生坐在车内。"步商指着牛车告诉田忌。

田忌把嘴一咧，拱手抱腕："小弟日夜苦想王兄，好不容易今天见面了。"

孙膑坐在车上拱拱手说："孙某有何能德，劳殿下来迎，诚惶诚恐之至。"

田忌一看这个情形，心里很不高兴，暗道：孙膑好大的架子！你就是我的义兄，我身为殿下，亲自出城迎你，也该知礼仪，下车相见。你坐在车上安然不动，蔑视本王子，气煞人也！于是"哼"了声说："回城！"

田忌脸色陡变，出语不恭，步商早已明白了他生气的原因。他赶紧上前说道："都怨臣没有把话说清。三殿下，你看孙先生双膝被膑，不能站立，未能下车相见。"

"啊！我想起来了。王兄的书信中说腿有伤残，行动不便，原来如此。"田忌说着走到车前，撩衣观看，见孙膑已成残废，不禁热泪盈眶，气愤填膺，大骂庞涓人面兽心，下此毒手！

三人互相劝慰一番，这才进了临淄城。

说来凑巧，孙膑一行人刚走到十字街头，迎面来了一支仪仗队。卫士们手持兵刃，簇拥着一顶八抬大轿。轿内坐的正是掌朝太师邹坡。

邹坡见人不前行，问道："出了什么事？"

"回禀太师爷，前面有一队人马挡住去路。"

邹坡皱了皱眉头说："我的官轿在此，何人敢来挡道？快，起轿！"

差人不敢违命，高喝一声："起轿前行！"随之把手中的铜锣铆劲儿敲了起来。

孙膑和步商乘的牛车，被一阵震耳欲聋的铜锣吓惊，撒开蹄子奔跑起来，驭手怎么拉也拉不住。那牛车到处，撞得人仰马翻，邹坡的大轿也被撞了个底朝天。邹坡如一团烂泥被甩出轿外，摔了个鼻青眼肿。

孙膑、步商一行人过后，公差急忙将邹坡搀扶起来。邹坡恼羞成怒，照差人的脸就是一个嘴巴："混账东西，为何不把那些畜生拿下！"

差人捂着腮帮子说："太师爷，那是三王殿下的车辆呀！"

邹坡色厉内荏地说："你们这些废物！管他三王四王，撞了我的轿就该拿下问罪。"

公差不敢再分辩，赶紧追上去把车拦住。

步商撩起车帘问："为何挡车？"

"啊，原来是步大夫。"公差认出了步商，心中有了底，说道，"大夫的车队撞了邹太师的官轿，请您去赔个礼。"

步商蹙蹙眉头说:"差人,回去禀告太师,我步商前去赔罪倒可以,这车中坐的是先王的御儿干殿下孙膑孙先生,怎能让人家赔礼?再说,车惊马奓是你等敲锣所致,赔什么罪?"

"步大人,我们是奉命而来,我家邹太师的脾气您是知道的。"差人想威胁步商。

田忌在一旁早已火冒三丈,开始他强压怒火,想好说好散,一听太师府的差人威胁步商,上前一步,一手抓住差人的领口,一手抡圆,照差人狠狠地扇了一个嘴巴:"不要命的奴才!你回去告诉邹坡,就说三爷无暇给他道歉,他若不依,让他来找三爷,我等着!"

差人一看三王爷发了火,立即像霜打的茄子,蔫蔫巴巴地说:"奴才知道。"

孙膑一行的车马扬长而去。

差人把刚才的遭遇告诉邹坡,气得邹坡暴跳如雷,暗道:"我揉不动瓜就揉蔓儿,先拿孙膑开刀!"

邹坡的官轿没有回太师府,又折回来直奔王宫。他下了轿子,故意将衣袍扯裂,把自己装扮得冠损袍破,一瘸一瘸地走上殿去,一边走一边高呼:"大王救命哇,大王救命哇!"

宫人一看太师这样狼狈样子,又听他疾声呼救,赶紧奏明春王。

春王登殿召见邹坡。

"大王救命,臣险些把命丢了。"邹坡一进殿便匍匐在地。

"太师,这是怎么回事呀?"春王被邹坡的样子弄得莫名其妙,说道:"太师平身,慢慢讲来。"

邹坡落座,装腔作态地喘了一阵才说:"回奏大王,老臣下朝回府,不料遇着孙膑。"

"孙膑,他回来啦?"

"他回来了,他如国王回朝一般,耀武扬威,不可一世,在十字街头撞翻我的官轿不说,还怨我挡了他的道,将我拖出轿外饱打一顿。大王看,将我打得遍体鳞伤,冠碎衣破,成何体统?路人都说,孙膑是先王的干殿下,回来是继承王位的,所以敢打当朝太师!"

春王听了,暗自埋怨孙膑:这就是你的不对了。你被困在魏国,是我用宝珠将太子和你换回来,你知恩不报反为仇,怎么一进城就殴打太师？俗话说：打狗还得看主人呢，难道连这点面子也没给吗？想到这里，以手猛击书案："真是岂有此理！"

邹坡一看齐王被激怒，不禁高兴起来。可是齐王脸上的怒气突然又平和下来："孙膑乃是我的义兄，看在本王的面子上，先饶恕他一次，过几天让他给太师赔罪就是。"

邹坡一听，心里不是滋味，可又不便多说，只好顺水推舟："臣听大王吩咐。"便垂头丧气地下殿去了。

邹坡走后，春王传旨："宣孙膑上殿！"

孙膑刚到田忌府上坐稳，正要与三王叙旧，忽然传旨官来宣孙膑上殿。

田忌略加思索，说："准是邹坡这个无赖告了你的御状。"于是问传旨官："邹坡可曾上殿？"

传旨官如实相告。

孙膑说："既然宣我上殿，我就去看看大王，顺便给邹太师赔个礼就完啦。"

田忌忙站起身来："此事不必三哥费心，由我一人承担。你先歇着，我去见大王！"

孙膑情知田忌上殿会招惹是非，可他劝不听、拉不动，只好由他去了。

田忌上殿参拜过王驾，问道："大王宣召孙膑何事？我代他来吧。"

齐春王平时最怵这位三弟，不敢把话直说出来。便赔着笑脸说："本王不曾宣你入宫啊。"

"你不是宣王兄吗？他双腿被膑，又是初来乍到，有什么事就跟我说吧！"

春王说："三弟，本王念先母之情，把他从魏国接来。就是不看本王之面，也该念手足之情，为何不与我见面，难道他蔑视本王不成？"

三王一听春王挑理了，自己一想，孙膑入齐不见王驾，于理有亏。于是笑着说："孙膑在魏国被庞涓致残，身体虚弱，一直未能养好。是我见他行动不便，没叫他来，等调养几日，自然来参拜王兄。"

"啊！"春王沉吟半晌，说，"如此说来，他的伤很重吧？"

"是呀，双膝被膑，已成残废。"

春王听了，皱眉暗想：步商和田忌把孙膑说成圣人一般，原来是个残废。留在齐国不仅无用，反而有害。将来魏国知道此事，又要惹出麻烦。于是对田忌说："孙膑虽是我们的义兄，但已身残无用，不如送他回燕国去，御弟以为如何？"

田忌听了，不高兴地说："三哥身残心不残，何言无用？就是无用，也该想想母后临终的遗训。"

春王冷笑道："三弟，救他离开虎口，就是看在母后的情分上。送他归燕，也是情在理中。"

"你……"田忌气得直哆嗦，"好吧！既然齐国养不起一个残废，我田忌养着。从今天起，孙膑不算齐国的子民，用不着你调遣！你可莫要后悔。"

春王讥讽道："既然三弟有此仁心，本王也不阻拦。"

田忌一甩袖子，扬长而去。把春王晾在殿上，干生气没有办法。

田忌回到府中，见过孙膑。

孙膑一看三王气色不对，忙问："是大王怪罪愚兄了吧？"

"哼！他胆小怕事，全不念手足之情，要送三哥回燕国。"

孙膑笑着说："三弟不必气恼，孙膑已成残废，于国无用。再说我来齐国，必然引起魏国的憎恨，将来为此征战反为不美。不如就依大王主意，送我回燕国吧。"

田忌把眼一瞪说："别听他那一套！我已和他说了，他养不起三哥，我养得起！从今往后，你不算齐国的臣民，不听他齐王的调遣！"

孙膑见田忌情意深切，不好意思硬走，便说："依愚兄之见，在此与贤弟暂住几日，然后再送我归燕。"

田忌说："三哥可记得母后临终时如何嘱托于你？母后让你去学艺，为的是开疆辟土，振兴齐国。你如今学成归来，怎能忘却前事？齐国兴衰，全在你一身。大王见识短浅，难道你也不明事理吗？"

孙膑被三王数落一顿，不怨反喜："三弟金玉之言，愚兄铭记在心，我都替你安排好啦。"

第十二回　挫邹坡赛马场上施小计
　　　　　愁煞人兵临城下难解围

　　孙膑被三王留住，就住在他的府中。田忌对孙膑的照顾非常殷勤周到。他召来齐国名医为孙膑疗伤，每日和他吃在一起，住在一起。闲暇无事便听孙膑谈论兵书战策，三韬六略，排兵布阵等用兵之道。田忌虽然膂力过人，英勇善战，用兵之道却知之甚少，听了孙膑一席话，眼界大开，耳目一新。

　　这一天田忌从王宫回来，眉头不展，面色阴沉。

　　孙膑问："三弟，朝里出了什么大事不成？"

　　三王搪塞道："没有。"

　　孙膑笑了笑说："我在云蒙山上学会了看相，今天你一回来，相色不对，必有难事困扰。"

　　田忌真被孙膑给蒙住了，他叹了口气说："唉，三哥，我不愿意说这丢人事。说出来让人笑话，不说又憋得慌。"

　　"有话就说吧，愚兄怎能笑话你？"

　　"好，我就告诉你吧。明天是六月初六，这是我的难日。"

　　孙膑大惑不解："何为难日？"

　　"喝凉水的日子呀。每到这天，我就得一口气喝一大桶凉水。三哥你不知道，那滋味可难受哩。"

　　孙膑一听乐了："你不会不喝？"

　　"不喝不行啊，人家逼着你喝，这是打了赌的事，岂能食言！"

　　"你越说越糊涂，你身居要位，谁和你打赌，谁敢逼你喝凉水？"

　　"你不知道内情，听我详细告诉你。每年六月六，我跟邹坡的儿子邹刚要赛马，三阵赌输赢。这马分三个等次，二局胜者为赢，谁输了就得喝凉水。不知怎么回事，一连几年都是他赢，每年罚我喝一桶凉水，你说完不完？"

孙膑听了说道："原来如此，三弟，今年你不必犯愁了。"

"明天就要赛马，我焉能不愁？"

"有人替你喝凉水，你还愁什么？"

"谁？"

"邹刚！"

田忌很崇拜孙膑，孙膑说能让邹刚喝凉水，深信不疑，当下传命，置酒摆饭。二人一边喝酒，孙膑慢慢地给他讲赛马取胜的妙法。田忌听得眉开眼笑，说："三哥名不虚传，真是高人。"

"三弟谬奖。"

田忌欣喜地说："这回我不和他赌一桶，要赌三桶！"

"哈哈哈，那就随你啦。"

第三天，田忌用过早饭，领着家人兴致勃勃地直奔赛马场。

每年六月初六赛马已成惯例。这一天，天还不亮，就有人来到赛马场等候着。田忌进入赛马场时，观看热闹的人，里三层外三层，把赛马场围得水泄不通。

赛马场正当中搭起一座彩棚，齐春王坐在当中，文东武西陪在两旁。田忌走进彩棚，朝春王拱了拱手说："大王，今年我不想同邹刚赛了。我想与骑术高的人比个高低。"

"你想与何人赛马？"春王问。

"久闻邹太师骑术惊人，我和他比试比试，不知他敢不敢下场？"

春王有意劝阻，不料邹坡抢先说话了："三殿下耻笑老臣无能，焉有不敢下场之理。三殿下既然看重老朽，愿奉陪一试。"

春王一看邹太师还不服气，同时知他骑术很高，只得勉强同意，叮咛道："千万小心。"

田忌看了春王一眼：哼！瞧你这个孝敬的女婿。又说："大王，往年我们赛马只赌一桶凉水，年年都是我喝，可没有一次能喝饱的。今年赌三桶凉水如何？"

邹坡暗喜，赌三桶凉水非撑死你不可。他怕春王不准，抢着说：

"三桶就三桶!"

春王一看,着急了。打赌的双方,一个是自己的兄弟,一个是自己的岳父,这二人谁喝三桶水也受不了,因此劝道:"赛马原是游戏,不必赌那么重,三桶水谁能喝得下去?"

田忌一拍胸脯:"我能喝下去!"

邹坡也不甘示弱:"臣不怕喝水,就怕三殿下反悔。"

"哼!我才不反悔呢,只要你说话算数就行!"

"空口无凭。"邹坡觉得稳操胜券,故意激田忌的火气。

"请步大夫为我作保。"三王看了看步商。

步商点头:"臣愿为保。"

"你也打个保人!"田忌命令邹坡道。

"就请大王为保!"邹坡傲慢地说。

"你可愿意?"田忌问春王。

春王被双方紧逼,无奈地点了点头:"愿意。"

二人当场又立下字据,才开始抽签。田忌先抽了第一组,邹坡抽了第二组。每组有三匹马,分上、中、下三等。

二人入场以后,准备就绪。监赛官高喊:"第一轮比赛快马!"

田忌和邹坡各自鞴好马,立在起跑线上。一声鸣金,两匹马同时冲了出来。在赛马场里只跑了一圈,田忌的马就落后一大截。邹坡的马跑到终点,田忌的马差了一圈。邹坡初战得胜,十分得意。

稍停片刻,第二轮赛马开始。一声锣响,田忌的马如离弦之箭,飞也似的冲了出去。邹坡紧加几鞭,拼命追赶,可那马始终跑不到前面,最后田忌获胜,二人打成平手。邹坡把希望寄托在第三轮比赛上。

第三轮和第二轮极为相似,邹坡的马一开始就落到后面,任他使尽浑身的解数也无济于事。最后三王以三局二胜赢得这场比赛。这时场上的观众狂喊雀跃,鼓掌欢呼,激情洋溢。

田忌比赛完毕,便来到彩棚高声嚷叫:"这回我可赢了,快把三桶水抬来,让邹太师喝个饱!"

邹坡满面羞惭,耷拉着脑袋来到彩棚中,哭丧着脸一言不发。他做梦也未曾想到,田忌能赢了他。其实他不知其中的奥妙。原来孙膑授给田忌的密计是：以下等马和上等马赛，先败；再以上等马和中等马赛，必胜，后以中等马和下等马赛，必胜。这样的调配布局必然是三赛二胜。田忌暗自感谢孙膑奇才妙计，嘴里却不断地逼着邹坡喝凉水："邹太师，前三年赛马我每年喝一桶凉水，今年赛马你一次喝三桶凉水，谁也不欠谁的，你就快喝吧！"

齐春王瞅着田忌苦苦相逼，邹坡垂头丧气的样子，干着急没办法，坐在那里一句话也说不出来。

"邹太师，我们赛马既有字据，又有保人，请你快喝吧！"

邹坡无奈，只好硬着头皮把一桶凉水灌了下去。一桶凉水入肚，非同小可，邹坡的肚子立即鼓胀起来，憋得喘不上气来。大家见他眼珠凸出来了，脸色煞白，都替他捏着一把汗。

可是田忌不管那一套，继续催促邹坡喝水："邹太师，还有两桶呢，快点喝吧！"

"三殿下，臣实在喝不下去了……"邹坡的话没说完，从嘴里溢出一大口水来。

春王看见邹坡难受的样子，也为他求情："三弟，你看太师年事已高，实在喝不下去了，你就饶了他吧！"

田忌说："赛马打赌，大王是他们保人，邹太师不喝，就请保人代饮！"

春王碰了一鼻子灰，干生气不敢发作，因为自己是保人，君无戏言，怎能出尔反尔！

田忌继续催逼邹坡："邹太师，看来保人不代你喝水，还是自己独饮吧！"

邹坡瞠目结舌，腆着大肚子站在那里一动不动。

互相正在僵持，忽听一阵锣响，邹坡的女儿邹工妃急急忙忙来到彩棚前。她在宫中听到有人禀报邹坡赛马失利被迫喝水的事，心里一急，便来赛马场求情救父。

"御弟，王嫂这厢有礼啦。"邹妃一改过去高傲之态，见到田忌先飘飘下拜。

"王嫂在上，受小弟一拜！"田忌赶紧还礼。

邹妃说："听说太师与御弟打赌，输给了你。他已喝了一桶水，你看在为嫂的面子上就饶了他吧!"

田忌说:"饶太师不难,不过都立了字据,太师如果实在喝不下去了,也该有所示意!"

"这……"王妃一想,明白了田忌的意思,他是让太师给他磕头,要当众出他的丑。这该如何是好?干脆,我替他老人家受罪吧!想到这里,猛然撩衣跪倒,一头磕了下去:"哀家情愿代父受罚,请御弟饶恕了他吧!"

田忌连忙把邹妃搀了起来:"小弟和王嫂开个玩笑,何必当真,快快请起!"

一场闹剧结束,田忌喜气洋洋地回到府里。他一见孙膑便叫嚷起来:"三哥,我赢了。那邹坡老儿喝了一桶凉水,把眼睛都快憋出来了,要不是邹妃给我下跪磕头,我非让他喝三桶水不可!哈哈哈……"

孙膑听了,心里蒙上一层阴影,田忌让邹家父女当众出丑,更会加深与邹坡之间的矛盾。可是他怕田忌扫兴,把这话闷在肚里,只管与三弟饮酒助兴。二人直饮到更深夜半,才各自安息。

第二天早朝,春王登殿,文武众臣辞毕。春王说:"有事出班早奏。"

步商出班奏道:"启奏大王,卧虎山野龙岭野龙袁达带领人马来围困临淄城!"

春王惊慌失措地埋怨道:"此等大事,为何不早奏?"

"回奏大王,臣刚才上朝时才得到探报!"

春王半晌无语,殿上一片沉静。看那文武众臣,如临灭顶之灾,个个脸色苍白,有的竟吓得哆嗦起来。

为何齐国君臣如此恐惧呢?原来,离临淄城不远有座卧虎山,山上聚集着一帮草寇,首领叫袁达,因为他独霸野龙岭,号称野龙袁达。此人胯下一匹青鬃兽,是良驹宝马,掌中一柄八卦金镶开山锏,所向披靡。他占山为王,不掠不抢,只是每年向齐国要白米五百担,干草三百车。开始齐国也曾出兵围剿,但每战必败,齐国没有他的对手,无奈只好年年进贡。因为去岁歉收,今天时至六月尚未送去贡品,因此野龙袁达领兵来围城。

"袁达围城，如何是好？"春王问众臣。

步商奏道："齐国现在国库没有余粮，难以进贡。袁达若通情达理能缓一年，则相安无事；如果袁达不允，我堂堂大国也不能甘受其辱，就该与他决战！"

春王也不甘受草寇之辱，可是手下没有他的对手，决战之事想也不敢想。见步大夫提出要决战，便问："步大夫，不知破敌之计安出？"

"大王，我齐国人才济济，只要选贤任能，不愁没有破敌的勇将。"

春王说："谁能灭此草寇，本王加官晋爵，重重赏赐！"他的话声刚落，就听有人高声说："大王，臣愿破此山贼！"

春王一怔，看了看说话人正是自己的三弟田忌。他不禁泄了气："三弟，你同山贼较量多次，根本不是他的对手，何出此言！"

田忌不服气地说："有道是士别三日，当刮目相看，王兄不可蔑视小弟，长山贼的威风！"

春王说："袁达武艺高强，他的喽兵训练有素，能以一当十。你欲胜他，谈何容易！"

田忌赌气说："既然如此，咱们就把粮草送出城去，你给山贼磕头作揖，讲些好话，央求山贼退兵吧！"

春王也不与田忌计较，问众臣："谁有退敌之策，快快献上！"

众文官武官一个个像没嘴儿的葫芦，鸦雀无声。

这时探马来报："启禀大王，野龙袁达领兵万余人，已把临淄城围住。"

春王急无良策，叹了口气说："齐国无能人，只好被山贼欺辱。步大夫先与来使谈判，就说三日内凑齐粮草送到卧虎山，先请他们退兵！"

众臣下朝，步商来到驿馆，与袁达的来使李日谈判，答应三日内凑齐粮草送去。

且说田忌回到府中，少言寡语，忧心忡忡。孙膑见他这等模样，便问："三弟昨日赛马得胜，欢雀一般；今日下朝来怎么变得这等痴呆，难道有什么心事不成？"

"唉，不提也罢！"

"哈哈哈，三弟原本是个爽快之人，为何吞吞吐吐起来？是不是愚兄又累及于你？"

"三哥，你别多心。实情告诉你吧，别看这临淄城内风平浪静，你可知道城外被山贼草寇给围住啦！"

"山贼草寇能把偌大的城池围住？"

"这些山贼非同一般，齐国无人敢出城迎敌。"田忌把野龙袁达的来龙去脉一五一十地告诉了孙膑。

孙膑问："这些山贼一定罪恶累累吧？"

田忌说："这些人平时倒很规矩。除了每年向齐国要粮要草外，从不迫害百姓。"

"那为何不将他们招安？"

田忌说："王兄也曾想过这个办法。可是那野龙袁达别扭得很，他说，大国献位不要，小国让位不取，就想当个自由自在的山大王。"

"大王可有退兵之计？"

田忌不好意思地说："他哪有退兵之计，我是齐国的大将军，面对围城山贼，我也束手无策，真叫人耻笑。"

孙膑沉片刻，安慰田忌："三弟莫急，愚兄给你想个退兵之计如何？"

田忌高兴得蹦了起来，躬身一揖："三哥若能退敌兵，为齐国争了气，也为小弟挣了脸。"

第十三回　打李目偏激袁达三丈火
　　　　　擒野龙巧布四门兜底阵

田忌听孙膑说，要授给他退兵之计，心中半信半疑。要杀退山贼可不比与邹坡赛马，这要兵刃相见，孙膑是个残疾人，自然不能亲自出征，齐国未添一将一卒，要退山贼谈何容易？

"三哥，到底如何退兵？"

孙膑从容地问："你给我一千精兵，听我调遣行吗？"

田忌说："莫说一千人，就是三千五千也不在话下。不知三哥何时需要？"

"今天晚上。"

"我准时把兵调到王府。"

孙膑又问："三弟，你可有胆量？"

田忌说："小弟要说武功，不敢夸口；要说胆量，上山打虎，下海擒龙，我都敢去！"

孙膑笑了笑说："那倒用不着，只需要你到驿馆中，把袁达派来的催粮草的人饱打一顿就行。"

"这有何难。"田忌一想不对，忙说，"袁达派来的人挨了打，这不更激怒袁达吗？三哥，你这叫什么破兵之计？我看是丢城之计！"

"三弟，你不知道，快附耳过来！"

孙膑把嘴凑在田忌耳畔，如此这般说了一遍，田忌豁然开朗："三哥真是圣人，小弟依计而行。"

原来野龙袁达派来的人是卧虎山的二头目，名叫李目。今天步商大夫来驿馆告诉他，齐春王答应三日内集齐粮草送到山上，请他们退兵。李目听了很高兴，他打算明天一早出城去见袁达。当晚置酒设宴庆贺围城得胜。

第二天早上，李目梳洗完毕，正要进膳，门军来报："齐国三王爷到！"

李目暗自思忖，平时不曾和他交往，他来何事？便问门军："你可曾问过他来干什么？"

"回禀二大王，他说一来拜见二头领，二来商量送粮送草的事宜。"

李目一听，深信不疑，赶紧迎出门外："不知三王爷大驾光临，有失远迎，望王爷恕罪。"

田忌大摇大摆地走进驿馆，边走边说："好说，好说，咱们进屋叙谈。"田忌领来的十个公差，手持红油大棍，紧紧跟在后面。

来到大厅，李目要献茶。田忌把手一摆说："不必啦。请问李头领，你来临淄城为了何事？"

李目听了很纳闷：我来临淄城干什么，你当王爷的还不知道吗？看来来者不善，我得提防着点。于是满脸堆笑地说："小人受我家寨主所遣，来要粮草。"

田忌把脸一沉："来要粮草，齐国可欠你们的粮草？"

"当然不欠。"

田忌啪的一声拍了一下桌案，瞪眼怒喝："你好大的贼胆子！你们这些山贼草寇，头顶齐国的天，脚踩齐国的地，身为齐国子民，不思为齐国出力，反而祸害齐国。既然齐国不欠你们的粮草，你来诈骗什么？"

李目气呼呼地说："王爷，这是齐春王和我家寨主早达成的协议，你怎能毁约失信？你可知道，我家寨主带领兵马已将临淄城团团围住。真要背信弃义，我就踏平临淄城！"

"大胆！你小小的山贼头领竟敢口出狂言。来人哪，给我打！"

田忌领来的公差，都是经过挑选的彪形大汉，一个个如狼似虎，一齐拥了上来，把李目按倒在地，甩开红油大棍就打。乱棍如雨点般地打将下来，李目像宰猪似的嗷嗷号叫。直打得他皮开肉绽，遍体鳞伤，奄奄一息，田忌才命公差住手，命公差将李目拖出城外。

这时，围城的袁达正等候李目的消息，忽听喽兵来报："启禀大王,二寨主回来啦。"

"快让他进来。"

"二寨主遍体是伤,寸步难行。弟兄们正抬着他呢!"

袁达一听,大吃一惊:"二寨主怎么啦?"说着走出军帐一看,李目果然被打得鼻青眼肿,衣破冠斜,被四个喽兵抬了进来。

喽兵把李目安顿在虎皮座上,都退了出来。

"二弟,你这是怎么啦?"

李目呻吟着说:"大哥,小弟差一点儿见不到你。"

袁达给他端来一杯水:"二弟别急,慢慢讲来。"

"这次去见春王,那春王派步商回话,说三天内将粮草集齐,送到山上。今天小弟正要出城交令,不料田忌来到驿馆,怒斥了小弟一番,又让公差把小弟毒打一顿,拖出城外,你说气人不气人!"

袁达听了,气得咆哮如雷,骂道:"齐王小儿,竟敢如此无礼,我不踏平你临淄城,誓不罢休!来呀,传令列队攻城!"

袁达说罢顶盔披甲、罩袍束带,手端开山锏,出了军帐,翻身上马,领着哨兵直奔城下。

"城上军兵听着,快快报告你齐王小儿,让他出城应战,如敢说半个'不'字,我就踏平你临淄城!"

守城军兵慌忙进宫传报:"大王,袁达领兵叫阵,如不应战就要踏平临淄城!"

春王正与文武群臣议论筹集粮草的事情,一听袁达领兵讨战,勃然大怒:"这个不识好歹的山贼,已经说好,给他筹集粮草,为何如此逼人?他欺我齐国无人,肆意横行,难道竟无一人出城应战!"

大元帅苏岱一听,再也忍不住了,上前奏道:"大王,末将先出城会他一阵!"

春王看了看苏岱,明知他不是袁达的对手,可又没有比他强的武将,只好硬着头皮答应:"苏元帅可要小心哪!"

"臣知道。"苏岱连忙出殿,点起两千兵马,打开城门,两军对峙。

苏岱与袁达原来认识,二人见面也不答话,便交起手来。那苏岱武艺平常,再加上见了袁达就心慌胆怯,二人战了三四回合,被袁达一伸手从马上活擒过来。

袁达下令追杀败兵,齐兵伤亡半数。腿快的跑回城中,报告春王:"元帅被擒,军兵死伤半数。"

春王闻报,差一点儿吓昏了,半天说不出一句话来。

邹坡这时出班奏道:"启奏大王,步大夫去见李目时,本来已经说好,三日内送粮草后败兵罢战,都是三王爷违旨胡行。"

春王诧异地问:"他胡行什么?"

邹坡说:"臣听说今天早晨,三王爷到驿馆把卧虎山的二头领痛打一顿,拖出城去,因此惹恼了袁达,才领兵攻城。"

"此话当真?"春王问。

有的大臣奏道:"邹太师所言句句是实。"

春王一听,真是气炸连肝肺,血贯瞳仁,怒道:"快宣三王上殿!"

田忌来到殿上,拱手施礼:"王兄宣小弟有何吩咐?"

春王气呼呼地断喝一声:"嗟!大胆的田忌,你可知罪?"

田忌不以为然地说:"小弟安坐府中,何罪之有?"

"我问你,今天是你把卧虎山的二头领李目痛打一顿,逐出城外的?"

"有,有这一回事!"田忌悠然自得地说。

"你可知道,是你触怒了袁达,使他领兵攻城,主帅苏岱出城迎敌,被他活擒,折兵损将,还不认罪!"

田忌听了大笑起来:"哈哈哈,我当为了何事,原来就为一个山贼寇,把王兄气成这个样子。派人把袁达杀掉,不就兵退城安了吗?"

"哼!你说得轻巧。杀掉袁达谈何容易?你就会说大话。"

田忌不服气地说:"不是小弟说大话,请给我一支令箭,我去把袁达的脑袋取来。"

春王赌气道:"好,就给你一支令箭。你想要多少兵马?"

"五百人足矣!"

春王把令箭、兵符交给田忌,想起苏元帅的下场,又生起手足之情:"三弟要格外小心,切莫逞强啊。"

"王兄,你就放心吧!"

田忌披挂整齐,点齐人马,擂鼓出城。他来到两军阵前,喽兵慌忙报知袁达。

袁达披挂上阵一看是三王田忌,气不打一处来,断喝一声:"田忌还不快快下马受死!"

田忌冷笑一声:"嘿嘿,袁达,你见了本王拜也不拜,口出污语,莫非活得不耐烦啦?你要知趣,立即改邪归正,弃暗投明,我在齐王面前为你说几句好话,饶你不死;你若执迷不悟……"

袁达越听越气,摆开大铜说:"你少啰唆,先吃我一铜吧!"

田忌连忙招架:"你这山贼,送死还这等着急,来吧!"说着抖开八尺矛枪,直奔袁达的咽喉。袁达见枪到面前不闪不躲,举铜一挡,只听当啷一声响亮,兵刃相击,火星四溅。田忌只觉得两臂酸麻,虎口欲裂。他又抽回长矛与袁达战了两个回合,看看招架不住,拨马就逃:"袁达,三爷今天吃多啦,待我消消食再来擒你,让你多活一会儿吧!"

袁达一看田忌要溜,暗想:你倒想得美,我二弟被你打得皮开肉绽,今天我不要你的性命,也要给你点颜色看看,让你知道我野龙袁达的手段!于是马屁股上狠拍一鞭,紧紧追赶田忌。

田忌的马在前面拼命地奔跑,袁达的马在后面舍命地追赶。二人的坐骑都是宝马良驹,但二马一比较,田忌的马就比袁达的马逊色多了。

眼看着袁达的马头快要顶住田忌的马尾时,袁达高兴地喊道:"田忌,你跑不了啦!"

正在危急关头,前面闪出一条羊肠小路,小路两旁全是密林。田忌策马一转,上了小路,继续奔驰。袁达一看田忌钻进了密林,高声喊道:"你今天就是上天,我也要擒住你!"

二马在密林小径上又跑了一段,出忌又被袁达追上。田忌扭头一看,不好!心里一急,放声呼叫:"我的大仙哪,快来救驾!"

语音刚落,听得林中有人厉声喝道:"胆大的袁达,还不快站下!"

袁达下意识地勒住丝缰,定眼一看,从林中闪出一轮手推车来。车上高搭轿棚,轿帘往起一挑,见一位三十多岁的道人坐在车上。他头顶高绾牛心发纂,金簪别顶,脸上一团正气,三山得配,眉清目秀,鼻直口方,三绺短髯,身着灰道袍,手拿拂尘,背插宝剑,怀中抱五彩小旗。

袁达端详了半天，不认识，又问："你到底是何人？挡住我的去路？"

"在下姓孙名膑，道号伯灵，乃齐国原国母的干殿下，三王爷田忌的门客。"

袁达一听，不禁冷笑起来，揶揄道："我当是什么能人高手，原来是一介食客。你不在田忌府中混饭，来此作甚？"

孙膑豁达大度地说："食客也好，门客也罢，总不能闲着混饭吃。今天你带兵围攻临淄城，我总不能袖手旁观吧！"

"好！既然要为主子效劳，请下车来较量较量。"

孙膑微微一笑："袁达，我要胜你，何必亲自动手？"

袁达猛然想起：听传闻有个叫孙膑的在魏国，被膑去双膝，莫非就是他？他已成了残废，自然不会与我交手。于是问道："你连路都不能走，和我交手，岂不是自来送死？袁达不杀残疾人，放你一条活命去吧！"

孙膑怕他去追田忌，便激了他一句："我若想死，何必离魏到齐。今天我是专来制服你野龙袁达的。"

"嗬！好大的口气！你有何方制服我？"

孙膑说："两军交战，靠力拼乃下策，排兵摆阵，能攻能守方为上策。"

袁达冷笑道："看来你想摆阵吗？"

"不知袁寨主敢不敢破我的阵。"

袁达毫无惧色，说道："任你摆阵，看你能摆出什么花样？"

"请寨主稍候。"孙膑命军兵在林间空地上忙碌起来。他们选择两棵白杨树，上面横搭一根木杆。每棵杨树上拴了一个木斗。

"阵已摆好，袁寨主可识此阵？"

袁达瞅了瞅，把嘴一撇，暗自失笑，这算什么阵？哄小孩子去吧，便说："我看你是故弄玄虚。这是什么鸟阵？"

孙膑说："袁寨主，你再看。"说罢，命从人将车推到大杨树下，孙膑被搀出车来，双手抱定杨树，噌噌噌几下就爬上树去，坐在吊斗里边，说道："袁达听着，这两棵杨树便是阵门，你能逃回去就算你赢。我与三王爷自缚请罪，愿杀愿剐，由你处置。"

袁达手提丝缰，策马往东跑去。只见孙膑将手中的红旗一摆，从东边丛林中杀出一支人马来，鼓声咚咚，杀声震耳，全军蜂拥而上。袁达大惊，他万万没想到林中有这么多伏兵。于是他又策马往南冲去。只见孙膑手中小旗一摆，南边又冲出一队人马，个个精神抖擞，杀气腾腾。袁达虽然武艺高强，一人难敌众手，他拼命杀退重围，又向北面奔去。忽见孙膑手中的彩旗一摇，从林中拥出一队官兵，弯弓搭箭，向袁达射来。那箭如飞蝗，如何抵挡得往？他左拦右挡，前拨后挑，工夫不大被累得大汗淋漓，双臂发麻。他正无计可施的时候，忽听前面高坡上有人高喊："袁达，你快下马受绑吧！"

袁达抬头一看，喊他的正是三王田忌。仇人见面，分外眼红。他拨马就往高坡上冲。谁知没跑几步，连人带马翻滚落地。原来这里早已布好了绊马索。

袁达落马，众军兵一拥而上，抖开绳索，把他捆绑得结结实实。

田忌策马跑了下来，看了看袁达，高兴地说："袁达，今天让你死个明白。这是孙先生摆的四门兜底阵，来世遇到这个阵可要小心哪！"

袁达说："今天是我上了你们的当，闲话少讲，要杀快杀，要剐快剐！"

田忌说："好小子，有骨气，记住，明年的今天便是你的周年！"说罢抽出肘下宝剑，照袁达的心窝刺去。

第十四回　为防诈夜审孙膑辨真伪
　　　　解疑团王氏兄弟认恩师

田忌抽出宝剑，正要刺死袁达，千钧一发之际，忽听有人高喊："剑下留人！"田忌收剑一看，是孙膑坐着车来了。

"三哥，此贼被擒，为齐国除了一害，留他何用？"田忌忿忿不平地说。

"大将军，像袁义士这样的人才难得呀，快快给他松绑！"

田忌一看孙膑，面色威严，还一本正经地称他官职，这位三王千岁不敢再任性，便命军兵："给他松绑！"

两个军兵走上前去给袁达松绑，可是袁达却不识好歹地把眼珠子一瞪，训斥道："何用松绑，下站！"

田忌气得呼呼喘气："袁达，你……"

袁达目光里充满了仇恨的火焰，定定地看着孙膑说："瘸子，你用妖术把我骗来，算什么能耐？现在又假装慈善，笼络人心。告诉你，这一切都是枉费心机，要杀便杀，要剐便剐，快动手吧！"

孙膑听了淡然一笑："袁达，你如此蛮横，自以为就是一条好汉吗？非也！你虽然武艺高强，骁勇善战，只不过是一介武夫而已。真正的英雄豪杰，应当知忠孝晓仁义。你生在齐国，住在齐国，不思报齐，反而害齐，忠在哪里？再说，你啸聚山林，不耕不种，虽然不糟害百姓，可是每年齐国给你的粮草，都出自民间，你是间接地吸民血，刮民膏，你又义在何处？似这等不忠不孝，不仁不义，算什么英雄？又称得什么好汉？"

袁达被孙膑数落得耷拉了脑袋。

孙膑看袁达已有所动，又接着说："我念你年纪尚轻，风华正茂，更可惜有一身好武功，不忍杀你，希望你能幡然悔过，弃旧图新。"

田忌见孙膑这一席话，说得袁达低头不语，便趁机为孙膑吹嘘起来："姓袁的，不是吹，你来十个野龙袁达也不是我三哥的对手。你知道吧？他是云蒙山仙师鬼谷子的高徒，他不仅上知天文，下晓地理，会排兵摆阵，还能降妖捉怪，呼风唤雨，你要不服，再试试。"

袁达将信将疑地瞅着孙膑说："先生，你真是云蒙山鬼谷仙师的高徒？"

孙膑点点头说："不错。"

"哎呀，恕小人有眼无珠，得罪了先生。快快给我松绑！"田忌亲自给他解开绑绳。

原来，袁达很早以前就崇拜鬼谷子，他一连三年上云蒙山拜师，可是每次都被拒之门外。拜师无望，便在卧虎山屯粮集草，招兵买马，过上了闲散的日子。他终身的憾事是没有见过鬼谷子的面，如今听说孙膑是鬼谷子的徒弟，所以积怨全消，对孙膑肃然起敬。

袁达被松绑后，扑通跪在孙膑面前："请先生恕罪！"

孙膑俯身示意："义士何须如此，快快请起。"

袁达站起身来说："我是一个武夫，多年来梦寐以求拜见鬼谷仙师一面，无奈没有这个缘分。今日见到先生，如见仙师。恕我冒昧，求先生收我为徒怎样？"

孙膑还没有答话，乐坏了一旁的田忌，他抢着说："你拜我三哥为师，是件好事，就在这里拜师吧！"

田忌这一说，使孙膑推辞不得。袁达已跪在车前："师傅在上，受徒儿一拜。"

孙膑忙说："义士请起！"

田忌对袁达说："你已拜在我三哥门下，就是自己的人啦，咱们一同回临淄城吧，我和王兄说说，给你加官晋爵，保你前程无量。"

袁达摇了摇头说："多谢三王爷的美意。袁达乃草木之人，最厌官爵，最怕拘丁官场。我归齐是冲着师傅来的，今后只听师傅召唤，不受齐国差遣。"

孙膑一听，暗道："此人真够执拗的，归齐一事不能相逼，只能慢慢疏导。"便说："回不回临淄,以后再说吧。"

袁达听了很高兴："师傅,今天是我拜师的大喜日子,请随我到山上住几日如何？"

孙膑想了想说："也好。"又对田忌说："三弟领兵回城,我先上山小住几日。"

田忌急忙拦挡："三哥,你不能去,还是回临淄吧！"

田忌是个粗中有细的人,他知道袁达非常执拗、粗暴,他请孙膑上山,居心何在？他不降齐,何能尊师？如果把孙膑诳到山上,任其摆布,谁能救他？所以劝孙膑回城。

袁达马上会意：这是田忌不相信我。于是说道："三王爷,请你放心,俺袁达最讲义气、重信用,有道是师徒如父子,我怠慢不了师傅。"

田忌急忙分辩："我可没有别的意思。我是想,回城庆贺你们拜师之喜,要比上山方便,所以……"

袁达淡然一笑："三王爷小瞧我卧虎山,以为没有美酒佳肴孝敬师傅吗？"

田忌见机行事,把话锋一转说："不敢,不敢。既然如此,我也和三哥同去,沾些光。"

袁达说："如此更好！"

三人议定,袁达传命,令围城喽兵撤退回山。田忌也让军兵回城,他挑选了三十名精悍的卫士护送孙膑上山。

这天夜晚,卧虎山聚义厅内大摆宴席。袁达把孙膑、田忌介绍给众头领,大家轮番敬酒,直饮到更深夜阑,方才散去。

袁达安排好孙膑、田忌的下榻处,信步来到二寨主李目的房中。

李目问："大哥,你真的要归齐？"

袁达点了点头："不错。"

"大哥,小弟有句话不知当讲不当讲？"

"有话直说。"

李目说："你真的相信那个瘸子吗？"

袁达一听味道不对,便斥责道："住口,他是我师傅,以后不可侮辱师傅！"

"大哥，你想得太简单啦。可曾记得，三年前，你每年都上云蒙山拜师，鬼谷子传出话来，一个弟子也不收，你连吃三年闭门羹。你去拜师，他不收，孙膑拜师就能收下吗？"

袁达反问："你说其中有诈？"

李目点了点头："再说，孙膑既是鬼谷子的徒弟，一定有很大本事，怎么能让魏国膑掉他的双膝呢？"

袁达想了想，李目的话倒也有几分道理，可是他还是不怀疑有诈，便说："二弟，我看他确实本领非凡，我也懂些阵法，可他摆的四门兜底阵，我竟看不出来。"

"嗐，什么四门兜底阵？那全是糊弄你，要不是下了绊马索，他们能擒住你吗？"

袁达默然。

"大哥，如果孙膑确有本事，还则罢了；如果被他诓骗，岂不让天下英雄耻笑你，拜了一个无用残废为师！"

"别说了！"袁达被激怒，厉声喝道。

经李目一阵摇唇鼓舌，袁达心里像十五个吊桶打水——七上八下的。他暗自思忖：这事真有点怪，他既是鬼谷子的徒弟，身怀绝技，到哪个国家不是国王的座上客，为何安在三王府里当食客？于是心里升腾起一种受到侮辱的愤怒情绪。他站起身来就要走。

"大哥，你要到哪里去？"李目拦住他问道。

"我去问问他到底是不是鬼谷子的徒弟！"

"唉，大哥，你三更半夜去问他，他能如实相告吗？再说他被你惊动后，还会节外生枝。"

"你说这该怎么办？"袁达心里疑团难解，只好问二头领。

李目想了想，眼睛一亮，对着袁达的耳旁小声咕哝了一阵，然后说："这样就能分清经纬，辨明真假了。"

袁达欣然同意，脸上泛起一丝苦笑。

第二天，袁达在聚义厅中大摆酒宴。袁达和李目陪着孙膑和田忌饮酒。二杯水酒入肚，孙膑和田忌都觉得目眩头转，开始心里还清楚，酒中有毒，一刹那便不省人事啦。

袁达命喽兵将这二人抬到后院，听候处置。

李目悄悄对袁达说:"大哥,干脆把他俩杀掉算了,早早为你洗清认师的耻辱。"

袁达狠狠地瞪了李目一眼:"现在真假难辨,待审问明白再说。你着急什么?"

李目因为曾遭到三王一顿恶打,耿耿于怀,一心想报复他,又说:"大哥慢慢审讯那个瘸子,小弟绑着田忌去攻城,让齐王让位算啦。"

袁达怒斥道:"休要啰唆。我请他们上山时,已经有言在先,大丈夫出言必行,要言而有信,保证他二人的安全。孙膑真是鬼谷子的徒弟,我虔诚尊敬;如果有诈,送他们安全回城。谁敢节外生枝,破坏我们信用,定杀不饶。"

李目被震慑住了,只好乖乖地依计行事,不敢胡思乱想。

当天晚上,袁达派人把齐国卫士引到一边安置。重新装饰聚义厅,把匾额上"聚义厅"三个字用黑绫遮住,写了"鄭都城"三个大字。大殿中间,安了一口油锅,添柴加火,把油烧得滚泡翻花。又把喽兵装扮成鬼怪模样,一个个青面獠牙,红发蓝眼,面目狰狞可怕。他们要夜审孙膑,辨清真伪。

一切准备就绪,可是让谁来审问孙膑呢?袁达和李目不能出面,孙膑认识他们,别人又没这个能耐。正在惆怅时刻,忽见喽兵来报:"三寨主和四寨主回来啦!"

袁达眼前一亮:"这回可好啦。快请二位寨主来见我。"

二位寨主来到袁达屋内,见过礼后,袁达急不可待地说:"你二人今天辛苦一点,先帮我审问一件案子。"

"审案,审什么案子?"

李目不咸不淡地说:"咱们大哥认了一个师傅,他自称是鬼谷子的徒弟,实际上是个冒牌货。今天晚上在聚义大厅假设阴曹,你们俩当阎王和判官,一定要审个水落石出。"

三寨主说:"此人肯定是欺骗了大哥。就我所知,鬼谷子只有两个徒弟下山,一个是我师傅,已经被烧死啦,一个是魏国的庞涓。"

袁达一听,才想到,三寨主和四寨主下山寻师的事情,问道:"怎么,你师傅被烧死啦?"

"是他师弟庞涓嫉妒他本领大,硬加害于他,最后把他赶到卑田院，放火烧死了他。可怜我师傅连一根骨头也没落下。"

"你师傅尊姓大名？"袁达问。

"他姓孙名膑，字伯灵。"

李目听了一激灵，说道："大哥，孙膑已被烧死，怎会出来第二个孙膑？我说他是冒牌货，你不相信，快杀掉他算啦！"

三寨主惊奇地问："怎么，大哥认的师傅也叫孙膑？快领我去看看，一看便知。"

四位寨主一齐来到孙膑的房中，只见二人呼呼沉睡。三寨主挑灯往孙膑脸上一照，四寨主伸手往他膝盖上摸，齐声哭道："师傅哇，你想煞徒弟啦！"二人急得手足无措，一个劲儿地乱摇孙膑。

真相大白，袁达命人取来解药，把他二人唤醒，命喽兵扶到聚义厅上。

孙膑和田忌朦朦胧胧来到大厅。抬头一看，大吃一惊：我什么时候死的，怎么来到鄞都城？再看看大厅上面目狰狞的恶鬼，更加迷惘不解。

袁达一时着急，忘了假设阴曹的事，赶紧命人把各种阴曹摆设撤去，加灯增火，把大厅照耀得如同白昼。

孙膑被扶在正位上，问袁达："这是怎么一回事？"

袁达急忙跪倒请罪："弟子愚昧无知，怕师傅有诈，今晨用蒙汗药把你二人灌醉，晚间假设阴曹，要审个水落石出，弟子才好放心。后来三寨主、四寨主回来了，他们认识师傅，才避免了这场大错。弟子罪该万死，请师傅重责。"

孙膑说："设计审问，去伪存真，乃聪慧之举，何罪之有。我倒要谢谢三寨主和四寨主的救命之恩。"

三寨主和四寨主一齐跪在孙膑跟前："徒弟不敢当。"

孙膑仔细一看，自语道："咦，这不是王凯和土方吗？"

"正是弟子。"

"你们怎么来到这里的？"

王凯说："我们哥儿俩把信送到两国后，在齐国相会，开始在临淄城里居住，后来听说袁寨主占山为王，从不骚扰百姓，他武艺高强，在齐国没有他的对手，便上山来和他学艺。袁寨主对我俩倍加青眯,封为三寨主和四寨主。"

孙膑又问:"我昨天到山寨时,怎么没见你们?"

王凯说:"我们下山到魏国去寻找师傅,到卑田院一看,已变成一堆灰烬,听人们说是庞涓为害师傅,放火烧了卑田院。我二人对着师傅的住房灰烬哭了一顿,便回到山上,谁知一进门便碰上假设阴曹的事情。"

孙膑被这小哥俩的深情义举感动得泪流满面,哽咽着说:"快快起来,真难为你们啦。"

大家重新落座,为喜庆团聚,开筵庆祝。

酒过三巡,菜上五味,天色大亮。一个喽兵进来跪倒禀报:"禀大王,齐兵前来抄山!"

第十五回　收袁达孙膑火焚卧虎山
　　　　　　扬英名夸官三日临淄城

　　袁达闻报，勃然大怒，暗想：我已归降了齐国，为何又来抄山？岂不是逼人太甚吗？于是，顶盔披甲，罩袍束带，点起兵马就要下山。

　　田忌连忙劝阻："袁义士请坐，我下山看看，说清缘由，解除误会，不必再动干戈。"

　　袁达说："三王爷是贵客，怎能劳你大驾？我去去就来。"

　　孙膑暗暗示意田忌，不要阻拦，让他下山去。

　　袁达领着李目、王方下山一看，齐军约有四五千人围在山下。原来，昨天春王得知袁达罢战撤兵，归降齐国的消息后，十分高兴。从今以后化干戈为玉帛，齐国消除了一大隐患，不用再愁年年进贡的事了。他把这件喜事对太师邹坡一说，邹坡摇头冷笑："大王太轻信三王啦，如果此事当真，三王何不将袁达领进城来，拜王见驾，反而到卧虎山去呢？再说，三王的本事众所周知，他几次与袁达交战，都被杀得一败涂地，这次怎么会轻易地降服袁达？"

　　春王暗自思忖，太师所言不无道理，莫非其中有诈？他正在苦思冥想，忽见探马来报："启奏大王，昨夜三王爷确实到了卧虎山，山上明灯腊水，大摆宴席庆贺。因为山寨戒备森严，无法深入，山上情况不详。"

　　邹坡一听，撺掇春王："大王，你听得出来吧，既然袁达归顺齐国，在山上开的什么宴席？这明明是三王归顺了山贼，才设宴庆贺，人心莫测，大王不得不防啊！"

　　春王心里的疑团越来越重，难以排解，便传旨宣召文武群臣上殿议事。

众臣来到殿上,听邹坡加油添醋地把三王投靠卧虎山的情况一说,大家惊诧不语,一筹莫展。太子田单却急得满头大汗,因为他和三弟关系很好,过从甚密,他想田忌必是被袁达掳去,因此思虑不安。

春王看出田单的心事,便问:"王兄,有何高见?"

田单说:"我最知三弟的秉性,他刚直不阿,脾气暴躁,绝不会投靠山贼草寇!请大王给我一支令箭,我到山寨讨敌索人。"

春王当即应允:"给你五千人马,战将任你挑选,快快去救三弟。"

"遵命!"田单点齐人马,气势汹汹地前来抄山。

袁达带领喽兵来到山下,先排兵布阵,然后拍马到阵前:"何人叫阵?"

齐军中闪出田单:"齐国大王爷田单前来抄山。你快快把我三弟放了出来,饶你一死,若敢说半个'不'字,我就放马踏平卧虎山!"

袁达本来不想和田单闹翻,因为他听说田单为人忠厚仗义,体恤民情,声誉很好,很是受人敬重。这件事纯属误会,只要说明原委,就万事大吉。可是田单刚才那几句话把袁达激怒了,心里话:你田单有何本事?不问青红皂白,口出狂言。今天让你看看我的厉害,免得日后小瞧我!于是在马上仰面狂笑:"哈哈哈,田单听着,我昨天没有杀进临淄城,就够你们便宜的。今天你还敢来夸海口,卖狠言?要抄山不难,我手中的开山铜答应你就行!"

话不投机,二人战在一处。

袁达手中的双铜上下翻飞,左右舞动,犹如风吼电掣一般。田单哪是他的对手,二人战了五六个回合,袁达越战越勇,田单就招架不住了。田单正要拨马败阵,只听咔嚓一声,他头上的铁盔被扫落地下。田单说声:"哎呀不好!"拨马就逃,齐兵如洪水决堤般退败下去。

袁达见田单败回城去,要鸣金收兵,李目说:"大哥,齐国如此蔑视咱们,不如一鼓作气攻进临淄城,先给齐王一个下马威,日后我们归齐,他们就不敢欺侮我们啦。"

王方连忙劝道:"大哥不可莽撞,我们既然归了齐国,再去攻城,岂不失信?师傅知道,必然怪罪我们。"

李目反驳道:"齐国来抄山是不是失信?他能来抄山,我们为何不能去攻城!"

袁达犹豫不决,只听喽兵高声呼叫:"大事不好了,山寨起火啦!"

袁达回首一望,果然山寨里浓烟滚滚,烈焰腾空,他大叫一声:"我们中了调虎离山计啦!"急命喽兵赶忙回山救火。

袁达带领喽兵走到半山腰,见对面来了一队人马,走近一看,前面是孙膑坐在车上,两边是三王田忌和齐国大元帅苏岱相陪,后而跟着喽兵和粮草车辆。

袁达走到孙膑跟前,下马施礼:"山寨起火,师傅受惊啦!"

孙膑正襟危坐,毫无惊惧之色。问道:"你下山可曾把齐将请来?"

"回禀师傅,那抄山的齐兵由田单统领。我本来想和他说明原委,请他上山,谁料他不问青红皂白,口出狂言,十分傲慢,一时激怒徒儿,将他战败,逃回城去。"

孙膑说:"倒也罢了。我告诉你,火烧山寨是我所为,你不会怒责为师吧?"

"徒儿不敢。但不知师傅为何要烧山寨,山寨被焚,我等何处栖身?"

孙膑微微一笑:"为使你回心转意,忠心保齐,才火烧山寨绝你后退之路。山寨中粮草辎重,全都运来。所剩喽兵,愿归齐者都跟了来,离山回乡者寥寥无几,可资助他们钱两回乡。"

袁达虽然很不情愿,但木已成舟,后退无路,只好勉强说道:"徒儿愿听师傅安排,到了齐国也只听师傅调遣。"

孙膑把脸一沉:"这是什么话?从今天起,你是齐国的子民,一切都要听从齐王的,做一个尊君爱国的志士仁人。"

袁达还想分辩,见孙膑脸色威严,只好把话咽了下去:"愿听师傅吩咐。"

田单败回城里,来到王宫参见春王:"启奏大王,那袁达根本没有归齐之心,我二人在山前交战,被他打落铁盔,败阵而归,请大王治罪吧。"

春王一看田单的狼狈样子,心里更添了愁肠。元帅苏岱、三弟田忌已被掳去,田单大败而归,齐国还有谁能出阵迎敌。再说那田忌和袁达联在一起,欲灭齐国,易如反掌,这该如何是好?

邹坡看出春王为难的心情,奏道:"齐国再无良将,我们束手待毙,不如早早刷道降书,免得他们涂炭生灵,祸害百姓!"

田单立即反对:"这是先父留下的江山,怎能拱手送给山贼?我想三哥也在卧虎山上,他总不能见死不救吧!"

"嘿嘿,"邹坡一声冷笑,"今天齐国被弄成如此局面,全都是孙膑一手造成的。恶狼看羊,他能靠得住吗?"

田单怒道:"太师不可血口喷人,你怨孙膑有何证据?"

邹坡不慌不忙地说:"孙膑来到齐国,大王是他的义弟,未曾召见,他不喷怪?这是其一。孙膑自诩不凡,来到齐国没捞到一官半职,只好在三王府中当食客,他能不怨?这是其二。孙膑一进城就与为臣的官轿相撞,受到春王的责斥,他能不恨?这是其三。孙膑来齐日子不多,喷、怨、恨聚集在心,他能助齐吗?"

二人正在争辩,探马来报:"启禀大王,袁达领着全寨人马前来投诚,孙先生、三王爷和苏元帅也都回来啦。"

"现在哪里?"春王问。

"已到城下,请大王定夺。"

田单一听袁达来投诚,高兴地说:"快快开门迎接他们进城!"

邹坡急忙制止:"万万不可开城!"

田单问:"这是为何?"

"你想,刚才袁达差点儿要了你的性命,怎么会突然领着人马来投诚?恐怕其中有诈,不得不防啊!"

田单说:"刚才你劝大王刷旨投降,现在人家来投诚,你又拒之门外,到底你安的什么心眼?"

邹坡被呛了个大红脸,无言以对。

春王说:"二位不要争啦,传旨先让三弟和苏岱进来,问个明白再说。"

传旨官出城去传春王的旨意,田忌和苏岱一同进了城。他们来到王宫,参拜了春王。

春王问:"三弟,到底是怎么一回事?"

田忌把胸脯一拍:"我临走时不是说过吗?降服不了袁达誓不为人。现在袁达火烧了山寨,来齐国投诚,王兄可要好好待他呀!"

春王问:"袁达武艺高强,实力雄厚,怎么会突然归齐?"

田忌这才把孙膑施计,毒打李目,激怒袁达,摆阵擒袁,阵前认师,夜设阴曹,火烧山寨的情况,从头到尾说了一遍。

春王听了,喜出望外。疑云顿消。连忙传旨,满朝文武众臣随他一同出城迎接孙膑、袁达。

孙膑一看城门大开,春王率领众官员出城迎接他,感慨万端,在车上欠身道:"臣等何功,敢劳大王御驾?请恕臣残疾在身,不能全礼。"

春王说:"小王失礼,请王兄海涵。"接着又走到袁达面前说:"寨主驾临齐国,不胜荣幸。"

袁达不冷不热地说:"好说!"

众人进了临淄城。苏岱去安置卧虎山的喽兵、粮草,当天军营中大排宴席,犒赏三军。

再说孙膑一行人来到大殿上,参过王驾。春王赐座,传旨准备酒宴,为众位洗尘接风。

春王说:"王兄劳苦功高,孤王封你为安平郡王,护国大军师。"

孙膑拱手道:"谢大王恩泽。"他看了看袁达,对春王说:"袁达义士已拜我为师,恭贺大王又得了一员虎将。"

孙膑的意思是让春王封赏袁达。春王会意:"袁达听封!"

袁达稳坐不动,好像没听到一样。孙膑一看可着急了,忙说:"袁达,还不上前跪拜大王?"

袁达不情愿地站起来,往前走了两步,扑通一声跪倒在地。

"封你为镇勇将军。"

孙膑见袁达还不吭声,催促说:"快谢恩!"

"谢大王!"袁达好不容易从嘴里蹦出三个字来,便站了起来,连头也不抬。

接着又封三王田忌为兵马大元帅,李目、王凯、王方均封为副将。

封赏完毕,群臣都到庆功楼饮酒,为孙膑一行人祝贺。在筵席上,田忌对春王说:"王兄,咱们三哥来到齐国,还未挂职便立了大功。今天你又封他安平郡王,为光耀门庭,播扬英名,让三哥在临淄城中夸官三日如何?"

"好!"春王欣然同意,并说,"夸官的事由你安排好了。"

"遵命!"

第三天,田忌命人备齐车马,给孙膑头戴金花,十字披红,坐在车内。前面有两个官衔大牌,左面的牌子上写"安平郡王",右面的牌子上写"护国大军师"。鼓乐管弦齐奏赞歌。后面跟着三王田忌,他也身穿礼服,骑着高头大马。再后面是一队卫士,手执红油大棍、刀枪钺斧。这支队伍十分威武、雄壮,引来无数士农工商、老叟孺童前来观看。他们每经过朝廷大臣、达官显贵门口,都停车拜客。所以有名望的官员家里都准备了各种点心、茗茶,好迎接孙膑的到来。

太师邹坡,一看孙膑一夜之间由乞食的门客变为官居一品的显赫人物,心中虽然不平,但情知独臂难撑,逆水难行,只好顺应形势。所以他家中张灯结彩,备好各种食品美酒,等待孙膑的到来。可是头一天,没有等来,第二天又没等来,第三天中午,忽见家人来报:"夸官的队伍进了这条街啦!"

邹坡连忙迎出门外,可是又一想:不对,我是当朝太师,理该在大厅等着,让家人迎了进来,才合名分。于是又从门口退了回去。

孙膑夸官的队伍全由田忌指挥,走到哪里,是行是停,全由他裁定。孙膑初来乍到,又不曾和朝官有过交往,只好听田忌安排,他们行至邹坡门前,田忌连说:"快走,快走。"这可把邹坡气坏了,他独自坐在大厅里,大骂孙膑、田忌,摔坏砸盏,把大厅弄得乱七八糟。

过了邹坡的院宅便是苏岱的府第。田忌令队伍停在厅前,把孙膑的车推到院内。

苏岱和大家见过礼,同进客厅饮茶。

这时,家人走到田忌跟前,悄悄说了几句话,田忌对孙膑说:"三哥安坐,小弟出去方便方便。"

田忌被家人领到后院,来到苏老夫人的房中。

苏老夫人连忙站起来,要行君臣大礼。田忌急忙阻拦:"老夫人不必客气,叫我来有何指教?"

"有一事相托,不知三王爷肯不肯帮忙。"

田忌一听,像堕入雾里云中。他想:苏老夫人有事情,有苏元帅在,叫我帮什么忙呢?

第十六回　娶美荣田忌热心做月老
　　　　　赚邹刚孙膑从容设妙计

　　老大人是苏岱的母亲，膝下尚有一女，这位姑娘叫苏美荣，今年二十二岁，出脱得花容月貌，宛若天仙。老夫人为她的婚事惆怅、焦忧，这样大年纪的女儿养在家里，不仅不喜，反成了一块心病。

　　元帅的胞妹为何嫁不出去呢？原来美荣虽是女流，却是个女中才人，不仅琴棋书画样样精通，而且酷爱排兵布阵，她立志要选择一个能文善武的志士为配偶，许多朝臣官宦的子弟曾上门求婚，皆因才能平庸而被拒绝。自从孙膑来到齐国，苏岱在老夫人和妹妹跟前常常赞叹孙膑才高压众，足智多谋。说者无意，听者有心，美荣小姐便想与他结为百年之好。她把这个心事与母亲一说。老夫人摇了摇头说："孙先生年龄比你大得多，而且是个残疾人，能行吗？"

　　美荣把嘴一噘："怎么不行？我慕他品德高尚，才华超群，不嫌年老身残。"

　　人各有志，不可强夺。老夫人把美荣的心事悄悄告诉儿子苏岱，苏岱沉吟半晌，说道："将来有机会让妹妹相看相看孙先生，如果他们都同意，就该成全他们。"

　　今天，孙膑夸官来到苏府，老大人和苏小姐避开众目，在一旁窥视，见孙膑正气凛然，相貌堂堂，小姐更加坚定了与孙膑结亲的决心。老夫人无奈，只好把三王爷请到后院，想托他当个月下老人。

　　田忌来至后院，老夫人开门见山："贸然将三王爷请来，想打听一件事。"

　　"请老夫人明示，只要我知道的就行。"

"这位孙先生人品学识如何?"老夫人不放心,想从田忌嘴里讨个准信儿。

田忌说:"他是我母后的干殿下,我最知他的根底,我这位三哥是个仁义君子,曾在鬼谷子门下学艺,排兵布阵,治国安邦,无所不能。那真是才如流水横溢,德如高山崇重。"

老夫人一听,脸上笑成了一朵菊花,又问:"孙先生的家眷,现在哪里?"

"唉,他在云蒙山学艺,被庞涓诓到魏国,备受折磨,差一点儿丢了性命,哪里有家眷?"

老夫人听了,心里更加踏实,脸上更添喜色,这才引入正题:"王爷知道,老身有一小女,名叫美荣,虽然相貌不丑,但性情孤傲,非盖世奇才不嫁,我想把她许配给孙先生,不知能不能高攀得上?"

田忌一听可乐了,暗道:这老夫人说来扯去,原来要招我三哥为婿,这真是喜从天降。于是忙说:"久闻令爱芳名,如能屈身俯就孙先生,那真是郎才女貌,天配良缘。"说到这里,他猛然想到,孙膑是个残疾,她大概还不知底细,所以才热情于这门婚事,如果知道他是个残疾人,她们愿意吗?于是嘴里打了个吸溜,把话锋一转,说道:"可是——这门亲事恐怕成不了。"

老夫人一听可着急啦:"这是为何?难道孙先生嫌小女丑陋?"

"不是,不是。"田忌实话实说,"我三哥双膝被膑,成了残废,令爱她愿意吗?"

"小女素以人格和才情为重,孙先生身残志坚更为她所敬,所以今天请王爷从中撮合,当个月老如何?"

田忌高兴地说:"一言为定。这件事就包给我啦!"

"多谢三王爷。"老夫人把田忌送出门口,然后回到女儿房中,把好消息告诉她。

田忌是个急性子,从老夫人房里出来,匆匆来到客厅,一看孙膑就嚷:"三哥,我给你道喜啦!"

孙膑一怔:"喜从何来?"

田忌笑嘻嘻地说:"刚才我给你当月老,说合成一门亲事。"

孙膑虽年过三十,却头一次听人议论自己的婚事,脸腾地红了,忙说:"三弟莫取笑。"

田忌一本正经地说:"这是真的,刚才老夫人亲自对我说,愿将她女儿美荣许配给你。小弟知道,这位千金可是个天生丽质、满腹才文的绝世佳人哪!"

孙膑见田忌说话无忌,便道:"苏元帅在此,三弟不可造次!"

苏岱不好意思地笑了笑说:"孙先生,这是真的,家母和小妹已有此意。"

孙膑一听可急了:"这怎么能行?孙某残疾在身,有何能德?岂不耽误小姐终身!"

苏岱说:"此婚事,家母做主,小妹愿意,三王为媒,我看这是人愿天成,孙先生若不嫌弃小妹,就应允了吧。"

孙膑一看苏家人一片诚意,再不好推辞,便说:"请苏元帅转告老夫人和令妹,再细细斟酌,切莫贻误了小姐终身。"说罢就要告辞,苏岱送出门外。

孙膑和苏小姐结亲的消息,先在王宫内传开。宫中有位太傅,名叫齐东,专教太子念书的。他平素和邹坡过从甚密,得知孙膑要和苏家小姐结亲,心里一怔:去年邹坡的儿子邹刚到郊外游春,偶然遇见苏美荣。他看这位丽人生得俊秀妩媚,楚楚动人,魂魄像被勾走一般,回到府中便得了单相思。邹坡一看儿子如痴如呆,心里十分着急。一面好言宽慰儿子,一面派媒人到苏府提亲。

苏岱一家人都知道邹刚是个寻花问柳、不务正业的纨绔子弟,不愿意与邹家结亲,便婉言谢绝了。可是邹坡并不甘心,又与齐东商量谋划,良策一时还未想出。齐东听说苏家小姐将许配给孙膑,为讨好邹坡,赶紧把这个消息送到了太师府。

邹坡得信儿,起初不信:"苏家小姐才貌双全,怎会嫁给 个比她大十来岁的残废?"

齐东把消息的来源从头至尾地讲了一遍,邹坡气得咬牙切齿。他想到自孙膑到齐国以后,一件连一件的恨事:与三王赛马,让他栽了跟头,当众出丑;袁达降齐,孙膑加官晋爵,名声大振;孙膑夸官,过府门而不入,专给他难堪;现在又要夺走他儿媳妇,真是欺人太甚!

邹坡要给孙膑一点颜色看看。他把眼珠子一转,说:"快命家人备一份厚礼,送到苏元帅府中!"

管家邹玉会意,连忙准备了两个大礼盒,都是定亲之物,让邹坡验过后,派人指着送往苏岱府中。

送礼人来到苏府门前,邹玉上前叫门:"里面人听着,快进去传禀,就说邹太师派人送订礼来啦!"

苏府的家人一看,八个公差抬着两个大礼盒正在门口站着,便问:"请问上差,不知因何送礼?奴才问清楚了好去禀报。"

邹玉冷笑了一声:"嘿嘿,这么大的喜事,你这门官还不知道?是邹苏两家结为儿女亲家,邹太师派我们送聘礼来啦。"

家人一听,不敢怠慢,赶紧往里传禀。

苏岱听说邹府来送聘礼,把嘴都气歪了,暗骂邹坡:"这个恶棍!"他一边往外走,一边思忖对付邹坡的办法。

苏岱走到门口,还没来得及与邹玉搭话,又见一班子公差抬着一个大红盒子吹吹打打来到府门前。他定睛一看,三王田忌骑着马还在后面跟着,于是连忙迎了上去:"不知王驾降临,不曾远迎,望三王爷恕罪。"

田忌连忙下马,满面春风地说:"恭贺苏元帅,我是来送聘礼的。"

苏岱把田忌迎进客厅,分宾主落座。

"唉——"苏岱未曾开言,先叹了一口气。

田忌一看苏岱的神色不对,好像有难言之隐,以为苏岱有悔婚的意思,便问:"苏元帅有什么为难之事?"

苏岱知道这件事也藏不住,只好如实相告:"三王爷,您可见门口那些人吗?"

"看见了,他们抬着礼盒来干什么?"田忌问。

"那是太师府的人,来下聘礼。"

田忌一怔:"苏元帅,贵府有几位千金?"

"只有小妹美荣一人。"

田忌一听就急了:"苏元帅,咱们先把丑话说在前面,这门亲事可是老夫人亲口许的,是我为媒,如果中途有变,可别怨我鲁莽!"

"三王爷且息雷霆之怒,听我把话说明白。"苏岱把邹坡欲娶美荣为儿媳，苏门婉言拒绝的过程说了一遍。

田忌听罢，站起身来说："既然如此，我把这伙浑小子赶跑！"他冲出府门一看，那些送礼的家人早就跑得无影无踪，不过那两盒礼物还放在门前。

苏岱也走出门来，看了看这情形，对田忌说："三王爷，我看邹坡不会死心，这婚事快抓紧办吧，生米做成熟饭，他就没想望啦。"

"也好，我回去和三哥商量商量。"

田忌回到府中，把邹坡强送聘礼的情况告诉孙膑，劝道："邹坡仗势欺人，什么事都干得出来。我看夜长梦多，三哥不如早早完婚。"

孙膑听了淡然一笑，不紧不慢地说："何必那样着急，我想个办法，管叫邹坡让出这门亲事。"

田忌虽然不大相信，嘴里也不便说。只见孙膑唰唰唰地写了一封信，交给家人："快把这信送给苏元帅。"

家人去后，田忌问道："三哥，你这葫芦里到底装的什么药？"

孙膑把自己的想法告诉了田忌，田忌这才疑云顿散，豁然开朗，一迭连声夸耀孙膑。

孙膑又把袁达叫来，三个人如此这般地商量了一番。

家人把信送到苏元帅府中，苏岱一看，拍案惊叹："孙先生确是高人！"他当下把家人苏义叫来，如此这般地嘱咐一番，又亲笔给邹刚写了一封信，让家人速速送到太师府。

苏义来到太师府，见过邹刚，双手呈上书信，转身就走。

邹刚一看信，赶紧把苏义叫了回来。问道："这是怎么一回事？"

"回禀大公子，奴才奉命传书，不知内情。"

原来苏岱按照孙膑的意思，那信中只写了几个字："聘礼收到，务请今夜完婚。"邹刚止愁这门亲事已成泡影，突然苏府来催他今夜完婚，便觉得这事蹊跷有诈，于是又问办义："这信可是苏元帅写的？"

"不错，奴才亲眼所见。"

邹刚拿出一些银钱来，对苏义说："只要你说出真情，这些钱赏给你。"

苏义贪婪地看着邹刚手中的钱，四顾无人，才低声说："我家小姐已有三个多月卧床不起,病势垂危。原来我家主人不愿连累大公子,所以不肯许婚,把小姐许给刚来的孙先生。"

"那为何不让孙膑娶她?"

"回禀大公子,谁知孙膑已知实情,高低不要,所以……"

邹刚一听大怒:"怎么,孙膑不要,就来捉我的大头?我可不是好哄的!"

苏义说:"这事千万别说是奴才告诉您的。今天夜里催着大公子成亲,是要给我们小姐冲喜。"

邹刚气愤地说:"哼!冲喜?我看是冲丧!"

"那我就走啦!"苏义瞅着邹刚愤怒的脸说。

"回去告诉你家元帅,就说这门亲事我退啦!"

"大公子,奴才可不敢传这个信。"

"不要紧,我写个退婚书,你带回去就得啦!"

苏义把退婚书拿到手里,转身就往回跑。

苏义走后,邹刚一个人坐在客厅里生闷气。邹坡回来到客厅,看儿子旁若无人,理也不理他,便气呼呼地说:"刚儿,为父回来,你怎么连站也不站?"

邹刚把脖子一拧说:"行啦,老爷子,你甭挑剔啦,咱们把那聘礼全溅了水漂啦。这叫偷鸡不成蚀把米!"

"什么?"邹坡没听明白。

邹刚哭丧着脸说:"我把苏家的婚事退掉啦。"

"为什么?"

"原来苏岱的妹子重病在身,卧床不起三月有余,今天送信来催我晚上成亲,要给小姐冲喜,这不是来诳棺材吗?"

邹坡问:"这么说你把婚退啦?"

邹刚点了点头。

邹坡发急了:"唉,傻蛋,你中了人家的诡计啦!"

"中了他们计?"邹刚迷惘地问。

"是呀,苏家小姐根本没病,是他们骗了你。"

邹刚一听,气得三尸暴跳、七窍生烟,站起来就要往外闯。

邹坡急忙拉住他:"你要干什么去?"

"我找苏岱去算账!"

"哎!你不可莽撞。咱们合计合计对付他们的办法,总不能受这窝囊气!"

父子重新编织新圈套。

第十七回　白挨打邹刚抢亲自讨苦
　　　　　急救燕袁达率兵先远程

邹家父子商量来商量去，无计可施。最后决定在孙膑迎娶苏小姐时，派人抢亲，闹个天翻地覆，即使娶不到苏小姐，也让孙膑不得安生。

他们打听得孙膑第二天要迎娶新人，连夜准备花轿、打手。

第二天，苏元帅府门前张灯结彩，鼓乐齐奏。孙膑身穿新郎官的红袍礼服，金花插冠，坐在车内，三王田忌也穿一身新装，骑马跟在后面。一乘花轿，从苏府中抬了出来。

孙膑的车和田忌的马都走得很快，把新娘的花轿落在后面。花轿路过邹坡的府前时，突然蹿出十几条大汉，一阵乱打，赶跑了轿夫、随从，抬起花轿就往院里跑。打手们高兴地直喊："大公子，新娘子到啦！"

邹刚急忙从屋内奔跑出来，走到轿前，一撩轿帘，冷不防从轿内飞出一腿，正踢在邹刚的下巴上。邹刚"哎哟"一声，四脚朝天倒在地上。

这时，从轿里蹿出一个大汉来，抢前一步，一脚踩在邹刚的胸口上，雷鸣般地喝道："邹刚，看看你爷爷是谁？"

邹刚像被老鹰捉住的小鸡似的，瑟瑟发抖。妈呀，这哪里是苏小姐？原来是杀人的魔王袁达！

邹府的家人、恶奴们这才弄清是怎么一回事，纷纷抽轿杆、操兵刃，把袁达团团围住。

袁达哈哈一阵大笑，撂下邹刚，把一伙家奴打得四处逃窜，呜哇乱叫。

邹刚抽开空子,站起来正要逃命,袁达上前一把抓住他的腰带,两臂往回一带,往上一挺,把邹刚举了起来,嘴里骂道:"今天让你小子回回炉!"

袁达举起邹刚正要往下摔,只听有人高喊:"袁将军,手下留情!"

袁达扭头一看,喊话的不是别人,正是太师邹坡。

"袁将军息怒,犬子得罪了将军,老朽给你赔罪,千万留他一条活命!"

袁达一想:临来时,师傅再三叮咛,适可而止,不可把事情闹大,我要摔死他,给师傅惹事,不把师傅的喜事搅了?想到这里,把邹刚放了下来,往地下一骨碌:"滚你的蛋!"然后拍拍手上的尘土,扬长而去。

袁达走后,邹坡气得半晌说不出话来。邹刚被家人搀了起来,鼻青嘴肿,满身灰尘。他正要进室内洗涮更衣,邹坡连忙制止:"就这个样子别动,去告御状!"

父子俩各乘一顶轿子来到王宫前,击鼓撞钟。

春王一听有人击鼓,问内侍:"朝里出了什么事情?"

"回奏大王,邹太师前来告状!"

"他要告状?"春王松了一口气,"宣他上殿!"

邹坡领着儿子来到殿上,参拜后,春王一看邹刚的狼狈样子,问道:"国舅因何落得如此模样?"

邹坡忙说:"大王,袁达反心不死,今天他来到我的住宅,不问青红皂白便要抄家,我儿上前阻拦,被他打得遍体鳞伤,望大王给我父子做主。"

春王一听大怒:"宣袁达上殿!"

袁达来到殿上,一看邹家父子都在跟前,心里就明白了,于是往地上一跪,说:"大王召宣末将,有何旨意?"

春王一肚子怒火,想撒又不敢,只好忍气吞声地问:"袁将军,你因何去抄太师府?"

"回奏大王,我不曾去抄太师府!"

"那你为何把国舅打成这个样子?"

袁达瞅了瞅邹刚的狼狈相，嘿嘿一阵冷笑："大王，别听这小子胡言，是他抢人！"

"抢人？"春王大感不解，"他抢了谁？"

"抢了我。"

"抢你？"春王禁不住笑了，"他抢你做甚？"

袁达佯装糊涂："这我就不知道啦。今天我乘一顶花轿从苏元帅府中出来，走到邹太师府前，被一群恶奴将轿劫持到院中，邹刚这小子像调戏红装般地戏弄我，这不是成心羞辱我吗？我一发急就踢了他一脚，只一脚，大王。不信，就问他们吧。"

"邹刚，袁达所言是真？"

邹刚说："不错。"

春王暗骂邹刚："你小子是活得不耐烦了，你抢袁达岂不是太岁头上动土！"

邹坡一看，这场官司难赢，忙说："小儿抢袁达，事出有因，听老臣详细奏来。"

"好！"

"苏元帅有一胞妹，名叫美荣，去年许配给我儿为妻，今年正式下了聘礼。谁知孙膑来了以后，他又将美荣许配给孙膑。今天孙膑娶亲，我儿气愤不过，两顶轿子一齐来到苏元帅府前，结果上了孙膑的当，将袁达藏入轿中，造成误会。"

春王一听，全明白啦，这是邹刚抢亲，吃了苦头。他本想劝邹坡几句，平息这场风波，不料这时内侍报："三王爷来啦。"

田忌来到殿上，一看这情景，便喊："冤枉。"

"三弟，你有什么冤枉？"春王惊奇地问。

"苏元帅有一胞妹，愿意嫁给孙军师为妻，今天娶亲的路上，被邹刚抢走，请王兄为孙先生做主！"

春王一听，心里很不高兴，暗道：他们两家还纠缠不清，你又来掺和什么？便说："他们两家的事情由他们了断，你就不要管啦。"

"王兄，这件事我非管不行，因为我是苏、孙两家联姻的媒证。"

"三弟，你可知道，苏岱已将苏美荣许给邹刚，又收下人家的聘礼。你又从中做媒，结果闹起了风波。我看责任全在你！"

"王兄，你别听邹坡胡说。"田忌一着急，便把气往邹坡身上撒，"他下聘礼时，我亲眼看见，是他们硬给人家送去的。苏元帅拒收，他们扔下聘礼就跑啦。何况后来他们又立下字据，同意苏小姐另择佳婿。"

"他既立了字据，就该把字据拿来查看。"

三王命人去请苏元帅上殿做证。

苏岱来到殿上，把前因后果一说，呈上邹刚的退婚书。春王一看，有心责备邹坡父子，又碍于面子，便说："邹刚出尔反尔，情理难言；孙膑喜结良缘，媒证俱全。本王为你们主婚，早成好事。"

众人一看，春王要和稀泥，不好再强争硬辩，于是谢恩退下，田忌回府为孙膑操办婚礼，邹家父子回到府中自怨自艾。真是：

是非多为贪心起，
烦恼只因强出头。

孙膑新婚第三天，家人禀报："门外来了一位陌生的客人，求见军师。"

"他的姓名可问清楚？"

"他说他是军师的亲戚。"家人解释说，"奴婢想问个清楚，那人不愿再详细说明，催着让奴婢通禀。"

孙膑一听说是姓孙的亲戚，便说："客厅有请。"

客人被引到客厅，走到孙膑跟前细细一端详："你真是三弟孙膑？"

孙膑也看清楚了，忙不自禁地张开双臂："你是大哥？"

二人拥抱在一起，脸上都淌出了泪水。原来此人正是孙膑的胞兄孙龙。

孙龙松开手，说道："三弟，你可把咱们全家想坏啦。我这次为来寻你，历尽艰难。如果寻不到你，我也不想回燕国啦！"

孙膑忙问："莫非家中出了事？"

"何止家事？是国家兴亡的大事。"

"请大哥快说个明白。"

孙龙说："自从父帅接到你的书信，便将兵撤回燕国，没有占魏国一寸土地。原想魏国会与燕国相安无事,谁料魏王不宣而战,派出三万铁骑入侵燕国。由于燕国没有丝毫准备,魏军所向披靡,长驱直入,现在已将大蓟城围困起来。父帅与领兵的庞涓交战,看看不是他的对手。弟兄们也难胜庞涓,实在无奈,父帅派我来齐国搬兵救燕,不料打听到你在这里。"

孙膑听罢,心急如焚。他沉思了一阵说:"明天大哥以燕使身份去见春王,求援于齐国发兵救燕,只要齐王答应出兵,便能很快化险为夷。"

当天,孙龙住在孙膑府中,兄弟二人各叙别后的情况,一夜不曾入睡。

第三天,孙龙去见齐春王,将燕王求兵救援的书信呈上。

春王阅后问众臣:"魏国元帅庞涓率领三万铁骑围攻燕国,危在旦夕。燕王求兵救援,我齐国该不该出兵?"

话声刚落,三王田忌奏道:"魏军偷袭燕国,是不义之举。我看该出兵!"大部分文官武将都拥护田忌的意见。

春王问孙膑:"军师以为如何?"

孙膑说:"三王爷言之有理,魏王早有吞并六国,统一天下的野心。他先攻燕,后伐齐,燕亡齐危,所以救燕如救齐。"

春王沉吟半晌说:"魏国攻燕,齐国理该出兵,可是庞涓诡计多端。他会不会趁我出兵之际,发兵攻齐,打我个措手不及?"

孙膑摇了摇头说:"大王放心。庞涓虽然有勇有谋,可是他性格狂傲,目空一切。他一连灭了宋、卫等几个小国,更加狂妄。这次攻燕尽挑些锐将勇兵,绝不会反手攻齐,力战二国。"

齐王这才放了心,说道:"既然如此,孤命孙膑为帅,率领精锐铁骑速去救燕!"

孙膑急忙推辞:"启奏大王,孙膑不能冲锋陷阵,难以号令三军。请三王为帅,袁达等为将,臣随军参事为好。"

春王说:"就依军师。"

孙龙谢过齐王,当日在驿馆歇息。

众臣下殿后,田忌来到孙府,问孙膑:"三哥,我们如何救燕?"

孙膑不假思索地说:"先派袁达率领三千骑兵即日启程,火速退敌。"

田忌一听，哈哈大笑："三哥，你这不是开玩笑吗？那庞涓用三万铁骑攻燕，你以三千人马解围，那袁达纵有三头六臂，也是枉然，这不是以卵击石吗？"

孙膑笑了笑说："以谋制勇，以少胜多，才是用兵之道。"

田忌说："我齐国有九万人马，不管怎么说，三千人太少啦。"

孙膑说："救兵如救火，兵贵神速，人多了反而累赘。我想这样用兵……"

田忌听了孙膑的用兵战略，佩服得五体投地，连声称赞："三哥真是奇才呀。"

孙膑说："贤弟过奖啦。现在就请元帅传命发兵吧！"

田忌和孙膑当日来到校军场，点齐三千精锐骑兵。田忌传令："袁达将军听令！"

"末将在！"

"本帅命你带领三千骑兵，日夜兼程，去救燕国，你可敢去？"

袁达是个天不怕地不怕的主儿，被田忌这样一激，一拍胸脯说："元帅放心，我若胜不了庞涓，提着自己的人头来见你！"

孙膑笑了笑说："这次出征，你一要快，二要狠，只管猛冲猛打，不要顾及别的。"

袁达说："徒儿遵命！"

三千铁骑日夜兼程，这一天，来到燕国的京都蓟城郊外一看，只见城外如铁箍般地围着魏兵，黑压压乌尘尘，把蓟城围得水泄不通。

袁达放出的探马来报，燕国已挂出"免战牌"，坚守不出。魏国开始攻城。

"立即闯营进城！"袁达一声令下，三千骑兵杀出一条血路，冲到城门下。这时燕王和老驸马孙操正在城内愁肠不已，忽听军校来报："孙龙将军搬救兵来到城下。"

"快快开城！"燕王急忙传旨。

袁达进了城，孙龙领着他去看燕王。

"袁将军，你带来多少人马？"

"回奏大王，一共三千铁骑。"

燕王一听，凉了半截。庞涓三万人马围攻，齐国以三千人马来救援，岂不是杯水车薪？可是燕王没好意思说出来，只说："庞涓善于用兵，三万人马围城，两军兵力相差悬殊，只怕……"

袁达说："大王不用怕，我师傅比庞涓的能耐大得多。他和三王领兵十万，在后面赶路，不日即到。"

燕王听了，略略放心，说道："袁将军旅途疲劳，暂歇几日，等三王和孙膑的人马到来，再出城交战吧！"

袁达说："大王的话差矣，俺袁达不是来燕国歇兵的，请大王下令，我先出城会他一会，杀杀庞涓的威风！"

孙操对燕王说："袁将军求战心切，我看先设宴为他洗尘，然后再出城交战。"

"好！"燕王传旨，"摆酒设宴，犒劳齐军。"

燕王正陪袁达饮酒，忽然军兵气喘吁吁地来报："大王不好啦，魏军攻城甚急，城上的滚木礌石已经用尽，魏兵开始爬城了！"

燕王被惊得半晌说不出话来。袁达嗖地站起来说："我先杀退这些魏兵，回来再饮酒吃饭！"

燕王为解燃眉之急，只好应允："袁将军务要小心。"

"大王放心，俺非杀他个吐天哇地不可！"袁达说罢，领着三千骑兵冲出城外，开始了一场惊心动魄的血战。

第十八回　出奇兵孙膑挥师围大梁
　　　　　折副帅庞涓惨败乱方寸

袁达冲出城外，魏军如潮水涌起的漩涡，团团把他围住。袁达抖开手中的开山锏，横冲直闯，如入无人之境，那真是人挨着人死，马撞着马亡。魏军一看来势凶猛，纷纷后退，两军形成对峙的阵势。

"哪个是庞涓，快来受死！"袁达勒马提锏，站在阵前高喊。

庞涓挡住退兵，压住阵脚，一端详袁达，见他胯下一匹青鬃马，身高膀大，扫帚眉，豹子眼，狮子鼻，火盆口，一脸杀气，好不威风。

庞涓上前问话："来将通名！"

"我乃是孙膑孙伯灵的弟子，齐国大将军袁达！"

庞涓一听，大吃一惊，这倒不是惧怕袁达，而是孙膑的名字让他吃惊，暗道：原来他还活着！于是把一腔嫉恨妒火全撒向袁达："我是魏国大元帅庞涓，你不是要找我吗？看我怎样取你的人头！"说罢拍马向前，二人战在一处。

袁达和庞涓战了五十多个回合，庞涓觉得袁达力大无穷，武艺精湛，力抵难以取胜，便想着智擒他。打定主意后，他卖个破绽，佯装败下阵来。袁达一看庞涓要走，哪里肯放，拍马紧追。眼看着袁达就要进入魏营的陷阱，突然一阵锣响，魏兵如潮水般地退了回去。

庞涓大怒，眼看就要钓到的鱼被放跑了，他要回营追究鸣金人。

"何人鸣金？"庞涓回到大帐中，气呼呼地问。

"启禀元帅，刚才打来折报，齐国出兵围困我大梁城，危在旦夕，来不及回报元帅，故而鸣金收兵。"

"啊！"庞涓一惊，差一点儿从虎皮帅椅上摔下来。

"魏王有旨，命元帅速速回兵救援。"

庞涓看罢魏王的手书，又问："齐国出动多少兵马？何人领兵，几员战将？"

"回禀元帅，齐军是三王田忌领兵，马队步兵足有五万多人。"

庞涓不敢迟疑，立即传令，拔寨起营，赶回魏国救援。

袁达一看魏军不战而逃，心中纳闷：我与庞涓战了五十余合，不分胜败，他怎么突然退兵？我若再追他，小心中了他们的圈套，先回城交令再说。

袁达拜见燕王，燕王大喜："袁将军真是神勇天将，只用三千铁骑杀退魏军三万人马，本王为你祝贺！"

"大王夸奖错啦。我袁达与庞涓交战，不分胜负。他突然鸣金退兵，必定另有原因。我想定是我师傅的高招。"

燕王捋髯笑道："孙膑还不曾到此，怎会让庞涓退兵？"

袁达想起了师傅常对他说的一句话，于是说："大王，这叫运筹帷幄之中，决胜千里之外呀，哈哈哈……"

"袁将军高见。燕国军兵感谢将军领兵解围，免遭涂炭。来来，快摆庆功酒，犒赏三军。"

袁达一摆手："大王不必费心，现在魏军如火燎蜂房，乱成一团，正是追杀的好机会。就此告辞，好杀他们个屁滚尿流！"

燕王见袁达勇直豪爽，难以劝留，便命文武大臣准备许多酒肉粮草，送给袁达军兵，以备路上食用。燕王和文武众臣送袁达到蓟城以外，才道别分手。

齐国怎么去围攻魏国呢？原来这是军师孙膑策划的围魏救燕之计。如果齐国出兵救燕，必然相持不下，难以取胜，于是他派袁达率领三千铁骑去救燕，给燕国以喘息之机。同时发兵五万去围攻魏国。

魏国兵力都用在攻燕上，国内空虚。田忌所率兵马每战必胜，所向披靡。他们攻到大梁城附近，把城团团围定，又不急于攻城，让军兵歇息，养足精神好对付庞涓的军兵，这叫以逸待劳的战术。

果然不出孙膑所料。庞涓闻知齐兵围魏的折报，日夜兼程往回赶路。后面又有袁达的追兵，庞涓有心回头与袁达交战，又怕误了时间,被齐军攻破大梁,所以,只好拼命逃窜。

这一天,庞涓来到大梁城外,登高一望,只见齐军如蝼蚁排兵一般,里三层,外三层,把大梁城围得水泄不通。庞涓一看,把一双眼睛都急红啦。他下令拼命厮杀,进入大梁城。

魏军一路上奔波疲累,士气不振,齐军歇兵数日,养足了精神,以逸待劳。庞涓率领的三万人马,死伤大半,大梁城外尸体横野,血如溪流,惨不忍睹。

庞涓好不容易冲破重围,杀进城内。他盔破甲丢,满身污血,垂头丧气地去见魏王。

"启奏父王,儿臣决策失误,兵亡将损,民苦国危,请父王赐罪。"

魏王平时非常器重庞涓,真正言听计从,今天他虽兵败回来,又怎么好意思谴责他呢?便安慰道:"唉,胜败乃兵家常事,虽然我军受挫,驸马能回来就是不幸中的万幸啦。不必难过,先让军兵歇息,再想退兵之策。"

"谢父王。"

庞涓正要下殿,军兵来报:"启奏大王,齐军开始登城。"

"这该如何是好?"魏王问庞涓。

庞涓色厉内荏地说:"齐军野心勃勃,欺我魏军无人,依儿臣之见,先出城与他交战,杀杀他们的威风!"

"谁能杀退敌兵?"魏王问。

庞涓说:"田忌不过是一介武夫,有勇无谋,让副帅出阵便可。"

副帅杜右尘一听,暗骂庞涓:你可真够损的,你当元帅的被齐军杀得节节败退,我当副帅的能胜齐兵吗?这不是拿我当打狗的包子用吗?心里这样想,嘴里却不敢明言,只好出班奏道:"臣愿出城杀退敌兵。"

"好,杜将军,多加小心。"

杜右尘领了一支兵马出城,时间不长,有人来报:"杜将军阵前被擒!"

魏王闻报,"啊"了一声,急得半晌说不出话来,两眼直瞪瞪地瞅着庞涓。他把魏国的安危全寄托于这位驸马了。

庞涓自从离燕回魏,心里一直是忐忑不安,孙膑的影子像幽灵似的缠着他，精神恍恍惚惚。他暗自思忖：那天火烧卑田院，孙膑绝不会生还，怎么他会突然在齐军中出现？我看八成是借他的名字来动摇我、刺激我。可是又一想：齐国出奇兵救燕，派兵围魏，这是奇人奇策，决不会出自田忌之怀。这齐营中定有高人。这高人会是谁呢？他回忆往事，猛然想到齐国大夫步商以宝珠交换田单后，当夜不辞而别、仓皇出城的情景，他疑心是步商把孙膑偷出城去。再一反思，孙膑即使没有葬身于卑田院，要到驿馆谈何容易？于是又否定了孙膑逃离魏国的假想。就这样，庞涓一会儿认定，一会儿又否定，心中惴惴不安。杜右尘被擒，他庞涓理应出城交战，可是他怕遭到像杜右尘似的下场，把多年来惨淡经营的富贵付之东流，于是眉头一皱，计上心来："父王，我军长途跋涉，疲惫不堪。依儿臣之见，歇兵三日，不损一兵一将，定叫齐军撤退！"

魏王听了先是大喜，又一想，不行，说道："现在齐军要登城，我们能守三日吗？"

庞涓说："这好办，父王修一道战表，就说三日后在城外决战，齐军自然会耐心等待。"

魏王依言，修好战表送出城外。果然齐军按兵不动，严阵以待。

庞涓拖着疲累的身子，愁云满面地回到府中，便令家人在客厅摆酒设宴。

家人窃窃私语："今天驸马爷打了败仗，还要大摆酒宴，真是别扭事。"

酒宴摆齐，家人请庞涓入席。

"去请你家大爷来吃酒。"庞涓吩咐道。

"是。"

庞涓要请的这个大爷，正是庞涓的胞兄，名叫庞顺。他家住燕国，是个做小买卖的商人。他来魏国贩货，听说亲兄弟庞涓招为魏王的驸马，当上了大官，便来探望。

庞顺一腔热情来投庞涓，万万没有想到庞涓对他冷似冰霜。庞涓认为自己身居高位，有这个做小买卖的兄长，给他丢脸。于是弟兄二人见面后没说上三句话，庞涓就令家人取出一些银钱，要打发庞顺走。公主闻知此事，数落着庞涓的无情无义，硬是把这位大伯子留下，她觉着让他帮助照顾一下府中的事，比外人放心。过了不多几天，庞涓领兵攻燕，便把庞顺留在府中。庞顺在兄弟府上坐了冷板凳，趁庞涓外出，要回燕国。公主再三挽留，一定要等庞涓回来再送他离去。庞顺无奈，只好住在驸马府等待兄弟回来。

庞顺正焦躁不安地想心事，家人来请："大老爷，驸马爷请您去吃酒。"

庞顺是个忠厚人，一听兄弟回府，又请他去吃酒，一肚子怨气顿消，反而埋怨自己多心，错怪了兄弟。他被引到客厅，只见桌上摆满了佳肴美酒。庞涓一个人愁眉苦脸地坐着。

"兄弟，你回来啦？"庞顺一进大厅就问。

庞涓闻声，连忙站起来迎了上去："这些日子我为征战苦心积虑，有慢待兄长之处，请大哥海涵。"

"自家亲兄弟，何必客气。我知道你身负重任，忧国忧民，是我打扰了你。"

"是呀，今天小弟刚刚回来，忙中偷闲，咱哥俩好好聊聊。"

兄弟二人落座，便左一杯右一杯地饮起来。庞涓一边劝酒，一边不断地给庞顺道歉，热忱之心，手足之情，把庞顺感动得热泪盈眶，畅怀痛饮。

庞顺本来酒量不大，一阵猛饮，已有八分醉意，他觉得晕晕乎乎，说起话来舌根僵硬："兄弟，听说大梁城被齐军围住了，你回来一定把齐兵杀退了吧？"

"噢，大哥也知道这事？"

"我听家人们议论，都盼着你早日回来解围。"

庞涓放下酒杯，仰天长叹一声："要解围谈何容易呀！"

庞顺劝道："兄弟不要心急，听说你学了好些本事，又会用兵，又能打仗，我看你准能胜过齐军。"

庞涓眼泪花花地说："实不相瞒，现在齐兵已到城下，三日后如果退不了齐兵，魏国就完啦。可是现在魏国缺兵少将，必败无疑。我身为魏国大将，不能救国救民，有何面目活在世上？今天咱兄弟同桌共饮，只怕是最后一次团圆。大哥，你可要多饮几杯，我们在醉梦中诀别，倒也减少几分离愁。"

庞顺听了这一席话，非常伤感。他说："兄弟，你不要难过。俗话说，车到山前必有路。大哥我是个商人，没有能耐，弟兄只要用得着我，赴汤蹈火，干什么都行！"

"谢谢大哥！"庞涓动情地拉住庞顺的手说，"有大哥这句话，我心里踏实多啦！"

庞顺已经过量，推辞不饮。庞涓说："大哥是嫌酒不好吧，来人哪，把那坛玉液拿来！"

家人赶紧抱来一坛子酒。庞涓打开封盖，酒香满屋。

"这是魏王赏赐给我的。此酒酿制百年而成，味道醇美，胜似琼浆，请大哥品尝。"庞涓一边说，一边给庞顺倒了一杯。

庞顺从未饮过这样的美酒，今天庞涓又显得格外亲热殷勤，他端起酒杯一饮而尽，连声赞道："好酒，好酒！"

"大哥，再饮一杯吧！"庞涓又倒第二杯酒。

庞顺只觉得天旋地转，目眩头晕，心里一阵烦热，扑通一声倒在地上。

庞涓上前连声呼唤："大哥，大哥，你醒一醒！"

庞顺昏昏大睡，人事不知。

庞涓命家人收拾餐桌盘盏，把庞顺提起来，夹在腋间说："大哥，你今天喝多了，小弟送你去睡觉。"

庞涓把庞顺放在他的卧室，又摇晃了庞顺几下，见他不省人事，便走到墙边，摘下宝剑，来到庞顺身边。

"大哥，你别怪我庞涓无情，小弟实出无奈，今天送你到黄泉路上享享清福去吧！"说罢把庞顺的帽巾除下，一抖手把他的头发解开。他左手提起长发，右手扬起宝剑，说："大哥，小弟先借你的头颅用用。"

第十九回　下毒手杀兄献头诳孙膑
　　　　　枉费心弄巧成拙招骂名

　　庞涓举剑正要杀兄，突然屋门一响，有人惊问："驸马，你要干什么？"

　　庞涓转身一看，公主正瞪着一双惊愕的眼睛盯着他。

　　"公主，你有何事？"庞涓不高兴地问。

　　"咱夫妻一别十数日，今天听说你已回府，难得见你一面，特来寻你，想不到你……"公主满面怒色，看着丈夫。

　　"你先回房歇息，过一阵我回去陪你。"庞涓想赶快把公主支走。

　　"驸马，你陪我不陪我倒是小事，他是你的同胞兄弟，你千万不能干伤天害理的事呀。"公主看着地上蜷曲着的庞顺，怜悯之心油然而生，不禁落下了眼泪。

　　庞涓不耐烦地说："你休管闲事，快快走开！"

　　公主一看庞涓执意要杀胞兄，心里一急，扑通一声就跪在庞涓跟前，哀求道："驸马，人生在世，恩重莫如父母，情深不过弟兄。大哥老实本分，是个无辜的商贾之人，你能忍心杀他吗？求求你，饶了他吧，明天放他回去，免得他一家老小惦念他。"

　　公主的话似乎打动了庞涓。他把宝剑放在桌案上，长叹一声说："唉，公主不知，这是为了你父王的江山哪。"

　　"哼！打江山保社稷，靠的是武力开疆域，仁德治天下，你杀死兄长就能保住魏国吗？"

　　公主一席话说得庞涓羞愧难当，明明是自己用兵失策，招来大祸，今天弑兄解围，真叫天下人耻笑。可是他刚愎自用，毫无忏悔之意,便对公主说:"我大义灭亲,全为救国救民,公主你就不用啰唆了,快快回房去吧!"

公主一心要救庞顺,站在那里一动不动:"要杀,你连我也杀掉吧!如果杀掉兄长可救魏国,杀掉我还可当国王!"

公主这句话虽是赌气说的,正戳到庞涓的痛处。原来他就想着征服六国,自立为君。今天被公主说破,如揭痛了伤疤似的跳了起来:"你大胆!我忠心耿耿保你父王的江山,你竟来血口喷人。我……"他举拳要打公主,又一想,可不能把事情闹大了,得罪了魏王后果不堪设想。于是眼珠子一转,有了主意。他哈哈一阵冷笑:"公主,你为何这等关心、怜悯我的大哥?"

"大伯为尊,理当关心。"公主不动神色地说。

"我看不至于吧!"庞涓摆出一副无赖架势,"我全明白了。想我出征走了十多日,你一人在家中受不住孤独寂寞,耐不住冷床孤灯,为我大哥守在一起,沾在一块,大伯子变成了你的情夫……"

"你这个该杀的畜生,血口喷人,将来不得好死!"公主气急败坏,呜呜哭着跑回了房中。

公主一走,庞涓又提起庞顺的长发,手起剑落,咔嚓一声将人头砍下,鲜血如注喷射出来。

庞涓把人头包好,放在木匣内,命贴身随从将死尸埋葬。他洗手更衣,急忙上殿去见魏王。

魏王听信庞涓的谗言,攻燕失利,齐军围城难解,一个人正独坐书房自思自叹,内侍禀报:"驸马求见大王。"

"宣他进来!"

庞涓见过礼后,魏王问道:"天已这样晚,你有何急事进宫?"

"启禀父王,儿臣回到府中忧思难禁,反复回想我出兵攻燕的前前后后,觉得齐国来攻魏国,事情蹊跷,特来请父王指教。"

魏王以为出了什么大事,一听此话,面带不快之色:"现在各国纷争,皆想称霸。你攻我,我打你,本是常情,何必大惊小怪?"

庞涓连忙解释:"儿臣非此意。我是说,齐国领兵元帅田忌,是个有勇无谋的莽夫,他怎么会想得出来围魏救燕的计谋?就我估计,十有八九是孙膑在齐国。"

魏王一听，不禁冷笑起来："哎，驸马疑神疑鬼，自己吓唬自己。那孙膑早已葬身于卑田院，这是你亲手策划，哪有死而复生之理？"

"父王，起初儿臣也这样想，后来我细细回忆，怕是中间出了漏洞。"

"你说有什么漏洞？"魏王也警觉起来。

"那天火烧卑田院，事先不曾查过人数，不知孙膑在不在其中，这是一；第二，齐国大夫步商以宝珠换太子，不辞而别，仓皇而去，形迹可疑。"

魏王问："你是说步商把孙膑劫到了齐国？"

庞涓点了点头："是！"

魏王这回可着急了："哎呀不好，孙膑若是真的到了齐国，对我们怀恨在心，必定图谋报复。魏国哪有他的对手？这该如何是好？"

庞涓一听魏王的口气，褒孙贬庞，心中不悦，但在魏王面前不好说别的，只能吹嘘自己："父王不必担心，儿臣最清楚孙膑的底细，就是他真的活在世上，一个残废也不足惧。眼下急需查清孙膑是不是在齐军营中。"

"那就派奸细去打听打听。"魏王不以为然地说。

"不行。"庞涓说，"孙膑真在齐军营中，也是冲着我来的，明天我略施小计，便会弄个水落石出，并使齐国早日退兵。"

魏王半信半疑地说："好，你先回府歇息，明日再议。"

第二天一大早，庞涓命人抬着人头，到殿外等候。

时辰一到，钟鼓齐鸣，众臣上殿朝拜魏王。

魏王说："驸马昨日想出了一条退兵之计，各位议论议论。"

庞涓声色凄厉地说："昨日本官回府，家兄庞顺闻知军情危急，痛不欲生。他献上一策，情愿以死救魏，献出人头，充当我的首级献给齐军，以求退兵。我急忙阻止，不想家兄自刎而亡……"说着声泪俱下，众人听了毛骨悚然，惶恐万状。大家都知道庞涓的为人，怀疑他杀兄献头，灭亲邀宠。

魏王听了，果然感动得撕心揪肝，老泪纵横："难得庞义士为我魏国江山舍身尽忠，英烈悲壮感人肺腑，一定要厚葬庞义士，立碑铭志，以教后人。"

"谢大王。"庞涓跪倒谢恩。

魏王说："驸马快快请起，你看谁去齐营送此人头？"

庞涓说："孙膑是徐大夫请来的。这人头还应由徐大夫去送。"

魏王说："徐甲，你就辛苦一趟吧。你去到齐营，就说本王已将庞驸马斩首，献上人头，重修两国之好，请他们快快撤兵。"

庞涓说："千万别忘了打听孙膑是否在齐兵营中。你可知道魏国安危全系于你一身哪。"

徐甲心中暗骂庞涓狡诈阴险。他虽不愿担当此任，又没有理由推辞，只好忍气吞声地接受王命，令四个军兵抬人头出城议和。

徐甲一行出了大梁城，被齐兵围了起来。

徐甲忙说："我是魏国使臣，要见你家元帅。"

齐兵把徐甲带到元帅大帐。这时田忌和孙膑正在帐中议事。军兵进帐禀报："魏国派使臣徐甲来见元帅！"

"有请！"孙膑一听徐甲来见，十分诧异。

徐甲带着四个军兵，抬着放人头的木匣走进军帐。他抬头一看，上面坐着的正是孙膑。他佯装不认识，先给田忌施礼："魏王派徐某出城议和，下官参拜三王爷。"

"徐大夫免礼，请坐。"田忌见徐甲没有搭理孙膑，便说，"这是我齐国的军师，安平王孙……"说到这里，意识到自己失口，又不好改正，只好把个"膑"字囫囫吞枣地又咽了下去。

孙膑见田忌说了半句话，笑了笑说："我乃孙膑孙伯灵，今日能与徐大夫幸会，不胜荣幸。不知徐大夫到齐营何事？"

"我奉了魏王之命，特来献上庞涓的人头。齐魏两国原是友好邻邦，今日所以兵刃相加，皆因庞涓挑唆。魏王断然杀掉罪魁，以息齐愤，愿贵国早撤围军，重归于好。"

"哈哈哈。"孙膑一阵爽声大笑，"魏王倒是一位贤明的君王，他果真能舍痛制爱，齐国就撤兵。"

"来呀，把人头呈上！"田忌大声命道。

两个齐兵接过木匣，打开盖子，解开包布，呈到孙膑跟前。

孙膑低头一看，大吃一惊，这人头酷似庞涓的模样，暗道，难道魏王真舍得杀掉庞涓吗？他摇了摇头。他命人取来一盆清水，洗掉人头上的血迹,再仔细一端详,不禁冷笑一声:"嘿嘿嘿……"

"三哥,是不是庞涓的人头?"田忌急切地问。

孙膑说:"此头虽不是庞涓项上所长,但系一母所生,其骨骼、长相酷似庞涓。这是庞涓在弟兄身上下了毒手,以此来诳我!"

田忌一听,怒发冲冠,猛地将桌案一击:"徐甲,军师所言对也不对?"

徐甲面带微笑,缄口不语。其神态看不出是佩服孙膑的洞察力,还是耻笑庞涓惨无人道,弄巧成拙。

孙膑见徐甲默默不语,厉声喝道:"徐甲,你为何不讲话?军中无戏言,你竟敢以假混真,诳骗齐军,该当何罪?"

田忌怒道:"推出去斩首!"

徐甲一看真要杀头,连忙说道:"元帅息怒,两国交战不斩来使。下官是奉命而来,人头是真是假,不得而知。"

孙膑冷笑一声:"徐大夫,既然有'不斩来使'之惯例,饱打一顿倒无定规。来人哪,拉下去将徐甲重打四十军棍,将随兵责打二十军棍!"

徐甲暗暗叫苦,心里埋怨孙膑:孙膑哪孙膑,你真是个忘恩负义的小人!我在魏国冒死救你,才使你能有今天,不想你竟然恩将仇报!他有心当面责骂孙膑一顿,又怕跟来的军兵知道他曾经救过孙膑的实情,如果让魏王、庞涓知道,性命难保。所以,只好忍气吞声去受刑。

齐军对徐甲和军兵施刑的地方分作两处。四十军棍把徐甲打得皮开肉绽,血污衣袍,受刑后又被托到元帅大帐。

徐甲一进军帐,孙膑坐着推车迎上前去,拉着徐甲的手说:"徐大夫,您是我的救命恩人,恕我不能下车施礼,快请上座。"

徐甲一看孙膑的热情劲儿,心中纳闷,孙膑时怒时喜,这葫芦里究竟卖的什么药?他被打得臀肿血流,不敢落座,只好被人扶着说话。孙膑见状,心疼地问:"徐大夫,受苦啦,孙膑向你赔礼。"

徐甲用鼻子哼了一声:"说得好听!"

孙膑说:"今天打你四十军棍,意在救你。不然你回到大梁,庞涓能饶你性命和你全家吗?今日你来,我本当以上宾相待,因你是我救命的恩人,望能谅情。"

徐甲一思索,怨气全消,忙说:"谢孙先生一片苦心,徐某绝无怨恨之意。"

孙膑问:"徐大夫,魏王派你出城献头,到底是怎么回事?"

徐甲把真情一五一十地全告诉了孙膑。孙膑又如此这般地嘱咐了徐甲一番。然后把四个魏兵押上军帐。

孙膑训斥道:"念你等奉命而来,免去死罪,如果再敢来诓诈,定斩不容!"

田忌下令:"将魏国官兵一齐轰了出去,路上放行,不得阻挡。"

徐甲临行时,有个军兵把一个布条塞进他的怀中。五个人一出门,都呻吟不止。军兵忍痛搀扶着徐甲回到大梁城中。

徐甲被搀到大殿上,痛累交迫,昏倒在地。魏王一看这五个人,都是遍体有伤,七瘸八拐,大吃一惊,忙传太医上殿,给徐甲敷药。

徐甲从昏迷中醒来,嘴里骂声不断:"孙瘸子,我与你不共戴天!""孙膑,你打得我好苦哇!""你不能杀我,两国交战,不斩来使……"

魏王走近徐甲身旁,弯下腰来问道:"徐大夫,究竟是怎么回事?"

徐甲抚着伤痛,热泪滚滚地说:"大王,我一进齐军帅帐,就见孙膑端坐在中间,我向他说明来意,尔后呈上人头。那孙膑不看则已,一看人头,大发雷霆。他说人头不是庞涓项上所长,而是一母所生。于是将我五人推出斩首。我据理争辩,才免于一死,被他重打四十军棍。"

庞涓在一旁听着,又羞又气。但他不甘心失败,还想找一些破绽来推诿责任,便猛然将一个军兵捆绑起来,厉声喝道:"你跟徐大夫到齐军营中,见到了什么?"

那军兵吓得浑身颤抖,结结巴巴地说:"我见到的徐大夫都说了。"

"还有什么?"庞涓像一个输光的赌徒,疯狂地喊叫。

军兵想了想说:"临行时,我看见有人给徐大夫塞了一个布条。"

庞涓如获至宝,问徐甲:"徐大夫,难道有密书不愿公开吗?"

徐甲说:"我被打得昏昏沉沉,不理会有什么布条。"

"那就请你自己找找看。"庞涓斜眸瞅着徐甲说。

徐甲撩衣抖袖，从袍里真的抖出一片白绫来。他正要打开看个究竟，被庞涓一把抢去。

庞涓看罢，气得五脏俱裂，恨不得把白绫撕碎。这时魏王说话了："这是什么罕物，拿来一观。"

庞涓无奈，只好把那片白绫呈给魏王。魏王抖开一看，只见上面写道：

> 杀兄献首堪悲怜，
> 难退齐兵压境前。
> 欲求活命递顺表，
> 献首必定要庞涓。
> 孙膑

魏襄王看罢，惊出一身冷汗，暗自思忖，都怨自己没有主心骨，轻信庞涓，一会儿要重用孙膑，一会儿又谋害孙膑，结果没有把孙膑害死，倒成了心腹之患。早知今日，何必当初！

庞涓最善察言观色。他见魏王暗自沉吟，便忖度到他在想什么，于是极力转移魏王的注意力。他上前奏道："父王，徐大夫带伤回城，体力不支，让他早些回府休息，退兵之事明日再议不迟。"

魏王准奏，众文武官员拜别魏王，各回府中。

第二十回　甘就范邹坡贪珠做引荐
　　　　　谎称臣庞涓巧语退齐兵

　　第二天早朝，文武众臣刚拜毕魏襄王，正要议论退兵之策，忽见传呼官来报："启奏大王，齐兵又来攻城！"

　　魏王惊慌失措，下意识地说："快传我的旨意，千万守住城池，不得有误！"

　　传呼官答应一声"是"，正要退去，庞涓说："且慢！"

　　"驸马还有什么吩咐？"魏王问。

　　庞涓说："快命守城将士向齐兵传话，就说大王即刻与他们议降。"

　　"什么？议降！"魏王出乎意料，不禁打了个愣怔。

　　庞涓竟不回答魏王所问，又催促传呼官道："快去传令！"

　　传呼官看着魏王惊恐的脸色，进退两难。庞涓已经发急："你再迟延，定斩不容！"

　　传呼官这才磕头下殿。

　　众文武官员一看朝中的大事，都由庞涓决断，魏王竟受他牵制，都敢怒不敢言。一个个像泥塑般地站在那里。

　　魏王实在憋不住了，问道："驸马，这是何意，难道你要葬送魏国？"

　　庞涓冷笑道："兵不厌诈，扬言投降，不是真意，只不过是缓兵之计。"

　　"缓兵之计？"魏王被他搞得稀里糊涂，脑子乱成一堆麻，"孙膑就在齐营，他能退兵吗？"

　　"父王放心，儿臣自有退兵之策。"庞涓说罢，环视左右。魏王会意，说道："众卿退下，有事再传旨召宣。"

众臣下殿后，庞涓对魏王说："现在齐国重兵压境，力退敌兵不易，只能智退。"

"驸马你把话说明白些！"

"大王上城头与齐将打话，就说愿意递降书，让他们等几天。我拿上大王降书和宝珠去临淄见齐王，从中略施小计，保险让齐国退兵，孙膑也难逃活命。"

魏王摇了摇头说："孤王如愿投降，把降书送给孙膑不就完了，何必要费这样大的周折？"

庞涓说："唉，大王还不解其中之意。投降是假，取胜是真。"

"你有把握吗？"魏王不相信庞涓的智谋能胜过孙膑。

"大王若不相信，庞涓愿以头鸣誓！"

"这倒不必。"魏王心中的狐疑被庞涓坚定的态度释化了，当下命人取来笔墨竹简，写了一道降书。并命内侍从后宫中取来避尘宝珠交给庞涓，动情地说："魏国兴亡全靠驸马调停。"

庞涓接过降书和宝珠，拜别魏王："儿臣此去需十天半月，大王保重。"

"驸马小心为是。"

庞涓回到府中，换了一身商贾的衣裳，乔装打扮一番，悄悄逃出城去。

魏王在众文武官员的簇拥下，登临城头，向齐军喊话："快请你家元帅来见！"

田忌闻报，策马来到城下。

魏王手扒垛口，按着庞涓临行前教给他的话喊道："城下可是三王爷，出总大元帅？"

"正是本帅。"田忌朗声回答。

魏王说："烦你转告孙膑先生，孤王听信谗言，使他身遭不幸，如今后悔莫及，望孙先生能释前隙。昨日收到孙先生的手谕，我已将庞涓治罪，愿写降书在齐君驾前称臣。但是文武众臣其说不一，众志难同。望三王与孙膑先生明察孤王所难，再宽限十天半月，待说服众臣，一意同心后再递降书如何？"

田忌听魏王说得坦诚恳切,心里想:只要你把庞涓的人头献了出来,给我三哥报了仇,再等十天八天何妨?因此答道:"只要献出庞涓人头,就再等几日。"

魏王出了一口气,下城回宫去了。田忌传出军令:"歇兵十日,不再攻城。"

再说庞涓,他乔装成商人模样,在月黑风高的时候,出了大梁城,直奔齐都临淄城。

庞涓非止一日,来到临淄城太师府门前,对门军说:"烦军爷禀报邹太师,我有急事求见。"

邹坡正在书房闷闷不乐地喝茶。自从孙膑来到齐国,他感到事事不如意。昔日女贵父荣、势压群臣的气势被孙膑全给搅乱了。儿子与苏美荣的亲事破灭后,自己的威信一落千丈。而孙膑却加官晋爵,平步青云,长此下去,邹氏一门处处要受制于孙膑。

邹坡越想越恼火,搜肠刮肚地思索制服孙膑、摆脱困境的办法。他正闭目沉思,忽听门军来报:"启禀太师爷,有一个商人要求见。"

邹坡微微睁开臃肿的眼皮,不耐烦地说:"不见!"

门军传出话来:"太师爷身体不适,外客一概不见。"

庞涓连忙赔着笑脸,取出一把银钱递给门军:"这位大哥,你再辛苦一趟吧,就说魏国的庞涓求见。"

门军有心拒绝传禀,又舍不得手中的银钱,只好硬着头皮二次进去禀报。

"太师爷,那人站在门外不走,奴才好说歹说也不行,他非要见太师爷一面不可!"

邹坡一听,大怒:"该杀的浑蛋,还不快将他赶走!"

门军嘟哝着说:"我就去赶走他。不过,他让奴才告诉太师爷,他是魏国的庞涓。"

"什么?庞涓。"邹坡猛地从椅子上跳了起来,惊异地问道,"你说什么?他是庞涓?"

"是,就叫庞涓。"

"快快请来相见。"

庞涓来到书房,躬身施礼:"庞涓拜见老太师。"

"免礼,请坐。"邹坡上下打量庞涓,见他虽然是商人打扮,却身材魁梧,相貌堂堂,眉宇间暗藏杀气,嘴角上淡笑瘆人,问道:"你可是魏国的驸马,大将军庞涓?"

"正是小人。"

邹坡连忙命家人献茶,然后问道:"久闻将军英名,今日降临寒舍,有何指教?"

庞涓环顾左右。邹坡会意,喝退左右:"庞将军有话直言。"

"我奉魏王之命,来送降书,请太师爷为两国和睦相处多多周旋。"

邹坡一听,出乎意料,问道:"贵国愿意罢战求和,就该与领兵的田忌、军师孙膑商议,何必舍近求远?"

"太师不知内情。那孙膑是个阴险奸诈的势利小人,一朝得势便诛亲灭友。只因我们之间有些积怨,魏王求降,他高低不允,非要我的人头不可,因此来求太师。"

邹坡听罢,沉吟半晌,情不自禁地把郁积在心中的怨言吐露出来:"孙膑刚愎自用,目中无人,真是小人得志,狂悖无度。"

庞涓趁机挑拨:"难道他连德高望重的太师爷也看不起吗?"

邹坡叹了口气说:"齐王已封他为王,又是大军师,他能看得起谁?"

庞涓说:"我素知此人心肠狭窄,最容不得人。太师身居显位,娘娘为万人之尊,全国上下谁不敬重。如果孙膑现在尚且不把太师放在心上,将来他的羽翼丰满,大权在握,就怕太师要寄人篱下了。"

庞涓这一把火,点燃了邹坡胸中嫉恨的烈焰。他为此苦思冥想非止一日,早想除掉孙膑,可是苦于无从下手,便说:"此事我早有所料,可是无可奈何呀。"

庞涓一看邹坡上了钩,便说:"现在倒有个机会,不知太师……"

邹坡见庞涓欲言又止,便追问:"什么机会?"

庞涓说:"这是齐国的事情,不敢妄言。"

"但讲无妨。"

"邹太师把魏国的降书早给齐王,速召孙膑回朝。孙膑得胜回朝,宫内必然设宴庆功,有太师和娘娘周旋,除掉孙膑易如反掌。"

邹坡打个冷吸溜,犹豫地说:"这件事非同小可,待我考虑考虑

139

再说。"

庞涓怕邹坡变卦，忙打开随身携带的包裹，取出避尘宝珠，捧在邹太师跟前："这是齐国的国宝，魏王敬献给太师，请笑纳。"

邹坡一见那璀璨夺目的宝珠，眼里放射出兴奋的目光，两手接过宝珠，贪婪地端详着。

庞涓一看邹坡已经就范，不再卑躬屈膝，一收媚态，板着面孔问："太师何时带我去见齐王？"

邹坡如从梦中惊醒，收起宝珠，想了想说："你快更衣，现在就去。"

庞涓知道，邹坡要单独去见齐王，为的是避开文武众臣，免得人多嘴杂，坏了好事。于是急忙更换衣裳，拿出降书，随邹坡到宫中去见齐春王。

齐春王刚刚午睡起来，见内侍来报："邹太师求见。"

"宣他进宫！"

邹坡来到后宫，拜罢春王后，奏道："魏国派使臣来到临淄。"

齐春王一怔："他派使臣何事？"

"魏王命他来送降书。"

春王说："三王和孙膑攻魏救燕，就在大梁城外，为何不把降书送给他们？"

邹坡说："臣没有细问，魏使在宫门外候旨，请大王当面问个明白。"

"宣魏使进宫！"

庞涓闻宣，急忙进宫。他被引到殿上，跪倒参拜："魏使王真参拜大王。"

"王大人免礼平身。"

"谢大王。"

庞涓上殿后，将真名隐去，改为王真。邹坡暗赞叹庞涓足智多谋，随机应变。

"贵使来齐国，有何公务？"春王问。

庞涓从容答道："魏国攻燕，皆因一念之差；齐军惩魏，魏罪有应得，魏王对此痛心疾首、悔恨不及。因此，齐国一到，魏王便写降书，递顺表，愿意洗心革面，在齐王驾前称臣。但是，贵国军师孙膑拒不接受魏王的降书。"

"这是为何？"春王问。

"他非要让魏王献出驸马庞涓的人头不可。"

邹坡故意把水搅浑，插嘴说："魏王不愿意杀掉庞涓吧？"

"魏国为两国友好和睦，大义灭亲在所不惜。只是庞涓闻讯，早已逃之夭夭，到哪里去找？因此，只好派臣来恳求齐王，能接受魏王的降书。"庞涓把降书双手呈上。

春王打开降书一看，字字有忏悔之意，句句有称臣之心，说道："贵使转告魏王，孤王接受降书，愿他不食诺言，好自为之。"

庞涓拜谢了魏王，住在驿馆。当夜，邹坡回访庞涓，二人又在密室策划，且不赘述。

再说田忌应下魏王的请求，孙膑明知其中有诈，但木已成舟，不便再说，只好静观其变。

时间过去十几天，大梁城内毫无动静。田忌耐不住了，问孙膑："三哥，怎么还不见魏王来送降书？"

孙膑说："看来他们是诳咱们，今天如不送降书，立即攻城。"

田忌说："对。"于是传出号令："各营军兵做好攻城准备！"

正在这时，军兵进帐来报："启禀元帅，大王旨意到！"

传旨官进了大帐，宣道：

元帅田忌、军师孙膑：

　　你等攻魏救燕，大获全胜，可喜可贺。魏国已送来降书，齐兵不宜久带，火速回临淄，不得有误。

齐春王（印鉴）

田忌一听，火冒三丈，指着传旨官骂道："我军士气正旺，灭魏在即，你滚回去告诉昏王，就说将在外军令有所不受，等攻下大梁城再去见他！"

传旨官唯唯诺诺，不敢作声。孙膑连忙劝道："元帅，君命不可违，还是撤军吧。"

田忌不服气地说："现在撤兵岂不前功尽弃吗？你们怕大王怪罪，我不怕，出了事我担着。"

孙膑知道田忌执拗的脾气，和气相劝，他不会顺从，于是便把脸一沉说："出朝时我们有言在先，你为元帅，我为军师，征战在你，决策在我，是留是走，由我传令！"

"三哥，你的大仇难道不报了？"田忌气急败坏地问。

孙膑说："家仇比起国恨来，犹如沧海滴水。你身为元帅，违抗君命，怎能治军？还是回国去吧。"

田忌无奈，闷声闷气地说："好，听你的。君子报仇十年不晚！"

当天，齐国五万人马拔营起灶，折帐收篷，秩序井然地离开大梁，浩浩荡荡地向临淄挺进。

田忌、孙膑回兵临淄，齐春王率文武群臣到城外迎接。

齐春王走到田忌、孙膑跟前，满脸堆笑地说："王兄和三弟得胜归来，重振齐威，孤王感激之至。"

田忌不高兴地问道："王兄，朝中出了什么大事？"

"国泰民安，没有出事呀。"

"为什么要传旨收兵？"

田忌咄咄逼人的态势，没有激怒春王，他仍然笑着说："魏王已派人送来降书。兵战降为终，所以召你们回城。"

田忌一跺脚，气冲冲地说："你传旨收兵，是不让我给三哥报仇，真是岂有此理！"

孙膑怕三王和春王闹翻，插嘴问："是魏国把降书送给大王的吗？"

"正是。"齐春王说："赶快回宫，孤王已备好酒宴，为劳苦功高的众将官洗尘祝贺。"

孙膑见齐春王兴致勃勃，不好多言，他给田忌使了个眼色，便一同进城。

第二十一回　害贤良邹妃设宴献毒酒
　　　　　　缉凶犯袁达逼宫报兄仇

　　孙膑归来的第一天，赴春王设的庆功宴。第二天，春王又传下旨意：邹娘娘在后宫设宴，为孙膑庆功。孙膑本不想去，可是君命难违，只好去应酬一番。

　　邹妃设宴，名为庆功，实为暗害孙膑，自从庞涓到临淄重礼贿赂太师邹坡后，邹坡便日夜苦思除掉孙膑的方法。后来他突然想到一个绝妙的办法。他找来能工巧匠，制作了一把八宝转心壶。这把酒壶外面与普通壶一模一样。壶内分上下两层，可以装不同的液体。壶把上有一个机关，不按壶把，斟出来的是上层酒；一按壶把，便把上层液体闭塞，下层的液体便可斟出来。邹坡几经试验，准确无误。

　　这一天他把八宝转心壶揣在怀中，悄悄带进后宫。他对女儿邹妃说："齐国本来平安无事，自从孙膑来后，战乱不止，民怨沸腾，不除掉孙膑，咱邹氏一门难有出头之日。"

　　邹妃听了一怔，她知道现在春王很器重孙膑，她父亲几经挫折，都与孙膑有关。可是孙膑确实智谋过人，便说："孙膑是老国母的御儿干殿下，江山要靠他辅佐，怎能加害于他？"

　　邹坡叹了口气说："你想过没有？现在咱们邹家所以能够女贵父荣，恩泽全家，都是因为你能容悦大王。再过几年，到你人老珠黄的时候，还能取悦于大王吗？你被冷待，全家遭殃，到那时后悔迟矣！"

　　邹妃被父亲说得粉面羞红，心里一阵抽搐，问道："大王喜欢不喜欢我，这与孙膑有何关系？"

　　"这还不明白，孙膑把我父子看作眼中钉一般。他欲扳倒我父子，必先从根基动手，他给大王另寻新欢，不就把你冷落了？"

邹妃明白了父亲的意思，点了点头。可又一想，除掉孙膑，自己也不能永葆青春哪。

邹坡说："儿啊，帝王本无情，难道我和你哥哥就不能治国安邦吗？"

啊，原来父亲的野心这等大，他要先除孙膑，再弑春王。这怎么能行呢？邹妃把脸一沉说："春王待你不薄，怎能下此毒手？"

邹坡一看女儿变了脸，连忙跪倒央求："我的好女儿，邹娘娘，你就答应老父吧，先除掉孙膑再说。"

邹妃见父亲跪在自己面前，心里像打翻五味瓶一般，什么滋味也有，她忙搀邹坡："爹爹请起！"

"你不答应，为父就不起来！"邹坡以长跪反伦来要挟女儿。

"好，我答应你！"

邹坡见女儿答应下来，这才站起身来，把怀中的八宝转心壶交给邹妃："壶内我已装好毒酒，请孙膑饮宴时，你亲自斟酒，记住按这壶把。"

邹妃把八宝转心壶藏好，便要求春王在后宫宴请孙膑。

这一天，孙膑来到后宫，春王和邹妃亲自迎入逍遥宫内。

邹妃说："王兄来到齐国，日夜为国事操劳，哀家不曾拜见王兄，多有失礼，请王兄恕罪。"

孙膑说："臣不敢劳娘娘大驾。"

说着三人入席，邹妃把酒装好，亲自捧壶斟酒。前三杯酒，邹妃没有敢按动机关，到斟第四杯酒时，邹妃把心一横，手按壶把，给孙膑满满斟了一杯毒酒："王兄，齐国能有今日，全靠王兄辅佐大王。哀家敬你一杯！"

"谢娘娘。"孙膑接过酒，先对齐春王歌颂一番，先敬天地，将酒泼在地上。邹妃又斟了第二杯，孙膑一饮而尽。

邹妃见孙膑将毒酒吞下肚去，如释重负，长长地呼出一口气，又给孙膑斟了一杯好酒："王兄，请再饮一杯。"

孙膑刚端起酒杯，觉得头眩地转，连忙俯伏在桌上，嘟哝着说："臣实在不能饮啦。"

春王吩咐："快把醒酒汤呈上。"

内侍刚要出去传旨,一迈门槛,与一个人撞了个对面。内侍十分恼火,他正要发作,抬头一看,来人正是三王田忌,连忙跪倒请罪:"奴婢不知三王爷驾到,方才撞了圣体,请王爷恕罪。"

"哼,瞎了你的狗眼!"田忌骂了一句,进了大厅。

春王一看田忌闯了进来,连忙笑面相迎:"三弟,你来得正好,坐下,痛饮几杯。"

田忌见孙膑伏在桌案上,问道:"三兄长怎么了?"

"原来他酒量不大,几杯水酒竟醉倒啦。"

邹妃见田忌不宣而至,想起赛马时所受的侮辱,心里掠过一个恶念:"天堂有路你不走,地狱无门自来投。我一不做,二不休,干脆把这个眼中钉和孙膑一块拔掉算啦。"想到这里,脸上堆满媚笑,一手操壶,一手端杯,殷勤地说:"三弟,你快坐下。这次攻魏救燕,使齐国国威大振,来来来,嫂子敬你一杯酒,为你庆功添寿。"

田忌接过酒来,正要往嘴里倒,猛地想起,这样饮了下去,似乎不恭,说道:"田忌有何能德,这都是王兄圣德所至,来,这杯酒先敬王兄。"

春王正要接酒,邹妃着急了:"三弟,万万使不得,你看大王已经过量啦。"

"王兄不胜酒力,就请嫂嫂你饮吧!"田忌将酒杯举在邹妃的眼前。

邹妃急忙推辞:"我更不能饮酒。"说着往后退。田忌心里惦着孙膑,不介意地把酒杯放在桌子上,上前搀扶孙膑。

孙膑一把抓住田忌,依偎在他身上不放手。田忌把孙膑抱在车上,辞别春王而去。

次日早朝,齐春王要论功行赏,犒赏三军。众臣陆续到齐,唯独不见孙膑。春王正纳闷,护殿官来报:"启奏大王,苏王妃上殿见驾。"

春王听了一怔,苏王妃是孙膑新婚的夫人苏美荣,她从来不出王府门槛,今日为何上殿,他正暗自思忖,只见苏美荣哭哭啼啼地走进殿来,跪倒叩头,口称:"人王臣妾苏氏美荣上殿报丧。"

"啊!"春王大惊,见苏氏身穿重孝,"你来为谁报凶信?"

苏美荣哽咽着说:"昨日安平郡王回到家中,迷昏不醒。过了不多一会儿，突然七窍流血，大叫一声暴死。"

春王如霹雷击顶一般，惊得说不出话来。过了半晌才说："快快请太医去医治！"

"他已气绝身亡，再治也没用啦。"苏美荣说着痛哭起来，文武众臣都被孙膑暴死的噩耗惊得呆若木鸡，大殿内一片沉寂。

春王一看事到如今，无计可施，只好善言相劝："王嫂下殿去吧，节哀保重。孤王一定厚葬王兄。"

苏美荣凄凄惨惨地拜别春王，回到府中。

苏王妃来报凶信，金殿上急坏一人，他就是袁达。苏王妃前脚一走，袁达跨前一步奏道："大王，我也不想领功受赏，先看看我师傅再来。"说罢，不管春王准奏不准奏，径自离殿而去。

袁达一进安平王府，只见天井中间高搭灵棚，棚内停放着一口棺材。苏王妃身穿重孝，守在灵旁。袁达扑通跪在地上，双手拍打着地号啕大哭起来。然后他又站了起来，拍着棺材哭喊，悲恸欲绝。家人院公看见此情此景，无不悲伤落泪。

苏美荣怕袁达悲痛伤身，上前劝道："请袁将军节悲，人死如同风吹烛，再难复生，生死由命，自强不得。你保重身体，好帮我料理后事。"

袁达这才用衣袖擦抹脸上的泪水，问道："我师傅得了什么病，怎么会突然死去？"

苏美荣说："我也说不清楚。只是昨天大王请他后宫饮宴，准是他贪杯伤体，回到府中便昏睡不醒，到三更时分，突然暴死。"

袁达听罢，便说："哼：我师傅不是贪杯之人，准是那昏王用毒酒将我师傅害死的，我上殿找那昏王算账去！"

苏美荣忙说："袁达，真相不清，怎能莽撞？万万不可胡行。"

袁达哪能听得进去，大步流星冲出王府，直奔金殿而去。随他归齐的弟们闻讯后，早已鞴马抬锏守在宫门外。袁达接过开山锏就往宫内闯，嘴里喊道："捉拿昏王，为师傅报仇！"

门官一看，大事不好，急忙将宫门关闭，慌慌张张地进金殿报信。

齐春王一听袁达反了，吓得如筛糠般地打战。他率领文武众臣上午朝门一看，果然见袁达领了二十多个人，站在宫门前，指手画脚地大骂:"昏王,你是狼心狗肺的畜生!我师傅为辅佐你,受尽千辛万苦,立下卓越功勋。你知恩不报反为仇,将他活活害死,天地良心何在?"

春王手扒垛口,俯身问道:"袁将军,孙军师乃是我的义兄,功劳显赫,孤王怎能加害于他?你不可听信别人胡说啊!"

袁达说:"明明是你将他害死,还巧言遮辩。告诉你,这天地之仇,四海之恨,我非报不可!快开宫门,不然我要火烧王宫,让你们化为灰烬!"

春王知道袁达的性格,惹恼了他,什么事都干得出来。正当一筹莫展的时候,三王田忌走到他身旁:"王兄,孙三哥之死确实蹊跷,袁达逼宫,情在理中,当务之急是劝说袁达,不可胡行。"

春王像临死遇到救星一般,连连点头:"三弟言之有理,快快劝劝袁达,不要胡行。"

田忌说:"劝袁达安分倒也不难,必须答应他缉拿凶手。"

春王不知底细,当即答道:"行,缉拿凶手,定斩不容!"

田忌这才走到垛口前,对袁达喊道:"袁将军听着,大王有旨,放你一人进宫缉拿凶手,其余都散去,不得胡行!"

袁达很相信田忌的话,令众弟兄散去,自己把兵刃交给王凯,进宫搜人。

春王和文武大臣都在殿上回避。田忌领着袁达直奔后宫。

这时,邹妃在逍遥宫坐立不安,她开始听到孙膑暴死的消息,又惊又喜,后来又听说袁达造反逼宫,吓得成了一堆烂泥,动弹不得,暗暗祈祷上苍保佑,平安无事。

田忌和袁达一进来,邹妃霍地跳了起来,面色如土,上牙碰得下牙咯咯地响,结结巴巴地问:"三弟来后宫何事?"

田忌冷笑一声说:"王兄有旨,命我来查办害死孙膑的疑案!"

邹妃一听,软得像面团似的瘫在椅子上。

"昨夜,王嫂宣孙军师进宫饮宴,饮的什么琼浆玉液?"

邹妃说:"酒坛尚在,自己去看。"

田忌命宫女将酒坛搬来,又问:"酒具何在?"

邹妃的心一紧缩,神色慌张地说:"酒具都收入御膳房。"

147

袁达怒喝道："你不快快交出酒具来，叫你一命归西！"

在邹妃跟前站着的贴身宫女，不知底细，她怕邹妃受苦，急忙说："娘娘，昨天用的酒壶没有收去，还在这里呢。"

邹妃狠狠地剜了她一眼，但语出难收，于是对宫女说："你去看看，我记得都收到御膳房了。"

田忌早看出其中破绽，令袁达跟着宫女去取酒壶。那宫女情知自己说漏了嘴，无法改口，只好乖乖地把酒壶取了出来交给田忌。

田忌端着酒壶，袁达抱着酒坛来到金殿。

春王问："三弟，缉到凶犯没有？"

田忌说："大王将这酒一验便知。"

春王传旨，宣御监吏进宫。

御监吏上殿，打开酒坛盖，用银具一搅，并无异样。奏道："启奏大王，酒中无毒。"

春王冷笑一声："再验酒具！"

御监吏把壶中的酒倒入杯中，用银具一试，又奏道："启奏大王，壶中的酒也无毒！"

春王一听，悬着的心落了地，把脸一沉说："三弟，你怀疑孤王害死孙胺，酒中无毒，从何说起？"

田忌一看，急得沁出一头冷汗。他知道，拿不到证据，就不能认定凶手，缉不到凶手就是欺君造反之罪。他整了整衣冠，使自己冷静下来，走上前去把酒壶拿了起来，下意识地摇了摇酒壶。酒内余酒叮咚作响，往外一斟，滴酒全无。这一下他明白了，这个酒壶大有文章。于是他仔细端详起酒壶来，看这只酒壶外表和普遍酒壶一样，只是壶把上多了一个小鸟。他轻轻一按小鸟，半个鸟身陷在壶把中。这一下他全明白啦。顺手取来一个酒杯，按着壶把往外斟酒，哗哗哗，当下斟满一杯。

"御监吏，你来验验这杯酒！"田忌命令道。

御监吏将银具放在杯中一沾，当下酒变色，银生锈。御监吏说："酒中有毒！"

春王听了，着急地问："刚才验酒说是无毒，怎么现在酒中又有了毒？"

田忌把酒壶拿到春王跟前，揶揄地说："此酒壶乃宫中之物，王兄常用，难道不知其中奥妙？这是个转心壶，可装两样酒，机关就在壶把上。"

春王看了沉默不语，十分尴尬。袁达嚷着要捉拿凶手。正在难收场的时候，宫人来报："启禀大王，邹娘娘悬梁自尽！"

春王大吃一惊，急忙退朝，奔向后宫。

第二十二回　再称霸魏军强攻邯郸城
　　　　　　又中计庞涓自刎马陵道

齐春王得知邹妃自缢身亡的消息，急忙到后宫一看，只见邹妃的死尸放在榻上，面如白纸，外露香舌，犹如霜打梨花般的可怜。齐王不禁悲泪滚滚，柔肠寸断。他上前抚摸着邹妃的手低声呼唤："爱妃，你真是聪明一世，糊涂一时。你香魂离散，叫孤王如何活在世上！"

内侍和宫女见春王哭得伤心可怜，连劝带搀，让他离开，这才给邹妃更衣、入殓。

春王一人在御书房独自悲叹。宫人来报："苏王妃求见大王。"

"宣她来见。"

孙膑夫人苏美荣哭哭啼啼跪在春王前面，说道："启奏大王，臣妾有一事奏请大王。"

"何事？"

"先夫孙膑原是燕国人，家中尚有二老双亲，臣妾想将灵棺送回燕国安葬，使冤魂归乡，落叶归根，望大王恩准。"

春王心事重重，顾不得多想，信口说道："安平郡王是齐国的栋梁，本该在临淄金顶玉葬。你既有归故里之意，孤王也不好强求，只能悉听尊便。"

"谢大王圣恩。"

苏美荣正要转身出宫，春王说："且慢。他的灵柩现在不能离齐国，要停放几日。"

"这是为何？"苏美荣听了一怔。

春王说："他身为护国大军师、安平郡王，逝世后必有各国使臣前来吊唁，应酬完丧礼后再启程不迟。"

"遵旨。"苏美荣这才拜别齐王，回到王府。

安平王府一时热闹起来。外院中央，设置灵棚，满院披白挂孝。灵柩前，请画士传真画影，立着一个牌位，上写"齐国护国大军师、安平郡王孙膑伯灵之位"。

前三天来祭奠的，都是朝中文武大臣和亲友。过了几天，各国使者也风尘仆仆地赶来吊祭。每天从早到晚，祭吊之人，络绎不绝。过了十几天，祭吊人日渐稀疏，苏美荣才扶着灵柩登上回燕国的旅程。

这些日子，邹坡卧病在床，心绪烦乱。当初指望女儿害死孙膑，为自己独揽朝权扫清道路，不料邹妃自缢身亡，无疑失去了靠山。一场美梦破灭了。他心灰意懒，终日钻在书房里发脾气，心情不好，饮食不进，真的闹起病来。

邹坡正在榻上假寐，家人来报："启禀老爷，魏国一位商人求见。"

邹坡一听是魏国商人，便知道是庞涓到来，懒洋洋地说："叫他进来。"

庞涓来到书房，拱手施礼："老太师一向可好？"

邹坡坐起身来，靠在枕上有气无力地说："邹妃已逝，老夫卧床，难说一个'好'字！"

庞涓一听邹坡的口气，有怨恨之情，笑了笑说："娘娘仙逝，举国皆悲；孙膑身亡，齐魏皆喜。可谓有一得必有一失矣。"

邹坡揶揄庞涓："喜在魏国，悲在我家，怎可相比？"

庞涓是个巧言令色的人，他见邹坡心情不好，忙用顺耳之言劝慰："太师不必过分伤感。娘娘虽逝，换来了齐国的江山，何乐而不为？"

"什么，换来了齐国的江山？"邹坡兴奋而疑惑地问。

庞涓说："孙膑一死，齐国如无根大树，轻轻一击便会倒地。我回去后便重整人马，来讨伐齐国。灭了齐国，这齐王的宝座自然归太师。哈哈哈……"

邹坡被庞涓灼热的情绪所感染，似乎病魔顿消，脸上出现了笑影。

这次庞涓是以吊祭孙膑为名来到齐国，见过邹坡便匆匆回国了。

庞涓回到魏国，又派出密探打听料理孙膑后事的情况。探马来报："孙膑确死无疑，他的灵柩运回燕国安葬，孙膑一家人悲痛不已。"庞涓听了，十分高兴，每日忙着操练兵马，窥探各国动向，伺机而动。

一晃三年过去了，各国相安无事。这一天，魏王到校军场观看庞涓布兵摆阵。他见魏兵个个精神抖擞，训练有素，所摆的阵式，收聚迅速，进退井然，高兴地说："驸马厉兵秣马，为图大业受尽辛苦，难得你一片忠心。"

庞涓说："父王谬奖，当年攻燕，被孙膑搅啦。如今孙膑已亡，我军兵强马壮，以一顶十，再兴兵征战，保证旗开得胜，马到成功。"

魏王捋髯大笑："哈哈哈，看来吞并六国，一统中原指日可待了！"

庞涓说："只待父王一声令下！"

"好，明日早朝，就议此事！"

第二天早朝，众臣拜毕，魏王说："庞驸马经过三年操练军兵，魏国十万人马兵强将勇，骁勇善战。孤王欲出雄兵，图谋霸业，众位爱卿意下如何？"

众臣早知魏王想吞并六国，称霸中原，但是，三年前攻打燕国，差一点儿被齐国灭掉，所以文武众臣都思安怕乱，沉默不语。

大夫徐甲想劝魏王又不敢直言，便试探着问："现在出兵有把握吗？"

庞涓盛气凌人地说："今非昔比，必胜无疑！"

徐甲说："大王意在吞并六国，如果六国联手攻魏，岂不是飞蛾扑火，自寻灭亡吗？"

"哈哈哈，"庞涓仰天大笑，"徐大夫虽有满腹治国之策，不知用兵开疆之道。现在七国各怀异心，都想开疆扩土，统一中原，绝不会联手抗魏。"

魏王问："驸马，你给大家说说，如何出兵制胜，也免得大家担心焦虑。"

"好，"庞涓指手画脚地说起他的战略来，"魏国西临秦国，距离最远，待缓图之。南接韩、楚，这两国既无远大志向，又无精兵强将，而且各自为政，不相干扰。东北与一些小国毗邻，除了齐国外都不敢与魏国抗衡。以我之见，先发兵东进，灭赵灭齐，稳住东部；然后挥师南下，吃掉韩、楚。最后集中精兵锐将一扫强秦。诸国平定后，北部燕国自然会不战而降。"

魏惠王听了，犹如现在已经统一了中原，高兴地畅怀大笑："好！好！就依驸马之意，择良辰吉日，出师攻齐。"

文武众臣一看魏王执意再点狼烟，重振旗鼓，称霸天下，明知风险很大，谁也不敢直谏劝阻。庞涓有魏王支持，再无孙膑为敌，有恃无恐，为所欲为。第二天，他点起八万人马，直捣赵境。

赵国本是一个小国，怎敌得住魏军人马？不到一个月，魏军把赵国国都邯郸团团围住。赵王无力抵抗，只好写降书求和。他们想割让几座城池，献上一些金银珠宝给魏国，两国修好，平息战乱。但是庞涓不依，定要把赵国归入魏国版图，赵王俯首称臣。这一米叮激怒了赵王，他与众臣商议，文武大臣献计献策，然后立即将文书交给庞涓，宣称宁死不降，誓与邯郸共存亡。

庞涓的兵马在邯郸城外围困了十几日，正要架起云梯攻城，探马来报："启禀驸马爷，大梁城被困，大王下诏，命驸马火速班师解围。"

庞涓听了一怔："哪国发兵？"

探马说："齐国三王田忌为帅。"

庞涓听了，冷笑几声，他暗自思忖：这个田忌也效法孙膑，用攻魏救燕的战术，想攻魏救赵，我岂能上你的当？让你画虎不成反类犬，自讨苦吃！于是说道："再探！"

庞涓听说齐国出兵攻魏，心里虽然不踏实，可是并不把田忌放在心上，继续指挥攻城。

不大工夫，又有探马来报："齐军切断官道，截走粮草。"

庞涓一听大惊，魏国八万军兵亟待粮草。粮草被截，连三天也支撑不下去，气得他三尸暴跳，七窍生烟，骂道："田忌呀田忌，你处处与我为难，今天我先放赵王一条生路，先把齐国的老窝抄了！"于是他传令收兵，先回师大梁。

魏兵离开邯郸，走了几日，被崇山峻岭拦挡。探马来报："启禀驸马爷，前面路途险峻，荆棘丛生，是直行还是绕道？"

庞涓坐在马上手搭凉棚一看，问道："绕道多走几日？"

探马说："比直行多走两日。"

庞涓说："救兵如救火，不可耽搁时间，挥师直进！"

这样，魏军拉开一溜长蛇阵进入山谷。庞涓在马上一边走一边瞭望着山谷两侧的悬崖绝壁，茂密森林，不禁开怀大笑，暗道："田忌呀田忌，你真是一个庸才！如果你有孙膑的一半韬略，必定在此峡谷埋下伏兵，不用吹灰之力便可取胜，可惜呀可惜！"

他正嘲笑田忌，突然响起一片山摇地晃、震耳欲聋的喊杀声。庞涓还没醒过神来，探马来报："报！两山林中藏着齐国的伏兵。"

"有多少人马？"

"十余万人。"

庞涓一听，惊得目瞪口呆，差一点儿从马上跌下来，暗道：这绝不是田忌的决策，他背后定有高人！于是他强稳心神，思索对策，沉吟了一阵，又狂喜大笑，传令各路将官前来议事。

众将到齐，庞涓说："探马来报，山谷两侧埋伏了十万齐兵，我军已进入齐军张开的口袋，欲摆脱困境，必须用阵法制胜。"他吩咐："前军、后军都摆成'四合阵'，中间排'一字长蛇阵'。"

众将领依计而行，不多时，魏军已排成阵势，做好迎敌的准备。

"四合阵"是按东、南、西、北组成方阵，四边坚如铜墙，固若金汤，犹如一座城池。两个"四合阵"中间是一条长蛇般的军兵，前后呼应，首尾相接。这种阵法是以守为攻，为的是摆脱困境。

庞涓的阵势刚刚摆毕，齐军的兵马从山上呼啸而至，杀声四起。这些齐兵不攻前后"四合阵"，径直杀向蛇头、蛇尾和蛇腰，把一字长蛇阵截成三段，使首尾不能相接。庞涓一看，脸色吓得煞白。他心里明白，齐军所以能破此阵，军中必有高人，难道孙膑还在齐军中不成？军情紧急，他不敢多想，只好指挥魏军东来东杀，西来西挡。整个阵势全乱了套，进无章法，退无秩序，可怜魏军被杀得死尸成堆，血流如溪。一直杀到日落黄昏，齐军才鸣金收兵。庞涓清点人马，八万军兵死伤一半。

魏军所剩四万人，个个筋疲力尽，饥肠辘辘。他们想就地扎营，安锅造饭，又苦于无粮缺草。庞涓还担心再受齐军袭击，只好下令，继续前进，连夜闯出山谷。

经过一夜的跋涉，东方初露晨曦。山色林木朦胧可辨，庞涓勒住马头问："来到什么地方？"

"回禀元帅，这是大名地方。此地叫白头滩，前面是马陵道，再走二十多里就出山啦。"

"嗯！"庞涓无精打采地答应了一声，又问："齐兵有多少人马？"

"看齐兵的锅灶，不过五万人。"其实他哪里知道，齐军为了诱敌深入，将锅灶减去一半。庞涓想了想说："看来齐军也死伤过半。"于是他传令："继续前进，午前闯出山谷。"

魏军边打边退，庞涓又问："齐兵还有多少人马？""回禀元帅，看锅灶，不过两万。"

这时夜色未退，只见前面一棵大树前隐隐约约有灯火闪亮。庞涓暗道，莫非此地有村庄农舍？忙令随兵前去看个究竟。

随兵策马跑到前面一看，只见一棵大杨树上挂着一盏风灯，灯下的树皮被刮去一块，上面用木炭写了一行字："白头滩，马陵道，庞涓葬身无处逃！"

随兵回来禀报："启禀元帅，前面一无村庄，二无农舍，只有一棵大树，上面写了一行字。"

"写的什么？"庞涓问。

"小人不敢明言。"

"快说无妨！"庞涓催促道。

"请元帅自己去看吧！"

庞涓无奈，只好催开坐骑，跑到树前一看，只觉得眼前一阵眩晕，脊梁沟子冒冷汗。他抽出宝剑照那片字迹劈了下去。正在这时，忽听山坡上喊杀四起。

"活捉庞涓，杀呀——"

"庞涓，你跑不了啦——"

"冲啊，杀呀！"

庞涓急忙往四处一看，见前面有一座黄土丘。他纵马冲上土丘，想观察一下山势。不料，他冲上土丘一看，惊得魂不附体，摇晃了一下，差一点儿栽下马来。原来这土丘上站满了齐兵，旌旗招展，战马嘶鸣。前面的军兵手端兵刃，虎视眈眈地盯着他，两旁的军兵搭箭弯弓，对准了庞涓。更使他心惊胆战的是，战将中间簇拥着一辆推车，

155

车上坐着的不是别人，正是他的对头冤家孙膑。

这时齐军的战将军兵已赶到小山丘上来，两军对峙，天色大亮。

庞涓喊道："前面车中坐着何人？为何要冒充孙瘸子？"

车上人微微一笑："庞涓，何必大惊小怪？有谁愿来冒充残废？我正是与你结拜为弟兄，屡害不死的孙膑！"

"胡说！"庞涓色厉内荏地说，"孙膑早在三年前就死啦！"

孙膑冷笑道："你错啦！我的大仇未报，如何能死？可惜我识破你的狼心狗肺为时太晚，让你多活了几年！闲言少叙，快快下马受绑！"

庞涓一看难逃活命，自恨没有把孙膑除掉，自愧韬略不及孙膑，自怨狂悖无忌，于是仰天长叹一声，狂叫道："我输了！我输了！"于是抽剑自刎，血溅马陵道。

这就是孙膑的"退兵减灶"之计，时值公元前341年。

第二十三回　思爱妃春王崩于儿女情
　　　　　　盼得宠邹坡又施美人计

庞涓一死，魏军纷纷溃散。孙膑对田忌说："不必追杀他们，令其自行其便吧。"

孙膑命军兵把乘车推到庞涓的尸体旁边。他凝视着鲜血淋淋的尸体，感慨万千，自语道："庞涓哪庞涓，可惜鬼谷仙师教你一身武功，传你六略五韬，只因你嫉贤妒能，阴险奸诈，背信弃义，落了个身首异处，遗臭万世的下场。"

田忌抽出宝剑说："庞涓恶贯满盈，本该千刀万剐，今日他自刎一死，便宜了他。我再刺他三剑，为兄报仇！"说着举剑就要刺。

孙膑急忙拦住："不可，不可！三寸气在千般用，一旦无常万事休，何必与死者计较。"

田忌收起宝剑。孙膑命军兵就地挖穴，掩埋了尸体。

在回师的路上，田忌问孙膑："三哥，你说为何庞涓要自刎？"

孙膑笑了笑说："他无颜活在世上，所以寻此短见。"

田忌摇了摇头说："不对！"

"依你之见呢？"

"是他看见了二哥，出乎意料，辨不清是真是假，是人是鬼，吓得浑身哆嗦，才自刎的。"

孙膑说："全不在于此，听我把庞涓自刎的原因讲个明白。《孙子兵法》说，以一百里的速度急行军，会跌倒上将；以五十里的速度急行军，士兵死亡逃散，到达目的地，最多保持一半。我们就是让庞涓落入这个圈套。所以大军围攻魏国时，建了十万人的炉灶；第二天与庞涓交战，我们减了五万人的炉灶；第三天又减到二万人的炉灶。这样，庞涓以为齐军已死亡逃散八万人，我们把他诱入山谷，他穷追不舍，到了马陵道，一看十万人马俱在，方知中计，故此不战而自刎。"

田忌听了，连声称赞："三哥用兵如神，高深莫测。"

孙膑叹了口气说："齐国一向被别国视为怯懦弱国，马陵道大捷，使国威大振。我也该见好就收啦！"

"三哥，这是什么意思？"

孙膑说："你忘了，我诈死是欺君之罪，回去怎见齐王？请你回去请功时，将我隐没，并拜托你将我的妻儿送回燕国。从此我闭门著书立说，不参与朝政，过几天清闲日子。"

田忌一听就急了，忙说："不行，不行，马陵道大捷，全靠三哥指挥，我回去为你请功，王兄要怪罪下来，小弟一人承担！"

孙膑再三说服田忌，放他回燕国，田忌高低不允，孙膑行动不便，田忌不发话，没人敢抗命护送孙膑。孙膑无奈，只好跟着田忌回到临淄城。

这一天，凯旋的齐军回到临淄。城外冷冷落落，不见出城迎接的文武众臣。田忌心里纳闷：三天前已派人传书报捷，春王明知今日大军凯旋，为何城里一点准备也没有？他满腹怨气也不好发作，先传令，军兵各归大营，然后把孙膑送回府去，自己才进宫，要去问个明白。

他刚走到宫门前，遇到大夫步商由宫内出来。"元帅凯旋，可喜可贺！"

步商看见三王田忌，急忙上前见礼。

"步大夫，为何宫门紧闭，城内这等冷落？"田忌问道。

"唉，别提啦。"步商叹了一口气说，"大王身染病疾，满朝文武都为此焦忧，所以没人顾得上去迎接三王爷。"

田忌听了，急忙往宫内闯。他一边走，一边思忖：前几日发兵时，他还谈笑风生，怎么突然病得这样厉害？莫非其中又有奸贼作乱？其实田忌多疑了，春王自从邹妃死后，苦苦相思，美酒佳肴难以下咽。宫中虽有美女数百，在春王面前争宠献媚、风流百态，春王看了不仅不喜，反而生厌。自己整日独居邹妃卧室，回味邹妃的音容姿貌，愈思想愈是牵肠挂肚，痛断肝肠。白天无人时，常常暗自落泪，一到夜晚，独眠在邹妃床上，不禁想到邹妃的千种风流，万种娇态，每次一入睡便和邹妃滚在一处，粘在一起，尽享床上的欢乐，一觉醒来，原来是南柯一梦，更加失落痛惜。如此一连数夜，精力耗尽，疲惫不堪，头晕腰酸，卧床不起。这期间虽请来许多太医诊治，苦药黄汤不知喝了多少，都不见效。

这一天听说田忌回朝，他十分高兴，命人准备庆功酒宴，为田忌接风洗尘。

田忌闯进宫来，径直来到春王榻前，只见他面如黄金纸，手似鸡爪青，呼吸微弱，两目无神。田忌扑通跪倒在春王的榻前："王兄，你怎么病成这样？"

春王叫内侍把自己扶起来，背靠软垫，半卧半坐，拽着田忌的手说："三弟，可把你盼回来啦。知你在马陵道大捷，为兄高兴得减去三分病，已为你准备好庆功酒宴。三弟，有你这样一位常胜将军，齐国的江山就安然无恙啦！"

田忌说："王兄如此信任小弟，十分欣慰。不过这次大获全胜，功劳最大的不是我。"

"是谁？"

"是三哥孙膑！"

"孙膑？"春王惊诧地问，"他不是早死啦？"

田忌说："三哥不曾死，他现在还很健壮。"

齐春王被弄糊涂了，忙问："这是怎么回事？"

田忌这才把真实情况和盘端了出来。原来齐春王宣召孙膑到后院饮宴时，孙膑就细心观察邹妃的言谈举止。她斟酒的方法不一样，给春王斟酒时，只用拇指和食指按着壶把，给他斟酒时，四个指头握着壶把，拇指按着壶把上的小鸟。等邹妃把一杯毒酒倒进他的杯中后，孙膑一手端酒，一手以袖遮面，酒杯一翻，全倒入袖口里，一霎时，他便装睡，好像真的中了酒毒一般。田忌把孙膑送回家中，孙膑躺在床上沉沉大睡。田忌一走，孙膑立即坐起身来，和夫人苏美荣要了一支银钗，擦袖内酒迹，结果一试，那银钗上顿时挂了一层黑锈。孙膑骂道："好狠毒的妇人！"

孙膑这些行动，把苏小姐搞糊涂了，忙问："这是怎么一回事？"

孙膑把后宫饮宴、邹妃投毒的实情都告诉了她，说道："邹妃以为我回府来必死无疑，这装死要装到底才行。"

夫人一听慌了神："装死要装到底，莫非你要真死？"

孙膑笑了笑："妻小子幼，谁愿意死！"于是把装死的办法告诉了夫人。

第三天，孙膑先派家人苏顺到田忌府上报丧，田忌听了，差一点背过气去。他急忙来到安平郡王府中，一看天井内高搭灵棚，苏美荣和家人全穿了素衫，他一进门就止不住地大哭起来。

苏美荣好不容易把田忌劝到房中歇息。他一进屋，见孙膑端坐在榻上，他大声嚷道："三哥，你开什么玩笑？害得我伤心落泪！"

孙膑暗示他不要声张，把事情的经过说了一遍，又告诉他下步的打算。田忌这才放宽了心。他急忙换成缟素，亲自指挥办理丧事，令家人买来棺材，将一堆棉絮填入棺内，然后对苏美荣说："三嫂快上殿报丧，我来守灵。"

在守灵吊祭期间，孙膑没出府门，就在暗室中藏匿。后来将假棺椁送回燕国，孙膑仍在府中。直到田忌带兵攻魏时，孙膑才悄悄混入军中，指挥战役。

齐春王听田忌讲述了孙膑装死的经过，忙问："三兄现在哪里，为何不进宫来？"

田忌说："他怕王兄责怪，不愿回齐，要到燕国安居。"

"这样说来，他已走啦？"齐春王急不可耐地说，"快派人去追！"

田忌笑了笑说："王兄莫急。现在他尚未起程。"

"快请他进宫！"

田忌试探着问："这欺君之罪……"

齐春王说："三兄明哲保身，劳苦功高，何罪之有！"

田忌听了非常高兴，忙命人到安平郡王府去请孙膑。

孙膑来到后宫，先行君臣大礼，然后俯首说道："臣有欺君之罪，请大王依律论处。"

齐春王笑着说："三兄快快免礼，平身。孤王要为你设宴庆功。"

孙膑一落座，便问："窃闻大王身染贵恙，千万保重。"

齐春王唉声叹气地说："孤王此疾病难痊愈，危在旦夕。今日王兄健在，我就放心了。来人哪，快宣太子来见！"

工夫不大，太子田地进来，先参拜了齐春王，又拜见了王叔、王伯。

齐春王指着孙膑说："儿啊，这是你的王伯，又是你的亚父。父王死了以后，你登上王位，要听亚父的教诲，切不可一意孤行。"

"儿臣记下啦。"

齐春王又对孙膑说："王兄虽在他驾前称臣，免去君臣大礼，要当你的儿子看待。王兄如能忠于齐国，严教太子，我在黄泉下也就瞑目了。"

孙膑见齐春王安排后事，心里不禁涌起悲恸之情，劝慰道："大王宽心养病，过几日就会痊愈。"

"但愿如此。"齐春王兴致勃勃地说，"传谕在庆功楼摆宴。孤王好久吃不下饭菜，今天我们弟兄痛饮饱餐一顿！"

酒宴摆好，齐春王被内侍抬到庆功楼，大家举杯相庆，劝饮劝食。席间，齐春王突然力不能支，手中的筷子滑落下来，伏在桌上不动。

孙膑快命内侍抬回后宫，大家跟到榻前，传来太医急救。

太医进宫一治诊，声音低沉地说："请众位王爷料理后事吧，大王升天啦。"

春王驾崩，举国缟素。太子田地为他举行了国殇，守灵百日后下葬。田地登基称王，帝号齐潜王。

潜王登基后，大赦天下。群臣以功行赏，加官晋爵。对外与邻邦修好，对内勉励耕织。一时间齐国经济繁荣，国泰民安。

这一天，潜王正批阅奏章，内侍来报："启奏大王，国舅邹刚求见。"

潜王放下手中的笔，想了想说："宣他进来。"

邹刚来到御书房，大礼参拜："参见大王！"

"平身，免礼。"

"谢大王。"

潜王看了看邹刚，问道："国舅入宫，为了何事？"

邹刚哭丧着脸说："家父自邹王妃仙逝，思念成疾，忧悒不乐，先王升天后，忧国忧民，病情加重。虽请名医诊治，总不见好。现在卧床不起，朝不保夕。他老人家欲见大王一面，纵死九泉，也有所慰藉。为此，特来请大王光顾寒舍，不知大王可肯赏脸？"

潜王听罢，暗自思忖：自我登上王位，别的大臣都有封赏，唯独邹家没有沾到半点恩泽。邹坡是我的外公，赏赐不可徇私，探病倒是不可少的人情。于是说道："本王不知老太师身染疴病，今日正好闲暇无事，这就去探望老太师。"他命宫人准备礼品，跟着邹刚去到太师府。

邹刚一进府门，亮开高厅大嗓喊道："大王驾到！"

喊声刚落，太师府内鼓乐齐奏，邹坡满脸堆笑迎了出来："老臣参见大王！"

潜王一看邹坡体魄健壮，容光焕发，无一丝病容，心里有些不高兴，暗道：邹家父子诡计多端，把我诳到府内，不知这葫芦里装着什么药，我得小心点儿。心里这样想着，伸手把邹坡搀住："老太师，哪有外祖公参拜孙儿之理。免礼，免礼！"

邹坡把潜王引入大厅，重新见礼后，分君臣落座。

潜王问道："听说老太师身染贵疴，近日病体如何？"

邹坡长叹一口气说："唉，老夫风烛残年，经不起折腾。近来，你生母与你父王相继逝世，老夫悲恸欲绝，整夜不能入寐。今天请大王来，得见尊颜，也好慰我孤独之心。"

邹坡一把鼻涕一把眼泪地诉苦，动了潜王怜悯之心，说道："今后无事，老太师常到宫中走走，散心解忧，岂不乐哉！"

"谢大王厚意。"

潜王站起身来说："宫中事务繁杂，我不便在此久留，望老太师多多保重。"

邹坡一看潜王要走，一把拉住他："大王从未光临寒舍，今日既来，岂能空腹而去？老夫已备下家宴，请大王莫要嫌弃。"

齐潜王被邹坡苦苦相留，不好意思硬走，只好随邹坡一起来到宴宾楼。

酒宴摆齐，邹坡和两个儿子轮番劝酒。酒过三巡，菜上五道，邹刚弟兄不知何时退出，跟前只留下邹坡和一位斟酒布菜的姑娘。

潽王无意地打量了姑娘一眼，这一看不要紧，潽王怦然心动，好一位绝代佳人，他在宫中见过无数美人，都不如这位姑娘美貌妩媚。只见她年纪不过十六七岁，乌云宝髻，翠凤含珠，两旁眉画远山青，一双眼明秋水洞。脸如莲萼，香腮鲜似玉，唇似樱桃，玉齿一笑闪光。罗袖轻盈初见笋，窈窕丰姿是玉仙。真是仙女下凡，嫦娥再现，把个潽王看得眼都直啦。

　　邹坡在一旁看在眼里，喜在心头，暗道：真英雄难过美人关，我让你齐潽王跟着我团团转！

第二十四回　献亲女邹坡得手凭小姣
　　　　　　奸亲姨潜王荒政弃何妃

邹坡看到潜王被这位如花似玉的姑娘迷住了心窍，趁机问道："大王可喜欢这个女子？"

潜王不好意思地说："绝代佳人，实在难得。"

邹坡说："大王如不嫌弃，就把她带回宫去，为大王执帚叠被。"

"谢老太师。"

"不过，"邹坡瞟了潜王一眼说，"她是老夫的亲戚，出身名门望族，可不能去做宫娥侍女呀！"

"进宫去，就封她为妃。"

潜王一许诺，那姑娘当即跪下谢恩。潜王哪里知道，这位姑娘根本不是邹坡的亲戚，而是他的亲生女儿，名叫邹小姣。

邹小姣的母亲原来是临淄城的名妓。邹坡将她收入府中，纳为第八个妾。她生下小姣后，从小就教给她琴棋书画，客场应酬。邹小姣身上不仅有大家闺秀的娇气，而且有青楼女子的媚态。邹坡自从女儿邹妃死后，不甘冷落，便绞尽脑汁，想出了送女入宫的美人计。果然潜王难过美人关，一见钟情，当即答应召她入宫，封为王妃。

第二天，潜王登殿，将封邹小姣为妃的想法一说，不少大臣当即理正词严地规劝潜王。他们说，先王已封何玉秋为妃，何妃容貌端庄，心地善良，知书识礼，是个贤内助，况且她已为潜王生下太子田发章，如果立邹废何，违背先王之命，情理难容。

邹坡竭力怂恿潜王，玉成好事。他说："妃子的废立应由大王裁决，何必群臣议论？"

潜王被邹坡用话一激，当下说道："孤意已决，何妃可为正妃，邹小姣为侧妃，选择吉日良辰，迎她入宫。"

邹小姣入宫后，放出种种风流手段迷惑潜王。从此潜王沉湎于酒色之中，整天和邹小姣如胶似漆地粘在一起，形影不离，使朝政荒废，积文如山。

自从邹小姣入宫后，潜王从不进何妃的房中，何妃听说他不事朝政，众臣怨声沸腾，十分担心齐国的前途。这一天，何妃来到邹妃的寝宫中求见潜王，想规劝他几句。

潜王听何妃求见，对内侍说："告诉何妃，就说孤王身体不适，改日再见。"

何妃一听，不由得火冒三丈，不顾内侍阻拦，径直闯进邹妃的寝宫。

邹小姣正依偎在潜王怀中嬉戏，一看何妃突然闯了进来，连忙起身下地，重整衣裙，轻掠云鬓，娇滴滴地道个万福："不知王姐驾到，有失远迎，请王姐恕罪！"

"免礼！"何妃又走到潜王跟前，飘飘下拜："臣妾拜见大王。"

潜王的一团兴致被何妃冲掉，心里十分恼火，于是虎着脸说："你有何事？"

"听说大王龙体不适，多日不上朝议政，臣妾放心不下，特来拜见。"

潜王冷冷地说："多亏你牵挂，孤王的病好了！"

何妃说："既然如此，大王就该批阅奏章，调理国事。"

潜王用鼻子哼了一声："多嘴，朝纲国事何用你管！回宫去吧。"

何妃为了齐国大业来劝潜王，不料竟遭到白眼冷待，心中好不气愤。她回想起过去的潜王勤政廉明，颇受众臣的好评，他们夫妻间恩爱和睦，如鱼似水，如今潜王变成了另一个人，这全是邹妃入宫后，把潜王挑唆坏的，于是恨不得把胸中的枳怨郁恨全发泄出来。她指着潜王怒气冲冲地说："大王，你中了别人的诡计，已经身陷泥潭，现在如不奋力自拔，后悔晚矣。"

潜王一听，勃然大怒，厉声问道："你说孤王中了谁的诡计？陷入了什么泥潭？"

"大王你还蒙在鼓里，她，正是邹坡的亲生女儿，母后的妹妹，你们嫡亲姨娘，外甥奸姨，乱了伦理纲常，被天下人耻笑，你知道吗？"

"胡说！"潜王被羞得满面通红，说道，"邹老太师说她是个远房亲戚，从未说过是他的女儿。"

"为何要将亲生女儿献给你？为何要扯谎骗你？其叵测居心不是昭然若揭了吗？"

邹小姣听到这里，再也按捺不住，也扑通坐在地上撒起泼来，哭闹着说："大王啊，这是她嫉妒臣妾，编了一段谎话来迷惑圣听。大王如果相信她，就赐我一死吧！臣妾虽为侧妃，对王姐百般敬重，想不到她意下此毒手，用软刀子杀人……"

邹小姣哭着哭着，往地下一躺，装着昏死过去。

潜王一看着急了，急忙走上前去，坐在地上，赶紧把邹小姣揽在怀里，一迭连声地呼唤："姣妃，姣妃，我的宝贝儿，你快快醒来！"

邹小姣装模作样地，慢慢缓过气来，睁眼看看潜王，香泪滚滚，悲声凄切，两只玉手钩着潜王的脖子呜咽起来。

何妃被此情此景气得气喘吁吁，酥胸起伏，脸色煞白。她见潜王被女色迷住了心窍，半句话也听不进去，气愤地说："可惜我齐国的江山，将要断送在你的手中。"

邹小姣这时已止住了哭声，她看了看何妃，便心生一计，像小鸟般地依偎着潜王，呜咽低啼："大王，这位王姐醋劲很大，你又很惧怕她。将我留在宫里，不仅我受害，大王也跟着吃苦，倒不如将我放走，只望来世配个良缘吧！"说罢又娇啼起来。

潜王听了邹小姣这一席话，更怜疼邹妃，忌恨何妃。他霍地站了起来，走到何妃跟前，咄咄逼人地说："奸人，你真的以为孤王怕你吗？"他抡圆手臂，照准何妃的香腮就是一掌。

何妃用手抚着粉面香腮，骂道："昏王，你被这个媚狐缠住，荒废朝政，奸姨乱伦，迟早有一天要倾国丧邦，被天下人笑骂！"

"大胆！"潜王怒不可遏地说，"来人哪，将这贱人绑了下去，开刀问斩！"

武士们走进来正要动手，突然闯进一个七八岁的孩子，跑到潜王跟前，抱着他的腿哀求道："父王饶了我娘吧！"

邹妃知道这是何妃生的太子田发章，潜王爱若掌上明珠。他来求情，潜王必然怜悯太子，宽恕何妃，此时不做人情，更待何时？于是灵机一动，跪在潜王跟前为何妃求情："大王，请息雷霆之怒。王姐虽然今天冲撞了圣上，本当问斩，但是念她忧国忧民，出于好心，再则又是初犯，就饶她一次吧，下次冲撞大王，再斩不迟。"

潜王被太子一阵哀求，早就心软了，可是圣命既出，不好收回。现在又见邹妃为何妃求情，心中大喜，暗道：邹小姣真是个贤惠聪颖的好贤助。于是说道："看在邹妃的面子上，免去死罪，打入冷宫，废其后位，贬为庶民！"

太子一头扑到何妃怀中，哭着说："娘，您千万别走哇，儿离不开您！"

何妃肝肠痛断，抚摸着太子的头，泪涟涟地说："儿啊，从此娘不能照料你，你要发奋读书，潜心习武，切不可断送了齐国的江山！"

潜王一听，何妃有意指桑骂槐，拉起邹妃，拂袖而去。

何妃母子洒泪分别，太子被老太监钟义带回宫去，宫女把何妃送入冷宫。

太子自从离开何妃，整日哭哭啼啼，闹着要找母亲，白天饭也不吃，水也不喝，晚上常常从梦中惊醒。太监钟义急得团团转。这一天，钟义对太子说："太子爷，今天可不要哭啦，多吃些东西，老奴带你到冷宫去见王后。"

太子一听，精神振奋，面露笑容。他吃了些点心，换了衣服，跟着钟义来到后院冷宫。

何妃正独坐床头发呆，听到有脚步声走来，抬头一看，正是太子，不禁哇的一声哭了起来。

钟义忙说："请娘娘节悲，让别人知道又要搬弄是非。"

何妃这才止住了哭声。太子定定地端详着何妃，说："娘，您瘦啦，脸也黄啦，别在这里住，快随儿回宫去吧！"

何妃声泪俱下："儿啊，你还小，不懂事。娘这一辈子难出这冷宫。你快长大成人，来为母亲申冤雪恨。"

"娘，我已长大啦，如何为母亲申冤，快告诉儿吧。"

何妃想了想说："你到二王爷的府中，告诉他娘在冷宫受苦，请他想个办法。"

"儿遵命。"

"你千万要小心。"何妃嘱托了一番,噙着眼泪看着他离开冷宫。

太子田发章更换了庶民便服,在钟义的护送下离开王宫,来到三王爷田忌的府中。这天田忌正和孙膑下棋,听家人禀报:"太子爷一人离开王宫,求见王爷。"

田忌听了一愣,这太子是潜王的掌上明珠,怎么让他一人离开王宫,到处乱跑?忙说:"快叫他进来。"

太子来到书房,上前施礼:"参见二位老王爷。"

田忌拉着太子的手说:"你不在王宫读书习武,来这里做甚?"

太子未曾开口,眼泪便扑簌簌地掉了下来。

孙膑抚慰道:"你且莫哭,是谁欺侮了你,慢慢讲来。"

"爷爷,快去救救我娘吧!"

"你母亲怎么样啦?"田忌惊奇地问。

"被父王打入冷宫,眼看就活不成啦。"

"到底怎么一回事呢?"

太子把何妃所嘱托的话,一五一十地说给二位老王爷听。

田忌一听,火冒三丈,把手中抚着的棋子狠狠地往桌案上一摔,骂道:"这个昏王,近日不登殿临朝,推说有病,原来他做出这样伤风败俗、礼伦荒淫的事来,我岂能容他!"他把太子一拉,"走,跟我上殿去找他算账去!"

孙膑听了也很生气,但又怕田忌冒冒失失闯进宫去招惹是非,便劝道:"贤弟不可莽撞,此事只能暗中规劝大王,不可当众揭短,你先消消气,商量个妥帖办法再去找他。"

田忌气得火冒钻天,哪里肯听,吩咐家人鞴马,让家人护着太子,直奔王宫。

田忌在宫门前下了马,来到钟鼓楼前,抡起鼓槌猛烈地敲钟击鼓。

潜王正在后宫与邹妃饮酒作乐,突然传来急促震耳的钟鼓声,不禁一阵心跳。他揣度不是有外兵入侵,便是有内军叛乱,急忙整衣冠,罩袍束带,疾步奔上大殿。

这时文武众臣都慌慌张张地来到大殿,站立两厢,等待着重大事件的发生。

潜王上殿,忙问:"何人击鼓撞钟?"

传宣官奏道:"老王爷田忌求见大王!"
"宣他上殿!"

大殿上一声传呼,田忌怒气冲冲地走上殿来。他不跪不拜,往书案前一站,用手指点湣王,骂道:"小昏王,你可知道齐国的江山来之不易?"

湣王见田忌杀气腾腾的样子,不敢顶撞,和颜悦色地说:"王叔请坐,小王愿听教诲。"

"哼!"田忌坐下气呼呼地问,"我来问你,何妃贤惠善良,耿耿忠心,你为何将她打入冷宫?"

"这……"

"我再问你,邹妃本是你的姨娘,你为何封她为妃,逆理乱伦?"

"这个……"

"我再问你,先王把江山传给你,指望你安邦治国,建功立业,重振国威,可是你贪花恋酒,奸姨灭妻,不理朝政,是不是个无道昏君?"

这一连串的问题,把湣王问得张口强舌,羞红满面,低头沉吟半晌才说:"王叔不可听信谣言,小王登基以来,谨守先王之命,早起晚睡,日理万机,不敢有半点懈怠疏忽。立姨为妃,贬妻冷宫皆是无稽之谈。请王叔息怒,明察端倪。"

田忌指着湣王骂道:"你说得好听,现在就去搜索冷宫,让何妃上殿对话,弄个水落石出!"

湣王一看田忌步步紧逼,真要搜出何妃来,就不可收拾了,于是恼羞成怒,把脸往下一沉,猛一击书案说:"咄,田忌你大胆!你恃功自傲,从不把孤王放在眼里。我早知你有篡位之心。先王在世,你与孙膑用毒计将我母后逼死,我继位后,你又造谣诽谤,煽动朝臣,欲将孤王赶下王位,你好自立为王。告诉你,孤王虽然年幼,也绝不让你的野心得逞!"

田忌被这一席话气得咬碎牙根,血贯瞳仁。他大喝一声:"昏王,你血口喷人,看我要你的狗命!"说着捋袖举拳就往上打。

湣王慌忙站起身来,后退一步高声喝道:"武士们,将田忌拿下,开刀问斩!"

田忌被武士推下了大殿。

第二十五回　骂金殿三王被贬气难消
　　　　　　　杀寝宫太子遭难恨难平

　　潜王传旨要杀田忌，急坏了满朝文武大臣。除邹坡及其亲信私党外，全都跪下求情。

　　上大夫步商率先出班奏道："请大王息怒，三王爷自出世以来，忠心保国，驰骋疆场，立下了汗马功劳。今日虽然触犯圣上，念他平日脾性耿直，出言不逊，望大王开恩。"

　　其他官员也异口同声地说："我等愿以人头担保，请大王刀下留人！"

　　潜王见众臣苦苦求情，想那田忌德高望重，如果真的将他斩首，触犯众怒，有谁还来保齐国的江山，想到这里，便借坡下驴，说道："众位爱卿为田忌求情，孤王也不好驳回大家的面子，就免他一死。不过，田忌狂悖无忌，蔑视圣尊，欲扫国威，实不能迁就姑息。古人说，无威国不能安，无威王不能立，因此，削其王位，贬为庶民，赶出临淄。众位爱卿意下如何？"

　　大家一听，潜王是要拔掉眼中钉，再为田忌求情也是枉然，只好说道："多谢大王圣裁，我等感恩不尽。"

　　传旨官急忙到法场高声宣布："大王有旨，大将军田忌蔑视大王，咆哮金殿，以律当斩。但因文武众臣求请，大王恩准，死罪免去，削去王位，贬为庶民，赶出临淄。"

　　田忌听了，也不谢恩，仰天悲叹："苍天哪，想不到我田忌身经百战，出生入死，竟落到如此下场！早知今日，当年侍奉君王倒不如侍奉一条狗！"说罢径自离开法场，回到自己的府中。

田忌府中的妻儿老小、家奴院公，一看王爷今天垂头丧气，面色难看，谁也不敢多言。田忌来到后院，走进夫人贺氏的卧房，没头没脑地说："赶快收拾东西，离开这里。"

贺氏诧异地问："这是怎么回事？"

"休要啰唆，那小昏王把我的王位削掉，贬职为民，赶出临淄，我们快些收拾收拾就动身。"

夫人也不敢细问，只好呼奴唤婢，收拾珠宝细软，装车套马，工夫不大，便出了临淄城。

这个消息传到安平郡王府，孙膑大吃一惊，急忙乘车往城外追赶，追到十里之外，才赶上田忌。

"三弟，慢走！"孙膑拦住了田忌。

田忌一见孙膑，不禁落下了眼泪："三哥，我怕惹你心烦，才不辞而别，你追来作甚？"

"三弟，到底发生了什么事？"孙膑问。

田忌便把今天击鼓骂殿的前后过程说了一遍，感愤地说："想不到我年迈之人竟落个背井离乡的下场，真是侍奉君王不到头哇！"

孙膑听了非常愤慨，说道："湣王又落入邹坡的圈套，他沉湎于酒色，一意孤行，不仅忠臣受难，而且国家临危。我劝你先回王府，我上殿去劝他，凭我当亚父的面子，或许能使他回心转意。"

田忌摇了摇头说："三哥不必费心啦，就是那昏王愿意让我回朝，官复原职，这个疙瘩也结下了。将来君臣不和，叔侄不睦，会使朝野生乱，齐国江山难保。"

"如此说来，你非走不可？"

"去意已决，泼水难收。"田忌斩钉截铁地说。

他们二人正说着，只见两匹快马奔驰而来，卷起两团尘埃。走近车前一看，原来是老王爷田单和他的儿子田云。

这几日田单患病休养，没有上朝，对朝中的事情一无所知。今天他儿子田云告诉他田忌被贬的消息，气得他浑身发抖，惊出一身冷汗，觉得身上轻松了许多。他大骂田地卸磨杀驴，不仁不义，硬要上殿与湣王论理。他儿子田云怕把事情闹僵，好事难成，反而受害，便提醒他："我三叔已经出了临淄城，再拖时间就追不上啦。"

田单这才决定先把田忌追回来再说道理。

田单追上田忌，拉着他的手说："三弟，怎么要起小孩子脾气来了？快上马，跟我回城。我上殿去找那个昏王算账！"

"大哥，小弟去意已决，不要勉强啦！"田忌恳求着说。

田单固执地说："怎么不回去？这齐国的天下是我们弟兄东征西战保下来的。有他田地坐的地方，就有我们老兄弟躺的地方，走，回去和那昏王说理，他若不允，咱们就三分齐国，何必受他这个窝囊气！"

孙膑一看田单被气糊涂了，说话离谱，忙说："三弟执意要走，我看不必勉强。离开临淄，无官一身轻，享几年清福倒也不错。"

田单不高兴地说："依三哥之见，就任那昏王胡作非为吗？"

孙膑说："保全齐国的江山要紧，如果你们老弟兄颐指气使，就会使齐国分裂，战乱不止，岂不成了强国口中之肉，刀下之羊吗？"

田单长吁短叹，无话可说。

田忌说："二位兄长留步。我走后，邹家父子定会兴风作浪，横行无忌，你们千万多加小心，这齐国的安危全靠二位兄长啦！"说罢，洒泪而别。

孙膑急忙喊道："贤弟稍等！"

田忌走到孙膑跟前，问道："三哥还有什么吩咐？"

孙膑与田忌低声耳语一阵，又说："贤弟保重，后会有期。"

再说太子田发章去求田忌为母亲申冤雪恨，结果冤未审，恨未消，反导致田忌被赶出临淄。他幼小的心灵受到这样沉重的打击，闷闷不悦，暗暗落泪。田忌离开临淄的第二天，老太监钟义突然气喘吁吁地跑进太子宫内，把太子一把搂在怀里，默默地淌着眼泪。

"公公，你怎么啦？"太子见钟义脸色难看，动作反常，奇怪地问。

"没有，没有什么。"

"我看一定有事，你瞒着我！"太子一个劲儿地追问。

钟义无奈，只好说道："有一件大事，我告诉你，可不准哭，不准闹，能做到吗？"

"能！"

"你的生母何妃,被人害死啦。"

太子听了,哇的一声咧嘴就哭,背过气去。钟义一看急坏了,慌忙给他抚胸捶背,指掐人中,连声呼唤,折腾了半天,太子才缓上气来。钟义再三劝慰,才止住了太子的哭声。

"我娘被谁害死的?"太子擦着眼泪问。

"听说邹娘娘命宫女给她送去一杯酒,说是大王所赐。她喝了这杯酒便气绝身亡。"

太子心里暗道:"母亲,你死得好苦哇。这深仇大恨,儿一定要报!"

钟义见太子稍微安静下来,便说:"太子爷,三王爷一走,他们就要动手啦。你母亲被他们害死,这是第一步;第二步就会加害于你。"

"他们还要害我?"

钟义点了点头。

"那该怎么办呢?"太子问。

钟义说:"依老奴之见,要避开这场灾难,唯一的办法是到安平郡王府中藏身。"

太子想了想说:"我这就去找老爷爷去。"

钟义不敢亲自送太子出宫,只得让太子自己逃脱。谁料太子田发章没有直接出宫,他在宫院内转了几个圈子,竟摸到邹妃的寝宫中。

这时邹坡和长子邹刚、次子邹健都在宫中,正与邹妃商议谋害太子,冷不丁见太子闯了进来。他走到邹妃跟前,一句话也不说,挥剑朝邹妃刺去。

邹妃吓得嗷嗷乱叫,急忙躲避。邹家父子这才反应过来。邹刚急忙上前,把宝剑夺到手中。

太子毕竟年纪太小,他一看宝剑被夺走,便慌了神,掉头就往外跑。邹刚转身就追。太子还没出宫门,邹刚已追到跟前,在这千钧一发之际,突然闪出一人,霍地上前拦腰把邹刚抱住,嘴里一迭连声地喊叫:"太子爷,快跑哇!"

抱住邹刚的人,正是太监钟义。他两臂像铁箍似的把邹刚抱住,任凭邹刚怎样挣扎都摆不脱。

二人撕缠了很长时间,钟义的精力已经耗尽,他估摸太子已经走远，这才把手松开，扑通一声倒在地上。邹刚气急败坏地骂道："老不死的狗奴才！"在钟义肚子上狠狠地踩了一脚，钟义"哎呀"一声，当即鼻口流血，气绝身亡。

这时邹健跑了过来，问道："大哥，追住那个小崽子没有！"

邹刚说："都让这个老奴才把事坏了，快快追他，他没有跑远。"

邹氏弟兄追出宫门外，往四面一瞅，太子早已无影无踪。

邹刚想了想说："他别处不去，准是逃到安平郡王府，快追！"

他二人来到安平郡王府前，都停住了。邹刚说："这个孙瘸子可不是好惹的，咱们别进去啦。"

邹健是初生的牛犊不怕虎，说道："你我都是当朝的国舅，就说奉旨来接太子，谁敢拦挡？"

"好，兄弟你前面走！"

邹健一挨近府门，卫士问："你们是何人？"

邹健说："我们二人乃是当朝国舅，快快通禀安平郡王，就说我们奉旨前来。"

"好，二位稍候，容小人进去通禀。"卫士进了里面，很长时间没有照面。邹健等得不耐烦了，便说："大哥，咱们往里闯吧，他敢把我们怎么样？"

邹刚正犹豫不决，只见从院里走出来一位大汉，身高八尺开外，头大如斗，虎背熊腰。他大摇大摆地走到府门口，邹刚一看，不由得倒吸一口冷气，暗道：妈哟，怎么撞上了这位瘟神。他两腿发抖，身不由己地退后两步。

来人正是当年被邹刚当新娘子抢到太师府里的袁达。

袁达打量了邹刚、邹健一眼，问道："什么风把两位国舅吹来啦？"

邹刚赶紧上前答话："袁将军在此，久违啦！"

袁达说："我师傅正在睡觉，有事就跟我说吧！"

邹健见邹刚两条腿不住地筛糠，便稳了稳心神，硬着头皮说："刚才太子擅自出宫，大王命我兄弟二人出来寻他回宫。有人见太子跑进贵府中，特来打扰。"

袁达嘿嘿冷笑道："太子平日在深宫大院读书习武，有那么多人侍奉，怎会独自跑到街上乱闯？"

邹健说："他行刺娘娘未遂，畏罪潜逃。"

袁达嘿嘿冷笑道："笑话，笑话，天大的笑话。那样一个乳臭未干的小娃娃，怎能去刺杀娘娘，准是你们干了伤天害理的事情，想借口谋杀太子。"

邹刚一听这茬口，不能再往下细讲了，便忍气吞声地赔着笑脸说："袁将军，请把太子送出来，我们好回宫交旨。"

袁达本想发作，想到刚才师傅叮咛他不可莽撞的话，耐着性子问门卫："你们可曾看见太子跑进府来？"

"回袁将军的话，从未见太子的面。"

袁达说："你们听见没有？"

邹健还不死心，说道："我们弟兄俩是奉旨来寻太子，您高抬贵手，放我们进去看看，也好回宫交旨。"

"这么说来，你们要搜查安平郡王府？"

邹刚点了点头。

袁达嗖的一声把宝剑抽了出来，怒喝道："不知死活的狗头，这是安平郡王府，我师傅乃是齐国大王的亚父。谁敢来搜，先问问我手中的三尺宝剑答应不答应！"

邹刚一看，傻了眼，连忙和邹健使个眼色："好，你不让搜查，请大王亲自来，看你袁达长了几个脑袋！"说着转身一溜烟跑了回去。

其实，太子田发章正在安平郡王府中，现在正向孙膑诉说邹妃用毒酒害死何妃，他潜入后宫行刺邹妃，邹刚追杀他，老太监钟义舍命救他的过程。当时太子独自跑出宫门，正遇到安平郡王府中的老管家苏义，太子认识苏义，忙喊道："苏伯伯快快救我！"

苏义一看是太子，连忙抱起他来就往安平郡王府跑。他怕有人追杀，专拣小径穿行，从后院进入府内，所以府门前的卫士都没看见太子。

邹氏弟兄走后，袁达进府来见孙膑，把邹刚、邹健要搜府的情形禀明。孙膑说："来者不善，善者不来。要小心保护太子，想法对付这些恶狼。"

第二十六回　进谗言邹坡拱火擒孙膑
　　　　　　点重兵潜王挂帅围蓟城

邹刚、邹健回到王宫，见了邹妃，把追赶太子、扫兴归来的情况说了一遍。邹妃黛眉紧蹙，手托香腮思忖了一阵说："太子年幼，迟早易除，只是孙膑难以对付。这如何是好？"

邹刚和邹健面面相觑，无计可施。

邹妃说："快去请老太师来宫商量。"

不大工夫，邹坡进宫。父女俩如此这般地计议一番。正说着，内侍宣道："大王回宫！"

潜王自撵走了田忌，心中忐忑不安，朝臣对此多有议论。他听说大王叔田单卧病在家，便想到去探视田单，借以笼络人心。谁料到，田单对潜王不仅不感激，反而大骂了他一顿。潜王已赶走一位老王爷，对田单不敢再滥施淫威，只好逆来顺受，默默忍耐。等田单骂完了，潜王才小心翼翼地离开王府，回到宫里。

潜王一进邹妃的寝宫，邹坡父子连忙跪倒接驾。潜王不高兴地问："老太师，你在这里作甚？"

邹坡一听潜王的腔调不对，忙低首道："回奏大王，今天太子进宫行刺娘娘，臣闻讯后刚刚进宫。"

"什么？太子要行刺邹妃？"

邹妃连忙跪倒，哭哭啼啼地说："田忌出走，何妃病死，本与臣妾无关。不知何人挑唆，太子和臣妾结下仇怨，今天他持剑入宫，照准臣妾就刺，把我差一点儿吓死。望大王给臣妾做主！"

潜王非常娇惯太子，听了邹妃的话，不仅不气，反而笑了起来。

"看来发章小小年纪，倒有大丈夫的气概。哈哈哈……"

邹坡父女被潜王一笑，弄得手足无措。邹坡给小姣丢个眼色，暗示她，激怒潜王。

邹小姣会意，娇嗔地斜睨了潜王一眼，说："小小孩子竟敢行凶杀人，大王不嗔反喜，将来长大成人，嗜杀成性，能保住齐国的江山吗？"

潜王为安抚邹妃，点了点头问："太子现在哪里？"

邹坡奏道："已逃到安平郡王府中，邹刚、邹健上府去接太子，结果被孙府的人奚落、毒打一顿。"

潜王微微一笑："太子到亚父府中，就该放心，何必去接他？"

邹坡又碰了个软钉子，心里暗骂潜王昏聩无能，身上沁出了汗水。

室内沉寂了一阵。

邹坡想了一阵，又向潜王发起攻心术："大王敬重孙膑，溺爱太子，这是人之常情，无可非议。可是，害人之心不可有，防人之意不可无哇。近来朝野多有议论，大王切切不可掉以轻心！"

潜王心胸狭窄，专爱打听传闻，一听有人议论，便追问："都议论什么？"

邹坡压低了声音，鬼鬼祟祟地说："人们传说，孙膑有废王扶幼之意。先王虽封孙膑为亚父，可是大王不听他的驾驭。如果扶太子登基，他便可随心所欲地摆布幼主，齐国的江山便会归入燕国版图。"

"竟有此事？"

邹坡见潜王动了心，又撺掇道："大王知道，田单、田忌都是孙膑手足，过从甚密。田忌被大王贬职削官，驱逐出城，孙膑能甘心吗？请大王三思。"

潜王默然。

邹妃趁机火上浇油："大王，那孙膑若无二心，为啥把太子藏在府中？这不是昭然若揭吗？"

潜王被邹坡父女一阵煽惑，方寸已乱，越思想越觉得邹坡的话有理，形势严重，必须早早动手，才能免去后患，于是说道："老太师，你带五百御林军急速将安平郡王府围住，府中上下人等尽数抓来，孤王要亲自审问！"

"遵旨!"邹坡乐颠颠地点起五百御林军,命邹刚、邹健前面引路,邹坡殿后,来到安平郡王府。

"迅速散开,紧紧围住府墙,不准跑掉一人!"邹坡部署完毕,撒下天罗地网,才让邹刚、邹健带着二十多个军兵进府搜索拿人。

邹刚见府门紧闭,击环高喊,无人答应,只好命军兵翻墙入内,打开府门。邹刚一行人进去一看,府内空空,只有老家人苏义坐在阳坡里懒洋洋地晒太阳。

"呔,孙膑一家人到哪里去了?"邹刚上前喝道。

苏义慢慢睁开眼,不屑一顾地说:"老王爷领着全家老小早就出城降香去啦。"

邹刚一把将苏义提了起来,怒吼道:"到什么地方烧香?"

"不知道!"苏义冷冷地说。

啪!邹刚扇了苏义一个大嘴巴:"谁让你放他们走的?"

苏义狠狠地瞪了邹刚一眼:"难道贵府的老爷出门,还要家人奴婢批准不成!"

苏义这句话把邹刚噎得半天说不上话来。

邹坡一看,再磨蹭也是白费时间,说道:"孙瘸子诡计多端,或许早已离开临淄城。"他命邹刚弟兄兵分四路,朝四门外追赶,然后自己回宫去见潜王。

潜王在宫中端坐,等着审问孙膑,见邹坡一人气喘吁吁地到来。

"老太师,可曾拿到孙膑,接回太子?"潜王急切地问。

"回奏大王,那孙膑不知何时挟带太子而逃,府内空空如也,只留下一个半死不活的老家人。"

潜王一听太子也被孙膑带走,急得如热锅上的蚂蚁,霍地站了起来,在地上来回踱步。

邹坡安慰道:"那孙膑不能骑马,只能乘车,谅他也未走远。我已派两个国舅分四路去追,臣看他们插翅难逃!"

潜王无奈,只好干等着。邹妃在旁边使出全身解数,调笑逗乐,为潜王解忧。

掌灯时分,邹刚、邹健相继回宫。潜王命内侍传了进来,劈头问道:"抓获了逃犯没有?"

邹刚嘟嘟哝哝地说:"我们追出十数里,形迹未见,打听路上行人,都说未见结队的车马经过。"

潸王怒发冲冠,一拍桌案,骂道:"尔等都是酒囊饭袋,数百御林军,竟连一个残废都追不上,还有脸前来见我!"

邹坡一看潸王动了真气,急忙上前打圆场:"大王息怒。孙膑诡计多端,变化莫测。今日天色已晚,明日老臣多派些探马,一定要查明孙膑的行踪。"

潸王铁青着脸说:"只好如此!"便拂袖而去。邹家父子垂头丧气地离开王宫。

第二天早晨,文武众臣像往常一样来到朝房,三三两两、成堆成影地摆龙门阵。突然宣旨官急匆匆地走来高宣:"大王有旨,众位大人上殿!"

众臣都十分惊奇。自邹妃入宫后,潸王从未临朝议事,今天敢情是太阳从西边出来啦?众臣不敢怠慢,整冠拂尘,鱼贯而入。

在大殿上,文东武西站好,只见潸王面沉如水,怒悻悻地走上殿来。

"参拜大王千岁!"众臣一齐跪倒礼拜。

"免礼。"潸王说道,"昨日安平郡王孙膑和骁勇将军袁达,挟持太子潜逃。传闻,孙膑要立太子为王,欺幼擅权,灭齐归燕。为保齐国江山,咱君臣要同心同德,擒拿叛贼。凡是发现其行迹,及时举报者,官升一级;拿获叛逆者,生死不论,官升三级,众爱卿意下如何?"

众臣惊讶迷惘,半晌无人说话。

邹坡一看大家都不吭声,忙说:"大王明裁。不过,有奖也应有惩,依臣之意,知情不报者,格杀勿论,窝藏逆贼者,抄杀满门!"

潸王说:"就依老太师之意!"

众臣面面相觑,还是无人吭声。其实大家都在思索:孙膑是个忠厚的贤臣,满胸锦绣,韬略过人,自到齐国后,计收袁达,智斗庞涓,连连击败魏国,使国威大振。春王晏驾时,封他为潸王的亚父,在朝中居一人之下,万人之上,他怎么会挟持太子叛逆?这又是邹坡搞鬼,陷害孙膑,齐国没有孙膑,如砍断支撑大厦的铁柱,总有一天

179

要倾倒。

潜王见大家都皱眉沉思，又问："大家有何高见，当面奏来！"

元帅苏岱奏道："臣有一事不明，孙膑被封为安平郡王，官高极品，先王又将大齐的江山托付给他，封为大王的亚父，势压众臣，他还有什么不惬意的事情？为何要挟持太子叛逃？"

潜王一听，苏岱要给他难堪，不高兴地说："你问孤王，孤王问谁？"

邹坡怕再有大臣出来追究孙膑潜逃的原因，忙用话岔开。他奏道："孙膑本是燕人，他来齐国虽然立下战功，但本意不是助齐，而是借齐兵来报私仇。庞涓一死，对齐国便冷漠起来。田忌被贬，他怀恨在心，欲为田忌报仇，必然兴燕灭齐。所以，孙膑十有八九是逃到燕国。"

潜王想了想说："老太师言之有理，这该如何是好？"

邹坡说："如果孙膑逃到燕国，现在还未立稳脚跟，欲除后患，就该立即兴兵伐燕，打他个措手不及！"

众臣明知这是荒唐事情，可谁也不敢直谏。苏岱是孙膑的妻兄，怕涉嫌遭难，干着急不敢吭气。

潜王沉思半晌，猛一击桌案："好！孤王安发兵攻燕，将孙膑擒来，碎尸万段！"

苏岱一看潜王听信谗言，真要兴兵征战，必将一败涂地，便出班奏道："近几年齐国连连出兵征战，民疲国虚，朝内又缺少能征善战的武将，兴兵攻燕，可有获胜的把握？请大王三思而行。"

"哼！现在齐国有精兵二十多万，战将如云，孤王亲自带兵伐燕，稳操胜券！"于是潜王当下传旨：自己为帅，苏岱为先行，邹坡押粮草，邹刚、邹健、田云、田鹏一帮武将，一齐出征。

邹坡又奏道："苏元帅乃是孙膑的妻兄，他当先行——"

潜王明白了邹坡的潜台词，说道："苏高岱为避嫌起见，留守临淄。邹刚代先行之职。"

苏岱还想规劝潜王，一看这势态，知道劝也无益，只好作罢。

第二天，潜王披挂整齐，在校军场点起兵马，向燕国进发。

潜王率领的二十万齐兵斩关夺隘，披荆斩棘，所向披靡。非止一日,来到燕都蓟城,军兵撒开,把蓟城围得风雨不透,水泄不通。

齐燕两国,多年来友好亲善,从未有过摩擦。而且齐国屡屡出兵救燕。这次齐国突然兴兵伐燕,使燕王百思不解,束手无策。他得知潜王带兵亲征,二十万人马已兵临城下,将至壕边,忙宣文武众臣入宫议事。

燕王惴惴不安地说:"齐兵已将蓟城围住,是战是降,请大家斟酌。"

众臣道:"我燕国从未得罪齐国,齐国出师无名,欺小凌弱。燕国虽然弱小,也不能不战而降。"

燕王问:"哪位将军出城迎敌?"

"老臣愿去!"

燕王一看,出班请战的是老驸马孙操,心里不禁凉了半截。孙操已经年过六旬,戎马一生,现在白发苍苍,再上阵厮杀,于心不忍。便说:"老将军已上了年纪,先让别人去打头阵吧!"

孙操不服气地说:"大王是说我老而无用吧!"

燕王说:"老将军忠心可嘉,只是年纪不饶人哪!"

"大王,虎老威风在,人老雄心高。我身为武将,抗敌卫国是我的天职,焉能倚老卖老。请大王赐臣一支令箭,出城迎敌!"

孙操一席壮语,使燕王和众将激动不已,众将纷纷报名求战。

燕王说:"先请老将军出城迎敌,孙龙、孙虎好好保护你父,不可有半点儿闪失。"

"谢大王!"孙操领着大儿子孙龙、二儿子孙虎,点齐人马迎出城外。

孙操出城一看,齐军前三层后三层,把城池围得严严实实。老将军沉着号令三军,如雁翅般地摆开阵势,命弓箭手压住阵脚,这才上前叫阵:"前面齐将,放马过来!"

齐军冲出一匹高头大马,马上端坐一人,金盔金甲,外罩黄袍,三十岁左右,剑眉朗目,五官端正,手中端一根亮银枪。

孙操一看这员战将,暗自思忖;看这身穿戴,不同凡将,莫非他就是潜土田地?于是抱拳问道:"对面齐将可是潜王?"

"正是本王。你可是老匹夫孙操?"

孙操一听,如针刺耳,他强压怒火说道:"燕、齐两国和睦相亲,多年未曾兵刃相加,你领兵围燕为了何故?"

潞王冷笑一声:"老匹夫,你还装什么糊涂!你儿子孙膑来到齐国,先王与我待他不差,封他为安平郡王,官高极品,势压众臣,可是他知恩不报反为仇,竟挟持太子逃回燕国,图谋废王立功,以灭齐归燕。今天你把孙膑和太子好好放了出来,还则罢了,如敢说半个'不'字,我就马踏蓟城,杀个人马不留!"

孙操一听,勃然大怒:"昏王,孙膑为振兴齐国,历尽艰辛,他何曾挟持太子逃跑?你昏聩无道,枉为人君。"

潞王说:"你少啰唆,招打!"于是亮开枪照孙操便刺。

孙操急忙招架,二人战了二十多余合,就见潞王回马一枪,正刺在孙操的哽嗓咽喉。

孙操"哎哟"一声,落下马来。可怜他一生在疆场征战,最后将一腔热血洒向疆场。

第二十七回　破蓟城田地放手大血洗
　　　　　　兴燕国姬平高筑黄金台

　　滑王枪挑孙操，急坏了孙龙、孙虎。孙龙大喝一声："爹爹阴魂慢走，孩儿与你报仇！"

　　孙龙撒马跑到阵前，骂道："呔！昏王田地，看我取你的狗头！"话到枪到，二人战在一起。

　　二人战了三个回合，滑王倒吸一口冷气。孙龙眼珠子都红了，他手中的枪上下翻舞，疾如闪电，枪身一抖，如怪蟒出涧，寒光闪烁。按头推镶，如毒蛟吸水，横风乍起。他一枪紧似一枪，直奔滑王的心口或咽喉。滑王暗暗赞叹：好枪法，不愧将门虎子，我须多加小心。

　　滑王的枪法不在孙龙之下，他曾受过孙膑的真传。孙膑不仅教给他七十二套枪法，还把内功密传给他。这样，滑王如虎添翼，枪法更加炉火纯青。

　　二人战了四十余合，只杀得尘土飞扬，天昏地暗。杀着杀着，孙龙渐渐有些支撑不住了，招数越来越慢，只有招架之力，没有还手之功。滑王恰恰相反，他越杀越勇，进招越来越快。孙虎在一旁观阵，一看孙龙要吃亏，撒马上前，挺枪便刺。滑王见孙虎来助阵，并不惊慌，抖起精神力战二孙。

　　三人混战了三十多合，滑王卖个破绽，瞅中孙龙一枪刺去。孙龙"哎哟"一声栽下马来，孙虎一愣怔，滑王反手一枪，又把孙虎刺于马下。

　　这时齐军看了这精彩的一幕，群情激昂，把战鼓擂得山响，欢呼声震山动地。田地勒马阵前，雄姿傲然，指着燕军喊道："有不怕死的快来，如若怕死，快快投降！"

滑王的叫喊声刚停，只见从燕军中冲来一匹枣红马，嗒嗒嗒跑到阵前。

滑王抬头一看，不禁失声大笑："哈哈哈！"原来跑到阵前的是一位白发老妪。

滑王停住笑声，说道："可笑燕国朝中无将，竟把这样一个将要进棺材的老乞婆打发来，真是可笑哇，可怜。"

"昏王住口！"老妪厉声说道，"我乃是老公主燕丹，你老祖母的结拜姐妹。我儿孙膑有家不归，有国不报，为实践你老祖母的遗愿，舍命助齐，使羸弱不堪的齐国日趋强盛。你父王晏驾，封孙膑为你的亚父，你父命不听，知恩不报，竟要追杀孙膑，你的天理良心何在？"

滑王阴险地笑了笑："孤王不想听你啰唆，孙膑挟持太子，图谋不轨，罪该万死。"

燕丹说："孙膑有罪无罪，真相未白，你来攻燕，把我丈夫、儿子杀于马下，你还有一点儿人性没有？"

滑王不以为然地说："两兵交战，生死未卜，只怨他父子三人武艺不精。本王看你偌大年纪，又是个女流之辈，放你一条生路，快逃命去吧！"

燕丹公主性烈如火，一辈子未受过这般侮辱，她把牙关一咬，骂道："丧尽天良的昏王！本宫纵然死在疆场，也不会向你俯首求生，看刀！"

老公主举刀就砍，滑王毫不相让，枪刀一来一往战在一起。那燕丹毕竟是耄耋老人，又多年不摸兵刃，战了八九回合，被滑王一枪刺中，落马而亡。这样，蓟城一仗，孙操一家四口都为国捐躯，死于田地之手。

滑王一阵狂笑，下令攻城。

时间不长，齐军攻开城门，军兵如潮水般地涌进城去。他们遇将便杀，见兵就砍，一直来到王宫，跑不掉的文武大臣，尽死于齐兵刀下。最后只剩下燕王。

田地命人把燕王绑到跟前，问道："快快交出孙膑来，便饶你性命。"

燕王说："可惜孙膑不曾回国辅佐燕国，他若回燕，早将你齐国灭掉！"

"你快写降书，在孤王驾前称臣，可免你一死！"

燕王愤怒地唾了湣王一口："呸！纵然把孤王万剐凌迟，也绝不投降你这畜生！"

"哼，看你的骨头有多硬。"湣王狂喊一声，"来人哪，将这昏王剁成肉酱！"

可怜燕王被齐兵剁成一堆碎尸，抛撒在王宫内。

湣王又传旨，命御林宫清查宫中财产，清点人数，凡是贵重之物，尽数掳去，凡是男子统统杀掉，把女子都赐赏给将士。

宫中掳女掠财，宫外也一样。那些齐兵纷纷闯入民宅，奸淫掳掠，无所不为。蓟城里顿时变为泪河血海，惨不可睹。

宫中盘查王室人员，发现只少了太子姬平。湣王闻报，大吃一惊。下令在蓟城内沿户挨门搜查，并派出齐兵向四面追踪，结果大搜查了三天三夜，杳无音讯。湣王正寻思寻查燕太子、斩草除根的办法，有人来报，齐国押送的粮草被截，水源被断，齐军上下人心浮动。

这是怎么回事呢？原来截粮断水的，正是燕太子姬平。

湣王进军燕国，势如破竹。燕王一看大势不好，便悄悄把谋士郭隗召来，含着眼泪说："齐军来势迅猛，蓟城难保。孤王将太子托付给你，望你能辅佐幼子重开疆域，复国兴邦，为孤王洗耻雪恨。"

郭隗说："大王放心，臣谨遵圣命。"

燕王把太子姬平领到跟前，一齐跪下："请受我父子一拜！"

郭隗连忙跪下："大王，你折寿死微臣啦，兴邦复国乃臣子天职，臣誓死要忠于殿下，请大王放心。"

齐兵还未到蓟城，郭隗早领着燕太子逃走了。他们远离蓟城，在一个偏僻山村里隐居。后来齐军攻进蓟城，烧杀掳掠，又有许多逃难的官员、百姓来到这里。郭隗便在百姓和游兵散勇中宣传鼓动，激发起大家的国仇家恨，组织起一支军队，专门堵截齐兵的粮草车辆。把齐军的粮草当地焚掉，又将蓟城的水源切断，使齐军缺粮断水，受困难存。齐军勉强维持了半个月，只好撤回齐国，蓟城变为一片废墟。

郭隗保着太子姬平来到武阳城，燕国贵族共同拥戴姬平继承王位，是为昭王。

燕昭王在国破家亡之后，发愤图强，慰问死难者家属，安抚残存的孤儿寡母，与人民同甘共苦，深受信赖。可是燕昭王终日阴沉着脸，愁眉紧锁，闷闷不乐。

这一天，郭隗对昭王说："大王，先王把光复祖业、雪耻消恨的重任寄托在大王身上，你整日郁郁寡欢，伤害了身体，如何实现先王的意愿？"

昭王叹了一口气说："老卿家，你看我们哪里像个国家的样子？势单力薄，要人无人，要财无财，怎不叫人惆怅啊！"

"大王不必心急。只要大王重才尊义，礼贤下士，何愁没有贤良辅佐？"

昭王诚挚深情地说："你如果发现济世安邦的奇才，我心甘情愿侍奉他。"

郭隗说："我听说过一个故事，从前，有一位君王，派他的随从拿着千两黄金去买千里马。他走了三年，也没见到一匹千里马。有一位大臣说：'臣愿舍命去求千里马。'于是这位君王又交给他一千两黄金去买马。不久，这位大臣回朝，只带来一个包裹。君王问：'千里马何在？'大臣答：'在包裹内，只出了五百两黄金。'君王打开包裹一看，原来是一堆马骨头。他大发脾气，斥责大臣：'无用的东西，我要买千里马，谁让你出重金买回马骨！'这位大臣不慌不忙地说：'这是千里马的骨头，以您的名义重金购来。这个消息很快便会传扬天下，人人皆知，千里马尸骨尚出高价，何况活的？不久将会有人送千里马入朝。'果然，不久就有人送来了三匹千里马。"

昭王听了，茅塞顿开，高兴地说："以老爱卿之见，孤王该如何召集人才？"

郭隗胸有成竹地说："大王若真正广集天下人才，不妨先把微臣当作千里马骨，这样，比我贤能之人，定会云集燕国。"

于是，燕昭王虽然自己布衣粗食，陋室矮殿，却给郭隗建造了一座富丽堂皇的宫殿，并尊为师傅。消息传出，各国贤能纷纷投奔燕国，包括魏国的乐毅，赵国的剧辛，洛阳的苏凡，己国的屈唐。燕王均委以重任。

且说魏国的乐毅，原是魏文侯驾前乐羊的后代。其父乐顺是魏国的武将，齐国伐魏时，战死在疆场。魏王为了讨好齐湣王，将乐顺之女乐小霞选为美女献给湣王。乐小霞容颜出众，诗画超群，很受湣王的青睐。这样就引起了邹小姣的嫉妒，被邹妃害死。因此，乐毅既恨魏王的软弱，又恨湣王淫毒，立志要为妹妹报仇。

乐毅听说燕昭王求贤若渴，并在易山建造了一座黄金台，招贤纳士，重金聘任，便离魏投燕。

燕昭王一见乐毅，便生好感，与他一席谈，喜他博闻多见，谙熟兵书战策，胸有韬略，便封他为亚卿，既是副宰相，又是大将军，把燕国兵马交给乐毅操练。

一晃三年过去，燕昭王在贤能众臣的辅佐下，渐渐恢复了元气，兵强马壮，国泰民安。尤其是军队在乐毅的潜心操治下，威严雄壮，士气高昂。昭王大喜，拜乐毅为兵马大元帅，举行了盛大的拜帅仪式。

又过了一段时间，昭王姬平问乐毅："经过这几年养精蓄锐，能不能出兵雪耻？"

乐毅说："依臣之见，今日燕军可以兴国。但是，齐国已成为五霸之首，实力雄厚，不易伐之。不过齐国也有懈可击：齐湣王连年征战，南攻宋楚，西击三晋，早引起各国的不满。如果出兵伐齐，需借兵图之。"

昭王摇了摇头说："借兵虽是上策，只怕各路诸侯不愿出兵。"

"大王莫愁。国师郭隗，大夫屈唐，都是能言善辩之士，若派遣他们游说诸国，总能借来兵马。"

昭王准奏，便派郭隗、屈唐等谋士出使各国，游说借兵。果然，不到半年时间，先后得到赵、韩、魏、秦等国的支持许诺，这样可集五国之兵马伐齐。

这一天，乐毅在校军场点将排兵，准备出征伐齐。军兵来报："启禀元帅，校军场门外来了一个白袍小将，他说要认亲归宗，投军伐齐，非要求见元帅。"

"收他进来！"

白袍小将被引到点将台前，抱腕施礼："参见元帅。"

乐毅俯首一看,这小将年纪在十八九岁,长得剑眉虎目,面如粉团,细腰乍臂,眉宇间透着英雄豪气,让人一看,就心生喜色。

"请问小将尊姓大名?"

"我祖父就是燕国的老驸马,姓孙,讳操。父亲讳龙。我叫孙燕。"

坐在点将台上的燕昭王一听,酸疼之情油然而生,抚慰道:"原来你是老驸马之后,可怜你一家被齐湣王那个昏君残害。"

孙燕眼圈一红,强止住泪水:"我要为祖父和父叔报仇!"

乐毅说:"孙燕,你知道燕国正是用人之际,不知你武功如何。"

孙燕说:"我在蓟城遭难前上山拜师学艺,各种兵刃都不生疏,马上步下皆能应手。不信,请元帅下令一试。"

乐毅听了十分高兴,孙燕虽然年纪不大,仪态大方,谈吐不俗。便命孙燕走下校场,刀枪剑戟各种兵刃,都让他一试。昭王和乐毅一看,孙燕果然身手不凡,当下议决:孙燕任伐齐先锋官。

元帅号令三军,立即出征伐齐。校军场礼炮轰鸣,鼓乐高奏。满朝大臣、地方官吏和蓟城平民百姓,夹道欢送出征大军。

第二十八回　湣王溜齐东开城迎乐毅
　　　　　　鸟兽散燕军挥剑刣小姣

乐毅率领五国大兵浩浩荡荡直捣齐国。先锋官孙燕领兵三千,率先打下界牌关,等待乐毅到来。

乐毅率部来到齐境,探测民情,才知道齐国连年征战,宠信邹氏,疏远从臣,民不聊生,怨声截道。于是乐毅想出了让齐国不战自乱的对策。他每到一地,先严惩贪官污吏,尔后开仓放粮,赈济百姓。这一招很受齐民拥戴。消息不胫而走,附近城镇、乡村的黎民百姓都企盼着燕军早日到来。所以,不到两个月的时间,燕军轻而易举地占领了齐国二十几座城池。

齐湣王自从征服了几个小国后,更加骄横狂妄,自以为从此便称霸中原,高枕无忧了,于是整天沉湎于酒色。除了宠爱邹妃外,还让战败各国选美女进贡,每夜寻欢作乐,通宵达旦。时间一长,不仅朝政荒废,而且精力耗尽,销形立骨,虚弱不堪。

开始,湣王闻报,燕国出兵伐齐,他不以为然,嘿嘿几声冷笑,说道:"燕军伐齐,无异于以卵击石,自取灭亡。"只派几员武将,前去督战,拒敌于国门之外。

后来闻报,说齐军屡战屡败,燕军如潮水般地涌了进来,他才着了急,急忙上朝议事。

湣王说:"燕军发兵入齐境,已占领齐国二十多座城池,形势紧迫,众位大臣有何高见?"

苏岱奏道:"齐国近几年来连连出兵征战,周围诸国都仰目视之。今日燕国出兵犯境,就该急速发兵,保已国土,以护国威。"

邹坡出班奏道:"苏将军所言差矣。区区燕国,不堪一击。前几年大王亲征燕国,如今提起来,让燕人毛骨悚然。如果齐国现在出兵,兵劳财耗,不可取也;依吾之见,不如坐等燕军到来,将他们一举歼灭,以逸待劳,岂不妙哉!"

潜王一向对邹坡是言听计从,今日邹坡所奏,正对了自己的心思。于是说道:"就依老太师所奏,众位大人下朝去吧!"潜王又到后宫搂着邹妃,观看新近选进宫来的一班歌女舞伎。

这一天,探马进宫奏道:"燕国二十万大军已经兵临城下!"

潜王宣召文武大臣进宫,领着众臣登上城楼,往四面一看,黑压压、乌尘尘,全是燕军。文武众臣一个个吓得面如土色,胆战心惊。

潜王强装镇静:"哪位将军出城退敌?"

众臣默然。

"哪位将军出城退敌?"潜王又提高嗓门问。

众臣依旧默然。

潜王大发雷霆,骂道:"你们这些酒囊饭袋,太平时候,一个个争名逐利,如龙似虎;国难当头,都似老鼠一般。你们不出城退敌,难道让本王去杀头一阵不成?"

众臣沉默良久,才有人说道:"臣愿前往!"

潜王一看,正是他平时冷待疏远的苏岱将军。苏岱是齐国的老元帅,由于邹坡谗言诽谤,早已被削去元帅之职。在这急难关头,苏岱不计前嫌,不畏强敌,自告奋勇,出城退敌,便潜王受到强烈的震动,带着惭愧的口吻说:"路遥知马力,急难是英雄,孤恢复你元帅之职,快快杀退燕兵,以解燃眉之急。"

"遵旨!"苏岱下城去点兵马。潜王在众臣的簇拥下回到王宫。

潜王在大殿刚刚坐稳,就见值日官慌慌张张来报:"启奏大王,苏元帅被燕将先擒,三千兵马全都降燕。"

啪!潜王气愤地一拍龙书案,厉声喝道:"苏岱年事已高,孤王早知道他是上阵送命。你们这班年轻的武将都不敢上阵吗?"

大殿上一片寂静。

"邹刚、邹健、田云、田鹏听旨!"

"臣在。"四人慌忙出班听宣。

"你们四人领兵五千,出城退敌。如果败下阵来,提着人头来见我!"潜王像输光了的赌徒,要孤注一掷。

"遵旨!"

邹刚等四人奉旨下殿,点齐人马,打开城门,领兵来到阵前。

燕国先锋孙燕刚刚生擒了元帅苏岱,斗志正旺,一见从城里涌出四员齐将,便策马向前,等待会战。

这四员齐将中,数邹刚的职位高,所以他只好首当其冲。

邹刚出城时,心里怦怦乱跳,生怕自己有去无回,性命难保,可是,到阵前一看,他的愁云顿散,把嘴一咧乐啦,原来阵前的燕将是个娃娃。于是他大大咧咧地用枪一指,说道:"呔!乳臭未干、脸毛未退的小猴崽子,快快报过名来!"

孙燕把眼一瞪,说道:"我乃燕军先锋官孙燕,你是何人?"

"齐国大国舅、上将邹刚。"邹刚傲慢地撇着嘴说。

"我正寻你不到,你却投上门来。今天叫你有来无回!"

二人说罢,催马向前,打在一处。那邹刚原来就没有真本事,虽为齐国上将,不过滥竽充数罢了。他来到阵前一较量,不过三个回合,被孙燕挑于马下。

邹刚一死,吓破了邹健的胆。他拨马就要往回逃。田云一看,火冒三丈,心里骂道:这个没骨头的东西!你哥哥被人家挑死,你不去杀敌报仇,却要回马逃命,你还有点血性人味吗!于是他扬起马鞭,狠狠地照邹健的马屁股上猛抽一鞭,喊道:"二国舅,快为大国舅报仇!"

邹健的马被这一鞭抽惊,撒腿便跑到阵前。

这时,燕军中正跑过一位战将,对孙燕说:"小将军先退后歇息,我来过过瘾。"

邹健一看这位战将,吓得脊梁骨发冷,差一点儿从马上摔下来。只见这位战将,身高体大,肩宽腰圆,头大面黑,眉浓嘴阔,一脸络腮钢针髯,两鬓卷曲压耳毛。不用交手,这长相就令人心惊胆战。

"你是谁?"邹健硬着头皮说,"我要与刚才那个小将见个高低,你快将他换回来。"

"哈哈哈,"那战将一阵大笑说道,"我乃秦将李斯。瞧你那副德行也活不了多一会儿。刚才那员小将的武艺在我之上,你想会他不难,只要胜了我,他肯定上阵。"

邹健无奈,只好举刀相迎。邹健未上阵,就琢磨着逃命,他与李斯一交手,便拨马往回逃。李斯哪里肯放,撒马追上前去,照邹健背心一枪,将他刺于马下。

田云、田鹏看见邹健的狼狈样子,骂道:"这个孬种,真给我大齐丢脸!"二人拍马上阵,齐战李斯。

孙燕一看二员齐将同战李斯,撒马上阵相助,四匹马分成两对,厮杀起来。战了二十余合,孙燕将田云刺于马下,田鹏也被李斯刺死。

乐毅把令旗一摇,紧擂战鼓,燕军奋勇攻城。

燕军刚越过城壕,突然城门大开,从城内走出一名将官,问道:"哪位是乐毅元帅?"

乐毅勒马一看,见此人头戴相雕,玉带蟒袍,是个文官,便说:"本帅在此,你是何人?"

来人深施一礼说:"下官姓齐名东,在齐王驾前为臣。湣王昏聩荒淫,众叛亲离。下官开城迎接贵军,望能保护百姓,免受涂炭。"

乐毅大喜,下令明谕三军,严守军纪,不准祸害黎民,有掳掠奸淫者,格杀勿论!

燕军进城后,直奔王宫,进宫一看,静若无人。乐毅下令:"细细搜查!"

其实齐湣王带着一帮亲信爱妃早已逃之夭夭,把守城的任务交给了齐东。齐东一看临淄守不住了,湣王将自己推在前面当替罪羊,他岂能俯首帖耳,甘心受毙?所以湣王出逃工夫不大,他便打开城门,迎进燕军。湣王田地得知邹刚等四将战死,被吓得魂不附体。他过去是一位能征惯战的高手,这几年沉湎于酒色,精力耗尽,每天坐卧行止尚需别人扶持,哪能到疆场厮杀,于是只好金蝉脱壳,带了邹坡和邹小姣,换了便服,向西边逃去。

这三人出了西门,不敢走大路,踏上一条小路。这条路崎岖难走,越沟跨涧,不时要下马步行。三人疲于奔命,忽听后面喊声连天。

邹坡说:"大王,追兵来啦!"

湣王顾不上答话,一个劲儿地马上加鞭。湣王和邹坡都曾驰骋过疆场，两匹马越跑越快。可怜邹小姣从未受过这鞍马之劳，骑马缓行都吓得娇声叫喊，岂敢快马飞驰？可是追兵在后，不敢怠慢，她硬着头皮在马屁股上猛抽三鞭，那马如离弦之箭穿了出去。邹小姣一阵头昏，抓不住丝缰，被颠下马来，昏迷不醒。

乐毅率领人马追赶湣王，来到一片树林前，军兵来报："启禀元帅，前面有一美貌女子躺在地上，昏迷不醒。"

乐毅训斥道："一个女子躺在路旁，何必大惊小怪？"

"回元帅的话，那女子穿一身宫服，想她不是普通民女。"

"待我一观。"乐毅下马近前一看，果然姿容不俗，装束不凡。他把齐东叫来辨认。

齐东仔细一端详，说道："她就是湣王的王后，邹坡的女儿邹小姣。"

乐毅一听"邹小姣"三个字，怒火冲天，一挥手说："将这个狐狸精绑了！"

这时，邹小姣被军兵往起一架，渐渐醒转过来，口中念念叨叨地说："大王，你等等我……"

军兵将她捆绑起来，邹小姣完全清醒过来。战战兢兢地说："我邹小姣入宫是被逼而为，身不由己呀，请饶小女一命。"

"哼！"乐毅气呼呼地说，"湣王无道丧国，全在你身上。你死到临头，还敢狡辩？"

邹小姣一听乐毅一个"死"字出口，吓得失声痛哭，乞求道："我一个女流之辈，怎能误君丧国？请将军饶我一命，奴愿终身侍奉将军。"

乐毅"呸"一声唾了她一口，说道："绑到树上剐了她！"

兵军得令，将邹小姣绑在树上剐死。这便是后人留传的《杏林剐邹妃》的故事。

再说湣王和邹坡快马跑了一段路程，听不见燕军的追杀声。邹坡松了一口气，放慢行程，对湣王说："大王，不用害怕啦，燕军追不上我们了。"

湣王这才壮着胆子往后瞧："咦，怎么不见爱妃？"

"唉！"邹坡叹了口气说，"什么爱妃不爱妃的，恐怕她早成了刀下之鬼啦。"

潛王不禁流出了眼淚，痛楚地說："愛妃一死，孤王活著有什麼意思，倒不如結束自己，免受這驚嚇勞苦。"

鄒坡勸道："大王不可胡思，暫度國難，圖謀再起。大王重登大寶，何愁美女佳人？"

二人邊說邊走，突然潛王眼前一亮，說道："前面有人家，我們進去用膳，然後再走。"

鄒坡說："這兵荒馬亂之際，就怕人家閉門不納。"

潛王說："這乃齊境，誰敢怠慢我君臣？"

"有道是鳳凰落架不如雞呀！"

潛王怒斥道："太師何出此言，奚落本王！"

"臣不敢！"鄒坡不再多言，只好跟著潛王來到這一農家。

鄒坡上前一看，柴門緊閉，便伸手叩門："裡面有人嗎？"

吱呀一聲，柴門拉開，走出一個書童，他把這二位不速之客下下一打量，見他們蓬頭垢面，滿身灰塵，問道："二位找誰？"

鄒坡說："我們是從臨淄來的，想到府上討些水喝，討些飯吃。"

"哼，說得輕巧。齊國昏王荒淫無道，民不聊生。我們老爺還沒糧吃呢，哪有飯給你們？快到別處討要去吧，莫驚動了我家老爺。"

鄒坡何曾受過這樣的奚落，說道："快去通稟，就說齊王駕到，讓你家老爺出來接駕！"

書童站著不動，說道："你好大的口氣，我看你是餓瘋啦！"

鄒坡嗖地抽出寶劍，威脅道："你不快去，我就宰了你！"

書童嚇得掉頭就往回跑。這時一位老叟從屋裡出來，問道："書童，你亂喊什麼？"

"老爺您看！"書童指著鄒坡說，"這兩個強盜要殺我！"

老員外走到鄒坡跟前一看，大吃一驚，說道："這不是鄒太師嗎？"

"啊，原來是樊大人。"鄒坡面帶愧色，不敢正視主人，轉身指著潛王說："這位是齊潛王，趕快接駕吧！"

老員外"啊"了一聲，也不行大禮，只拱拱拳道："大王請到寒舍用茶！"

潛王一看這位老者如此怠慢自己，很不高興，可是又不敢發作。他信服了鄒坡的話：鳳凰落架不如雞！

第二十九回　被追捕潜王受擒暴晒死
　　　　　　　遭通缉太子落难暂偷生

　　这位穷乡僻壤的樊员外，原来并非躬耕垄亩的农夫。齐春王在位时，他曾是齐国的左相，名叫樊卓。后来邹坡在朝中擅权弄势，上欺国君，下压众臣。樊卓主持公道，据理力争，得罪了邹坡，被邹坡谗奏一本，春王将他贬官离朝，回到这荒野山乡，躬耕垄亩，自得其乐。

　　樊卓把潜王请到室内，以君臣大礼参拜。潜王在途穷末路之时，遇到樊卓，不胜欣慰，连忙制止："老丞相不必多礼。今日若不幸遇，孤王必将成为路旁饿殍。"

　　樊卓一听，潜王是饿了，便说："先请大王净面，老朽这就去备家宴。"

　　潜王忙说："后边齐兵追赶甚急，吃些便饭好赶路程。"

　　樊卓淡然一笑："其实老朽哪有美味佳肴，只不过粗茶淡饭而已。"

　　时间不长，家人端上饭来，盘内只有一碗米粥，两个金黄的窝窝头。

　　潜王一看这窝窝头，平放如塔，金黄闪亮，香味扑鼻，心里好个欢喜。暗自思忖，可惜自己为一国之王，竟连如此珍贵奇特的饭食都没见过。于是伸手拿来一个窝头就往嘴里塞。他咬一口，真是香甜。真是"饥饭甜如蜜，饱食蜜不甜"。

　　潜王正有滋有味地大嚼特嚼，把坐在一旁的邹坡可馋坏啦，他两眼盯着盘中的那个窝头直流口水。开始他还强忍着，怕丢面子，后来肚子咕咕直响，再也忍不住了，伸手就去抓盘中的另一个窝头。

"邹太师且慢,这是给大王备的御宴。"樊卓伸手把邹坡挡住,邹坡被弄了个大红脸。

"樊相国,我这肚子实在忍受不了啦!"邹坡轻轻地拍着自己的肚子,苦笑着说。

樊卓轻蔑地瞟了邹坡一眼,传下话去:"给邹太师备饭!"

工夫不大,家人端来一碗野菜黑豆汤:"请大人用餐!"

邹坡一看这碗又黑又绿的菜汤,好不气恼,说道:"樊相国,这菜汤如何下咽,喂牲畜还怕不吃呢!"

樊卓冷笑道:"齐国百姓,家家都是用此度命,这全是邹太师辅佐大王的功绩呀。你若嫌弃就将饭撤下,等着吃美味佳肴吧!"

邹坡真怕樊卓把碗端走,连忙双手抱起。

潜王在一旁劝道:"老太师,你就将就着吃些吧!"

"遵旨!"邹坡借坡下驴,呼噜呼噜,两三口把一碗汤饭吃得一干二净。他还想再要一碗,又不好意思开口。

"多谢樊公这一餐救命之饭,来日当报,孤王要急着赶路,先辞了。"

樊卓命家人去拉马。家人回报:"那两匹马都累得大汗淋漓,任凭鞭抽棒打,也站不起来。"

"这应如何是好,樊爱卿快给孤王想个办法。"潜王着急地说。

"大王莫急,老朽有一匹耕马,大王先拉去骑吧。"樊卓命家人把马牵来。

邹坡一看着急了:"樊相国,老夫该怎么办呢?"

"邹太师,你保驾大王,自然该鞍前马后,以步代骑。"

邹坡哭丧着脸说:"樊公,你可怜可怜老夫吧,这把年纪如何能跟上马行?"

樊卓见他说得可怜,动了恻隐之心,说道:"老朽确实再无坐骑,槽中只有一头小毛驴。老太师若不怕丢面子,就骑驴去吧。"

"不怕,不怕!"邹坡像落井的人,半空中抓到一条救命绳子,高兴地死死拽住。

家人把毛驴牵来,樊卓把二人送去门外。潜王拍马向前跑去。

潜王的坐骑,鞍鞯丝缰齐备,邹坡的胯下毛驴,只有一条缰绳,跑起路来，一快一慢，一稳一颠，相随不上。走了不多时间，忽听后面追兵喊声连天，潞王高声喊道："太师，快跑！"

邹坡心里一急，把缰绳往手腕上缠了几圈儿，狠狠在驴屁股上抽了一鞭。那毛驴着打，一尥蹶子，把邹坡从背上掀了下来，可是他手腕上还缠绕着驴缰绳，驴受惊后，拼命往前蹿，缰绳挣紧，邹坡没法解开，跟着毛驴跑了几步便倒在地上，被毛驴拉着擦地而行。先是衣裤磨破，进而血肉粘在一起，最后成了一堆烂肉。邹坡被拖死在路上，那头毛驴也累死在他身边。

潞王只顾奔命，不知邹坡早被毛驴拉死。他跑到一座城前，连忙喊叫："快开城门，齐王到啦！"

守城的军兵弄开始不信，见潞王不住声地喊叫，便去禀报守城的将官。

原来，这座小镇叫石河镇，守城的将官是弟兄俩，哥哥叫李忠，弟弟叫李孝。

李忠闻报，急忙上城观看。他也不认识齐王，见他孤身独骑，便命军兵打开城门，迎他进来。

李氏弟兄恭候在城门前："臣不知大王驾到，未能远迎，请大王恕罪。"

潞王好不容易逃离险境，心里踏实多了，便摆起了君王的架子。他孤高自傲地说："二位将军免礼。燕军在后面紧紧追赶孤王，快快准备退敌！"

"遵旨。"

李氏弟兄把齐潞王接到官府，命人给潞王沐浴更衣，准备酒宴。

潞王心神初定，军兵来报："燕军已到城下，骂阵不止。"

李忠说："酒宴摆好后，请大王独斟自饮，我弟兄先去退敌。"李忠与李孝戴盔披甲，罩袍束带，点起军兵，出城迎敌。

李氏弟兄来到阵前，一看阵前的战将，金盔、金甲、外罩淡黄袍，胯下一匹黄骠马，面色严峻，威风凛凛。

"来将通名！"李忠高声喝道。

"燕国兵马大元帅乐毅。你是何人？"

"石河镇守将李忠。"

乐毅说:"李将军,久闻你兄弟二人行侠好义,赤胆忠心。本帅到此,只要齐潴王的首级,并不与你弟兄为难,识时务者,或死或活将潴王交出来,保你二人和全城的百姓安然无恙。"

李忠说:"生为忠臣,死为忠魂。我弟兄二人败在你手下,任其宰割;如若不然,休想动齐王一根毫毛!"

"好,请吧!"乐毅很敬佩李氏兄弟的忠肝义胆,说话很客气。

"请!"李氏弟兄一齐摆开兵刃来战乐毅。战了几个回合,李忠、李孝便败下阵来,急忙向城里逃去。乐毅也不追赶,鸣金收兵,在城外扎下大营。

李氏弟兄进了府门,来到大厅一看,眼前的景象把二人怔住了,地上躺着两具女尸,一具女尸身上还趴着一个男子。二人走近一看,原来是李忠的夫人翠姑和妹妹巧云脑浆迸裂,死在地上。在巧云身上趴着的,正是潴王田地。

李忠把丫鬟叫来一问,原来李忠、李孝出城迎敌时,潴王自饮自斟。三杯水酒入肚,便想起国破家亡,爱妃邹小姣下落不明,愁绪万端,借酒浇愁。他左一杯右一杯地往肚里灌,把一坛子酒喝干了,还喊着要酒。姑嫂听家人说,大王已经饮过了量,还要让取酒,就沉不住气了。

嫂嫂说:"你哥哥不在跟前,大王有个三长两短,如何交代?"

小姑说:"嫂嫂出去劝劝他,不要再饮啦。"

嫂嫂说:"我邋里邋遢,怎好去见国王,你年纪小,还是你去吧。"

姑嫂互相推诿,委实不下。家人再三来催促,让夫人取酒。无奈,姑嫂一齐出堂去劝潴王。

那潴王本是个酒色之徒,这几日疲于奔命,难见酒色。今日正为有酒无色惆怅哀叹。一挑门帘,走出两个如花似玉的女钗裙来,潴王眼前一亮,心中一喜,也不问姓名,便短舌僵语地说:"哎哟,美人哪,快来陪孤王饮酒。"

巧云羞红满面地说:"大王,奴是李将军的胞妹巧云。"

"好,好!孤王正思念你,快快过来。"巧云正要往后退,被潴王一把拉到身旁,搂在怀里。

巧云心里一急,抡圆右臂,照潴王就是一个耳光:"昏王,我哥哥为你卖命，你却做这无耻之事，天理良心何在？"

潜王一手捂着火烧火燎的脸，一手抽出宝剑，喷着呛人的酒气说："你敢不侍奉孤王，让你死在面前！"

巧云不得逃脱，把心一横，猛地向墙壁撞去，当下血流如注，倒在地上。

潜王见巧云躺在地上，醉醺醺地扑了过去，趴在她身上，紧紧抱着女尸。

翠姑一看小姑子撞壁而亡，怕李氏弟兄回来没法交代，也撞壁而死。

李忠听罢丫鬟的叙述，差一点儿气死，他颤抖着抽出宝剑，要砍潜王。李孝急忙止住："大哥，你杀死这个昏王，便身犯弑君之罪，何不将他捆绑起来，交给燕军。"

"兄弟言之有理。"于是二人动手将潜王捆绑起来。这时潜王醉入梦乡，任凭他二人摆布。扭膀剪臂时，他感到疼痛，也不叫喊，只嘟哝着要美人陪酒。这个昏王真可称为醉生梦死矣。

李忠把潜王扔到车上，拉出城外，一过吊桥，燕军呼啦一下围了上来："你们是何人，竟敢大摇大摆地出城！"

"快去报于乐毅元帅，就说守将李忠前来送齐国昏君田地。"

乐毅闻报，迎出大帐，和李忠见礼后，往车上一看，潜王被四马攒蹄绑着，还呼噜呼噜打着鼾。

李忠说："乐元帅有言在先，只要交出潜王，保证全城百姓安然无恙。今天我已将昏王交给元帅，请不要食言。"

乐毅笑了笑说："军无戏言，请将军回城，燕军不再进城搅扰百姓。"

"我代全城百姓感谢元帅恩德。"李忠说着，深施一礼，道别回城。

李忠走后，乐毅命军士将潜王绑在大杆上，不给饮食，任凭烈日暴晒，三日后气绝身亡。

乐毅拉着潜王田地的死尸回到临淄，写奏章呈报燕昭王，然后清查齐王宗室，欲斩草除根，永绝后患。

查来查去，田氏宗族都不在临淄。田忌被潜王贬官离朝，田单、田文都与潜王不睦,也先后被赶出临淄。叔妃为仇,乐毅也在追根寻迹。只是太子田发章还在人世,叫他十分担忧。

田发章与孙膑下落不明,乐毅只好找来画工,将田发章的形象绘画出来,画影通缉。

且说当年太子田发章持剑刺杀邹妃,欲给母后报仇,刺杀未遂,在苏义的帮助下,逃进安平王府。孙膑听了太子的叙述,断定邹坡必定上府来找麻烦,太子难得安生,于是当下收拾一些东西,和太子一同逃离临淄。

他们在路上拼命奔走了两天。孙膑把一包银子交给太子,叮咛道:"从现在起,老臣不能再陪着你。自己去闯荡河山,周游天下。知晓民间疾苦,方能成仁义之君。有朝一日你登上王位,切莫贪酒恋色,听信谗言,要明仁义治天下。"

"老王爷,您到哪里去?"

"老臣自有归宿,你快快走吧!"

田发章无奈,只好与孙膑洒泪而别。

太子自幼生在宫中,娇生惯养,过着饭来张口、衣来伸手的寄生日子。他不仅不了解民间疾苦,连用银子买东西都不懂,所以那一包银子很快被他挥霍一空,沦为乞儿。

有一天,田发章上街要饭,转遍了大街小巷,叫尽了爷爷奶奶,一点儿吃的也没讨到,看看夜幕降临,浑身发冷,他便蜷曲在一家大门洞里睡着了。

这家员外晚上会友归来,被他绊了一个趔趄。提灯一照,是个要饭的小孩。员外动了怜悯之心,命家人把他搀进厨房,将残羹剩饭端给他吃。

田发章早已饿得两眼花昏,一看热腾腾的饭菜,便狼吞虎咽地吃起来。他吃罢饭忘情地说:"将盘碗撤掉,小王吃饱啦!"

家人一听这茬口,骂道:"你这不识好歹的东西,给你吃了饭,你连声'谢'字都没有,还当什么'小王',赶快滚了出去!"

员外听得厨房吵闹,走了出来问道:"何事喧哗?"

家人把经过一说,员外心里一怔,说道:"都退下!"

田发章连忙跪下磕头:"谢谢老爷赏饭。刚才是我的不对,得罪了大爷们。"

员外赶紧搀起田发章，仔细端详着他的相貌，说道："你姓甚名谁，家住哪里？从实讲来，不然我送你到官府治罪！"

太子一听，吓得浑身颤抖，扑通一声瘫在地上。

第三十回　保幼主石猛捐躯积米城
　　　　　归心切乐毅受阻天罗山

太子被员外搀进书房，惊慌失措地编造自己的姓名身世："我姓章，叫章发田，父母双亡，无人收留，乞食度命，请老爷放了我吧！"

员外和颜悦色地说："你不必害怕。老夫姓宫名福，原来在先王驾前为臣。后来邹坡飞扬跋扈，与老夫为敌，才托病告老还乡。"

田发章毕竟是个孩子，听宫福一说，便忘乎所以，说道："我在朝中为何不曾见过你？"

宫福说："臣还乡有十五年之久，怎能相见！你可是太子田发章？"

田发章知道露了馅，不好否认，只好说："我正是太子，现在困在民间，望宫大人看在齐国江山的份上，救救我吧。"

宫福这才撩衣跪倒："太子在上，受臣一拜。"

"宫大人免礼。"

"为太子安全起见，从今往后就住在寒舍，改名章发田。在外让人以为你是我的书童，你看如何？"

"说好便好。"

"太子受委屈啦。"

从此，田发章便改扮书童，不离宫福左右，白天在书房潜心读书，晚上宫福到后花园教他练武。有时宫福还带他周游各地，访民间疾苦，增长见识。

后来传来潜王伐燕，连杀孙膑一家四口的噩耗。太子悲愤不已，暗恨父王恩将仇报，残忍无道。他一怒之下，要回临淄去劝潜王，施仁政，睦邻邦。

宫福急忙劝阻："万万不可回朝，现在邹坡擅权，你回去岂不是飞蛾扑火，自取灭亡吗？"

田发章执意要走，说道："我是他的亲生儿子，难道他就不念骨肉之情吗？"

宫福冷笑道："现在湣王被奸佞妖妃迷惑，已经六亲不认，是非不分，你母后被他们害死，你三王爷田忌被他们赶走，难道你能逃脱他们的魔掌！"

田发章听宫福的话很有道理，只好忍痛等待，静观其变。

一晃几年过去了。田发章已长大成人，他的文才武艺都有长进。他正准备回朝的时候，又传来惊讯：开始是乐毅率五国兵马伐齐，后来又听说湣王被乐毅晒死，接着乐毅领兵来到宫家庄附近。

田发章急忙鞴马拿刀，要去杀退燕军。

宫福说："太子不可莽撞。那乐毅领兵数十万，斩关夺隘，所向无敌，你孤身一个能抵挡得住吗？"

田发章说："现在国破家亡，山河破碎，我身为太子怎能在此偷安保命，纵然死在疆场，也无遗憾。"

宫福劝道："太子所言差矣。青山常在，绿水长流，齐国光复大业，全在你一身。轻易舍身，一时壮烈，齐国河山谁来收拾？当今之计，该先避一时，战乱一过，重振旗鼓，收拾齐国的江山。"

这天晚上，宫福打点太子悄悄出庄，送出五六里才洒泪而别。

田发章走后的第三天，乐毅领兵把宫家庄团团围住，沿门搜查。探马已探明，太子就在宫家庄隐居。

乐毅搜到宫福的宅院时，翻箱倒柜，轰犬惊鸡，搜查得非常细致，搜来搜去，只少一个书童。

乐毅审问宫福："书童章发田哪里去了？"

"前儿大因为偷窃财物，被我责打一顿，逃走了。"

"胡说！"乐毅气势汹汹地说，"他是齐国的太子，明明是你将他放走，成心与本帅为敌！"

宫福从容不迫地说："他是我前几年收养的乞食花子，怎么会是太子？"

"我来问你，他叫什么名字？"

"章发田。"

"看哪，太子叫田发章，前后两个字一颠倒，岂不是田发章？你若不老实将他交了出来，就取你的狗头！"

宫福说："书童不在这里，任杀任剐，我也没有办法。"

"来人哪，将他绑了！"

兵士正要上前捆绑宫福，燕军中有人说话了："且慢，宫大人别来无恙？"

宫福抬头一看，说话人是前朝老臣齐东，心里暗骂："没有骨头的奴才！"

齐东上前说道："宫大人，湣王昏聩无道，我等被迫离朝，今日上苍有灵，昏君奸佞被一网打尽，只剩一个太子，你还保护他做什么？"

宫福横眉冷目地瞪了齐东一眼，怒斥道："我是齐国臣民，就应该力保齐主，不当引狼入室、忘掉祖宗的奴才。"

齐东被奚落得恼羞成怒，扬起手中的鞭子，狠狠照宫福抽去。宫福本来年老体弱，被齐东一鞭抽倒在地，气绝身亡。

乐毅怕耽搁时间，下令："继续追赶田发章！"

再说太子田发章，离开宫家庄后，跑了两夜一天，第二天一早来到一座城前。城墙上写"积米县"三个大字，城头插着齐国的旗号。他站在城下高喊："快开城门，齐国特使到！"

守城军兵一看城下是个衣着褴褛的年轻人，哪像齐国的特使？便去禀报守将石猛："城外来了一个年轻花子，自称齐国特使，该不该开城，请将军示下。"

石猛一听，不敢怠慢，忙上城墙，扒在城垛口一看，问道："城下是何人？"

"齐国特使。"

石猛嘿嘿一声冷笑，说道："你不要骗人，临淄已被燕军占领，齐王下落不明，哪里会有特使来？你必定是燕军的奸细！"

田发章一着急，把真话讲了出来："将军快快开城，我乃是齐国太子田发章。"

石猛听了，愣怔了一下，忙命军兵打开城门，田发章进了积米城，来到大帐坐定，石猛说："恕来将不名，不知太子以何物证明真确无谬。"

田发章从腰带上解下一个黄绫小包，递给石猛："请验。"

石猛接过小包，抽开丝袍，取出一块玉玺一看，正是太子的印鉴，于是连忙跪下："不知太子驾到，有失大礼，望太子恕罪。"

田发章说："快快请起，大将军高姓大名，官居何职？"

"末将姓石名猛，是守边副将。"

田发章说："乐毅领兵追杀小王，相迫甚紧，请将军认真防范，不可大意。"

"太子爷放心，有末将在便有积米城在。"石猛传令，摆酒设宴，款待太子。

席间，石猛感慨地说："当年齐国何等强盛，被邹坡一家毁掉了大好河山。如果三王爷和孙王爷还在朝中，不会像今天这样山河破碎，百姓倒悬。"

太子说："将军言之有理。小王我有朝一日重整河山，定要亲贤能，疏奸佞，免得重蹈覆辙。"

"公子爷真能如此，齐国有望，百姓万幸矣。"

"报——"这时守城军兵来到大帐前跪倒，"禀报石将军，燕军目前房城围住，叫嚷不休。"

"他们叫嚷什么？"石猛问。

"小人不敢明言。"

"直说无妨。"太子插言道。

"他们说，放出齐国太子便当下撤兵，如若不然，就将积米城夷为平地，杀个人伢儿不留。"

石猛一听，热血上涌，怒发冲冠，说道："快快点齐人马，出城退敌！"说着罩袍束带，抄起兵刃出了大帐。

石猛走后，太子放心不下，便让军兵领他上城观阵。

石猛来到阵前，与乐毅的马对峙而立。

"前面可是燕将乐毅？"

乐毅看，这员老将，铁盔铁甲，胯下青龙马，掌中端车轮大斧，身高体胖，面黑眉浓，好不威风。便勒马横刀，答道："正是本帅，老将军高姓大名？"

"齐将石猛。"

乐毅微微一笑:"老将军,你我无仇无恨,何必兵刃相加。本帅是为追拿太子田发章而来,只要你将他交了出来,本帅当下离开此地。"

石猛冷笑一声:"哈哈哈,乐毅小儿,你要太子倒也不难,只要老夫手中的车轮大斧答应就行,快快放马过来!"

孙燕一看石猛傲气十足,出言不逊,拍马来到阵前,高声喝道:"老匹夫,休要狂躁,看小爷取你的性命!"

一老一少话不投机战在一处。二人战了二十余合,孙燕暗道:这位老将军身手不凡,我与齐将较量多阵,还未遇到这样的高手。他看看石猛的招数越来越慢,二马一错镫,孙燕来了个开天式,一张一收。这一张被石猛躲过,一收时,枪头刺中了石猛的软肋,石猛大叫一声"不好",栽下马去。

主将一死,旗倒兵溃,四处逃散。燕军把齐兵紧紧围住,见人就杀,见马就砍,一刹那,死伤无数。

太子田发章在城上看了这惨景,悲愤、恐惧之情不能自已,便扒在垛口上高喊:"城下燕军听了,我是太子,快快住手!"

乐毅听到太子的喊声,忙令鸣金收兵,任齐兵的幸存者奔逃。

"田发章,你若顾及百姓军兵,就出城来投降,否则,我将全城百姓杀个鸡犬不留。"

田发章说:"你们保证不祸害百姓,我便出城。"

乐毅说:"乐某决不食言!"

太子这才被军兵搀下城去,领到城外。

乐毅命人将田发章绑了,当即号令三军回兵临淄城。石猛忠心保太子,太子舍命救百姓,成为千古佳话。

乐毅回到临淄城,大摆酒宴,犒赏各国军兵将领,祝贺这次伐齐大获全胜。酒宴间乐毅频频举杯,感谢各国出兵相助。

第二天先为各国友军送行,然后领着十万燕军,将掠到的金银珠宝装在数十辆车上,将太子田发章打入囚车,起兵凯旋。

乐毅率领得胜大军喜气洋洋地往蓟城行进。一路上晓行夜宿,匆匆赶路。众将士离家时间很久,个个归心似箭,恨不得朝发暮归,与家人团聚。

这一天离齐国边境不远，突然军兵都停步不前。

乐毅问："因何不往前走？"

军兵来报："禀大元帅，前面有高山阻挡，地势险峻。是穿山而过，还是绕山而行，讨元帅示下。"

乐毅问："这是什么山，穿山而过少走多少路程？"

"这是天罗山，穿山过少走一百多里。"

旁边的军兵听了，一阵骚动，异口同声地说："走山路吧！"

乐毅犹豫不决，走山路他怕重陷庞涓过马陵道的覆辙，走大路，又怕军兵怨声难平，影响行军，踟蹰半晌，决定穿山而行。因为目前齐兵除死伤外，余者纷纷溃散，各奔四方，再过马陵道也不会有危险。

元帅一声令下，十万大军进入迂回曲折的弯弯山道。越往里走，越是山险水恶，两边巉岩峭壁如刀削一般，谷地河水浪急流飞，声如雷鸣。苍鹰在半山腰盘旋，流云在犬齿交错的山壑中飞渡。乐毅紧拽丝缰，左右顾盼，生怕有齐兵堵截。突然，当啷啷一声炮响，从山脚下的丛林中涌出一支人马来。有人高喊："乐毅匹夫，你的死期已到，快快下马受绑！"

乐毅手提丝缰勒马一看，迎面跑来一匹青鬃马，马上端坐一人，掌中提着八卦金镶开山铜。乌金盔，乌金甲，身高膀宽，杀气腾腾。在他身后，有八匹坐骑，一个个怒目相视，手端兵刃，大有一触即发之势。

乐毅一看中了齐军的埋伏，后悔自己决策失误。但是怨无用，悔无益，只好对旁边的孙燕说："后面若有追兵，我们两头受阻，进退不能，有全军覆没的危险。你快到后队去，好对付追兵。"

孙燕领令，拍马向后队跑去。

乐毅安排停当，才上前搭话："来将通名！"

"齐国镇勇将军袁达。乐毅，你走不了啦！"

第三十一回　助乐毅孙燕暗抛九阴针
　　　　　　救袁达解铃还须系铃人

乐毅一听来将是野龙袁达,不禁打了一个冷战。他在临淄就听齐国的遗臣降将说过,袁达彪悍无比,武艺超群,齐国只有孙膑能降得住他。今日遇上袁达,恐怕凶多吉少。于是吩咐众将:"注意保护辎重车辆和囚车。"

二人摆开阵势,正要交手,军兵气喘吁吁地跑到阵前来报:"启禀元帅,田忌领兵抄了我军后路!"

袁达一听,高兴得哈哈大笑:"乐毅,你没想到吧?堂堂齐国并非没有贤能,你想掠夺齐国的财宝,掳了齐国的太子,一走了事,真是白日做梦!留下财宝、太子,袁爷饶你一条性命,如果执迷不悟,性命难保!"

乐毅在马上耸了耸肩膀,使自己镇定下来,口气和缓地说:"袁将军的威名震撼列国,今日能拜见尊颜,三生有幸。燕国并不想与齐国为敌,是因为齐湣王昏聩无道,重用奸佞,疏远忠臣,出无名之师,逼得燕国君死臣亡,国破家败。今日奉燕昭王之命,乐某领兵伐齐,这乃是天意。现在湣王已死,我军立即退兵还朝,这本是仁义之师,请将军能谅解,不要伤了和气。"

袁达听了,啐了一口,说:"好一个仁义之师,你们除掉湣王,是仁义之举,掠夺齐国这么多财物,也是仁义之举吗?湣王之死,罪有应得,太子被囚,他有什么罪过?"

乐毅被问得脸红一阵白一阵,无言可对。

袁达问:"怎么你不说话?"

乐毅说:"休要啰唆,看我取你的人头!"

二马打个盘旋,战在一处。

袁达为何恰在这时堵截乐毅?原来,孙膑将太子田发章打发走以后,又对袁达、王凯、王方、李目诸将说:"潸王昏庸无道,为他保江山犹如为虎作伥,涂炭黎民。你等原来是草莽英雄,国难当头,不如重操旧业。三王田忌离京之时,我曾嘱咐他到天罗山隐居,日后好相见。你们不妨也到天罗山去,躬耕垄亩,自食其力,积粮屯草,招兵买马,以图明主出世,报效国家。"

"徒儿遵命。"袁达等人跪下给孙膑叩头。

"还有一件事情,"孙膑严厉地说,"你们啸聚山林,不同其他的山贼草寇,万万不可抢财掠宝,欺男霸女,伤害百姓。"

"徒儿都记下啦。"

师徒要分手了,袁达这个铁汉子不禁流出了眼泪:"师傅,您行动不便,同我们一同走吧,徒儿好照顾您。"

孙膑勉强地笑了笑:"不必啦,从此我与烽火战乱绝缘,有自己的归宿。你们快走吧!"说罢,让两个书童推着他向一条岔道走去。

袁达一行人等非止一日,来到天罗山,果然田忌早在山里一个山清水秀、树绿花红的村子里住下。众人相见,分外高兴。田忌便指导大家盖房起屋,耕田狩猎,过上了田园生活。周围被战乱所迫的百姓,纷纷前来安家立户,一些在朝中受排斥的将士官兵也纷纷来投,几年时间,天罗山竟有了一万余户、三万多人马。这些兵马在袁达的严格训练下,纪律严明,斗志昂扬。他们虽然服装不同,拳术马功、各种兵器样样娴熟,是一支如龙似虎的精悍队伍。

齐潸王领兵伐燕,杀死孙膑一家四口,袁达闻讯要去报仇,被田忌强行制止。潸王田地被活擒晒死,田忌要出兵报仇,又被众将劝住。最近探马来报,乐毅掠夺了数十车财物,将太子打入囚车,离开临淄要回燕国,田忌和众将都坐不住了。他们一面派探马每日一报乐毅的行动情况,一面研究截夺太子的计策。

这天,乐毅的军队靠近天罗山,田忌当机立断:兵分两路,埋伏于山头和谷底腹部。如果乐毅穿山而行,便以尾代头,追杀燕兵。结果,乐毅失算,竟误入山谷,装进了田忌布置的大口袋里。

书接前文。袁达和乐毅摆开兵刃，各不相让，大战了三十余合，只杀得天昏地暗，尘土飞扬。乐毅渐渐有些支持不住，袁达却越杀越猛。齐兵一看主将必然取胜，催阵的战鼓如同爆豆一般，越擂越猛。袁达瞅准一个空当，正要出奇制胜，手中的开山铜刚刚往起一举，"哎哟"一声，将铜抛到地下，只觉得右膀酸麻，动弹不得。他知道这是中了暗器，赶紧用左手抓住铁环镫，双脚一踹镫，战马唏溜溜一阵长嘶，败下阵去。

袁达一败，齐军便鸣金收兵。乐毅也很纳闷：袁达眼看就要取胜，为何突然扔掉兵刃，败阵而逃？他既然收兵，我也不能恋战。这时已经天晚，乐毅不敢行军，下令就地扎营，安锅造饭。

袁达被救回大帐，请来郎中诊病，郎中看了看膀上的伤势，摇了摇头说："袁将军中了毒器，此伤难治。"

"这是什么毒器？"

"这叫九阴针，只要扎破皮肉，九天以后剧毒攻心，性命难保。"

众人一听，一个个脸色阴沉，唉声叹气，束手无策。

众将守到三更夜半，军兵来报："三王爷回营！"

田忌在山谷口埋伏，将燕军放进山谷后，一阵锣响，杀向谷底，打了燕军一个措手不及。燕军拼命往前奔跑。后来小将孙燕上阵与田忌战了二十余回，不分胜负，各自收兵。晚上，探马来报，说袁达中了暗器，生命垂危，田忌听了十分着急，连夜转山而行，赶来探视。

田忌到袁达的大帐中一看，只见他双目紧闭，牙关紧咬，面紫唇青，昏迷不醒。

田忌问："可是乐毅那匹夫使的暗器？"

王方说："我看不像他，大哥与乐毅交战，越战越勇，乐毅只顾招架，没有还手之力，不曾见他有使暗器的行迹。"

"那是谁使的暗器？"

王凯说："好像有一匹白马，从阵前跑过，那马上端坐一员小将，五官端正，分外精神，似乎在阵前挥了一下手。"

"莫非是他？"田忌自语道。

"是谁？"大家同声问道。

"孙燕。"田忌想了想说，"他是孙膑大兄长的儿子，在督后军时，和我战了二十余回，不分胜负，便收兵罢战。"

田忌真的猜着了。孙燕到后军与田忌战了二十余合，急忙收兵，一来是因为他知道田忌和孙膑过从甚密，不愿伤了和气；二来是他担心前军吃亏，因为辎重车辆和太子的囚车都在前队，因此急忙收兵，跑到前队看个究竟。

孙燕到来时，袁达和乐毅正打得难解难分，他见乐毅渐渐招架不住，便到阵前虚晃一圈儿，掏出九阴针，照袁达甩去。因为在两军阵前，用暗器伤人是件不光彩的事，所以，事成之后，不敢滞留，急忙躲到营中。

田忌一看袁达伤情严重，问郎中："袁将军的性命，难道没救了吗？"

郎中说："解铃还须系铃人，要救袁将军还需找使暗器之人。"

王凯、王方齐声说道："我去找孙燕取药！"

田忌摇了摇头，心里话：你二人武功平常，去找孙燕岂不是上门找死？他嘴里却没好意思这样说，只道："众位先生歇息，明日天亮后再说。"

天将拂晓，淅淅沥沥地下起雨来。这一夜众将都未合眼，眼睁睁地守了袁达一宿。

第二天，雨越下越大。燕军不战不行，按兵不动。齐将踟蹰不安，在大帐里来回转磨磨。这时突然有军兵来报："王爷，营外来了一位夫人和一位公子，要见王爷。"

田忌不高兴地说："让他们走开，这是战场，没有工夫见她。"

军兵说："我等也这样说过，可是那夫人高低不走，说她是你的兄嫂。"

"兄嫂？"田忌思索半晌，想不起是哪位兄长的夫人。

众将都劝道："她来到这险峻的天罗山，必然有要紧事，还是见一见吧。"

"叫他们进来。"

工夫不大，见一位夫人领着一个十几岁的公子来到大帐。

田忌一看，连忙躬身施礼："不知兄嫂驾到，有失远迎，请恕罪。"

李目、王凯、王方等人全都跪下，齐声说道："给师母叩头！"

夫人一一还礼。田忌连忙让座献茶。原来她正是孙膑的夫人苏美荣,那公子是孙膑独生子孙安。

田忌问:"兄嫂为何来到这里?"

"唉,真是一言难尽哪。"苏美荣从头至尾说出了自己颠沛流离的过程:自太子杀宫逃到安平郡王府后,孙膑预感到大事不好,当下带了太子出城逃避,命人把夫人和幼子孙安送到苏岱元帅府中。

苏岱担心邹坡来府中搜查,又把苏美荣母子偷偷送到举州总镇刘帆家中。刘帆是苏美荣的娘舅,因年事已高卸任多年。老妻前年去世,只有自己孤独一人。苏美荣母子一到,刘帆十分高兴,尤其是外孙聪慧可爱,整日围绕在他的膝下,给他增添了极大的乐趣。

刘帆戎马倥偬一生,武艺高强,为人忠厚正直,每日无事,便教孙安练功习武。每天夜里,母亲又教他读书写字,年复一年,孙安文武皆有长进。

燕军伐齐,潜王暴死的消息传来,苏美荣震动很大。她担心燕军来攻打举州。刘帆安慰她:"举州南临强楚,燕军不敢轻举妄动。"果然其他州县被燕军占领,唯独举州平安无事。

后来,又传来太子田发章被俘的消息。苏美荣再也坐不住了。这一天她对刘帆说:"舅父,当年孙膑为保太子,才离开临淄。我母子和他各奔西东。现在太子已落燕军之手,孙膑生死不明,我怎能安然等待?"

刘帆劝道:"现在齐国山河破碎,狼烟四起,你到哪里去找孙膑?再等些日子,稍微平静了再说吧。"

"舅父,我听孙先生说,三王田忌到天罗山隐居,我若找到三王,就能寻到他的下落。"

刘帆不忍她母子离去,借故阻拦。孙安也着急了,说道:"舅姥爷常常教我要报效国家,今日国家沦亡,百姓涂炭,我也该出世立些功劳,将来好立于殿堂,辅佐明君治国安邦。"

刘帆听孙安这番话讲得有志气,有抱负,不好再阻拦,便含泪打点他们母子到天罗山去。

苏美荣领着孙安来到天罗山,方知燕军被引入峡谷,两军正在交战。她见到田忌和诸将,得知孙膑不在这里,于是一阵失望,怅惘的愁丝涌上心头。但她又怕大家看出她的心情,便压抑私情,问起了战事:"三王爷,听说燕军尽入峡谷,进退两难,这回准能搭救太子吧!"

田忌叹了口气说:"我们学三哥的办法,像马陵道降庞涓一样,把燕军收到口袋里,但出师不利,胜败难测呀!"

"这是怎么回事?"苏美荣问。

"昨天袁达与乐毅交战,眼看就要取胜,不幸袁达被暗器中伤,生命垂危。"

"待我去看看。"苏美荣站起身来要看袁达。

这时袁达的面色比昨天更难看,昏迷不醒,呼吸急促。

苏美荣问:"是什么暗器这等厉害?"

"郎中说是九阴针,此剧毒暗器刺伤皮肉,最多能活九日。"

苏美荣着急地说:"这该如何是好,总得想办法救他呀。"

田忌说:"这是孙燕使的暗器,只有孙燕才有解药。可是我们谁也不是他的对手,干着急没办法。"

苏美荣想了想说:"孙燕可是孙龙之子?"

田忌说:"不错,正是兄嫂的侄子。"

苏美荣一听,当下愁云消散,喜上眉梢,说道:"我去找孙燕,让他献出解药。"

众将一听,高兴得差一点儿蹦了起来,异口同声地说:"多谢师母!"

213

第三十二回　挫堂弟孙燕阵前不留情
　　　　　　投刘帆孙安中途遇高人

　　苏美荣要下山讨药，田忌掂量再三，估计孙燕不会对他婶娘下毒手，便叮咛她一番，亲自把她送到山下。

　　这时天过中午，风停雨歇，天晴日朗。燕军正列队出营，孙燕撒马来到山前叫阵。

　　田忌向对面一指："三嫂，那骑白马的小将，正是孙燕。"

　　苏美荣点点头，提缰缓行，独自一人来到孙燕跟前。

　　孙燕勒马横枪，往前一看，对面这匹马慢慢腾腾朝地走来。他心中纳闷，逐渐看清了马上人的面貌，咦？怎么是一位三十多岁的妇人，手中连兵刃也没有，这打的哪门子仗？

　　这时苏美荣已到阵前，望着孙燕微笑着说："对面小将军，你可是孙门之后，我那侄儿孙燕？"

　　"嗯？"孙燕一愣，他横眉立眼，手端银枪，憋着劲儿要猛杀狠刺，被苏美荣上阵来和和气气地一攀亲，刚才那股狠劲儿全没了。他暗自思忖：这位夫人称我为侄儿，她必定是我的婶娘，可是我从未见过这位亲戚呀！于是说道："对面夫人，我们素不相识，此地又非攀亲的场所。你快快回去，叫田忌出来受死！"

　　苏美荣一听这口气，暗道：这个孙燕可够蛮狠的。常言说，恶人怕三句好话，我来慢慢劝他。

　　"小将军，你我虽未见过面，提起家族，你一定晓得。我叫苏美荣，燕国的老公主燕丹老夫人正是我的婆母，孙膑是我丈夫，你不能不是我的侄儿吧！"

孙燕听罢，暗骂田忌：你们齐人真够损的，把我孙家两辈人杀死不算，连我婶娘也不放过，真连一点儿人情都没有。这位夫人确是我的婶娘，我不能六亲不认，我需先礼后兵，劝她回去。于是把枪往乌翅环得胜钩上一挂，双手一抱腕，在马上欠了欠身说："原来是婶娘到此，恕愚侄盔甲在身，不能全礼。"

"贤侄免礼。"

"请问婶娘到此有何吩咐？"

"贤侄，我知道老孙家被齐湣王害得家破人亡，齐燕结仇交战，罪在一人。现在齐湣王已死，奸佞尽亡，就该歇兵罢战，免得无辜的百姓遭殃。所以，婶娘劝你……"

不等苏美荣说完，孙燕打断她的话："军中大事，婶娘不可多管，快快回去吧！"

苏美荣一看，孙燕难以劝转，便说："婶娘再求你一件事，你可答应？"

孙燕不高兴地问："何事？"

"昨日你用九阴针刺伤袁达，他是你三叔的徒弟，看在你三叔的面子上，给些解药救他如何？"

孙燕听了，把眼一瞪："田忌、袁达堵截燕军，欲置我等于死地，他丢了性命，罪有应得，你何必为他们卖命！"

苏美荣一听，气得满腔通红："孙燕，你对婶娘就如此无理？"

"哼！来为齐国求情，莫怪我六亲不认！"

苏美荣气愤地说："六亲不认能将我怎样？"

孙燕不耐烦地说："快快闪开，我有帅命在身，要取田忌的首级！"

苏美荣也不示弱："你先取下我的首级，好去报功！"

孙燕一看，苏美荣也实在难缠，把心一横，拍马往前打个盘旋，伸手把苏美荣抓住，一叫力提到自己的马鞍鞒上，嗒嗒嗒放马跑回燕营。

孙燕放下苏美荣，命军兵好好看守，不准难为她，尔后拍马冲上阵前。

田忌等齐将把这一切看得清清楚楚，虽不知道婶侄说了些什么话，一看孙燕将苏美荣从马上擒走，便断定大事不好。

孙安在半山腰瞭望，一看母亲被擒，心里急如火焚。他也不请战，擅自拍马冲上阵前。也不搭话，抖开一杆亮银枪照孙燕就刺。

孙燕一看这位小将来势迅猛，连忙用枪架住："你不通名，端枪便刺，难道不知阵前的规矩？"

孙安气呼呼地说："我是孙安，你欺负我母亲手无寸铁，算什么英雄？真不知耻！"

孙燕听了，不仅不恼，反而扑哧一声笑了，暗自庆幸，孙家原来还有一条根，于是把孙安上上下下打量了一番，问道："你是我三叔的儿子？"

"那还有假！"

"哎呀兄弟，我是你哥哥孙燕。"孙燕说话很激动、深情。

孙安却余气难消，把枪一收说："你既是我的哥哥，为何把我娘擒到燕营？你不认我母亲，我也不认你这个哥哥！"

孙燕抚慰道："你放心，婶娘到在燕营也安然无恙。你们母子准是田忌胁迫来的吧？"

"不是，是我们来找上门的。袁达将军被你用暗器伤害，母亲十分着急，所以到阵前向你求药，不想你……"

孙燕说："好兄弟，我身为燕军先锋，怎能徇私情，救敌将？再说齐军杀了我孙家四口，我伤他一人，有何不可？"

孙安一看孙燕是王八吃秤砣——铁了心了，同他磨破嘴皮子也没有用，便把亮银枪一端说道："你少卖狼烟，我看你是官迷心窍，六亲不认。你若识时务，快快将我母亲放出来，拿些解药给袁将军治病；你若执迷不悟，咱们就不是弟兄，在此决一死活！"

孙燕暗道：他年纪不大，口气不小。便说："你若胜了我，自然会把婶娘和解药送到齐营。"

"好，一言为定！"孙安摆开枪照孙燕心口就刺，孙燕急忙摆架，二马盘旋，战在一起。

孙安年纪尚小，武艺平常，怎能敌过孙燕。二人打了三四回合，孙安便栽到马下。孙燕手端大枪，用枪头紧逼着孙安的腹部说："看你有多大本事！"

孙安双目紧闭，只等一死。半响不见枪从腹内穿刺，睁眼一看，孙燕拿着枪犹犹豫豫。

"孙燕，你快刺吧！在这里杀了孙膑的儿子，乐毅准给你记一大功！"

孙燕打了个寒噤。"孙膑"这个名字对他刺激太大了：齐军杀死我孙家四口人，现在只留下我们弟兄二人，我们怎能自相残杀？于是把枪往回一收，说："孙安，快逃命去吧！下次再来逞强，别怨我六亲不认！"

孙安满脸羞惭地站了起来，拍拍身上的尘土，不慌不忙地跨上战马，对孙燕说："我母亲交给你了，若有三长两短，我要杀你个片尸不留！"

孙燕冷笑一声，瞅着他拨马逃走，才回到营中。

孙安打马来到齐营，没进大帐，径直向山上跑去。他暗自思忖，他和母亲原来自告奋勇找孙燕要解药，结果都吃了闭门羹，而且母亲被他掳去。如果回到营中，必然受众将的白眼，面子上过不去；再说齐营中谁也救不了母亲，讨不回解药。

他越过天罗山，不知跑了多远，来到一马平川。这该投奔何方？想来想去，举目无亲，只有到举州去找他舅姥爷刘帆。主意拿定，策马直奔正南。

孙安走着走着，见前面大道上躺着一个人。此人横卧路中央，拦住去路。孙平急忙松缰缓行，暗道此人横卧路中，不是死人，便是醉汉。他走近一看，原来是一个道人，他头戴一顶绽开许多口子的破道冠，身穿补丁道袍，手里拽着一把稀稀拉拉的马尾拂尘。往脸上看，骨瘦如柴，面如土色，两道细眉，一对圆眼，塌鼻梁，瘪瘪嘴。特别令人好奇的是，那眼睛和睫毛都是金黄色的。

孙安见这道人又丑又脏，不禁生厌，高声喊道："喂，道长，借个光，让我过去！"

老道原先朝面仰天躺着，听孙安一喊，翻身将背对着孙安，霎时鼾声大作，鼻息如雷，任凭孙安怎样叫喊，老道一动不动。

孙安无奈，干脆下马从右边绕着走吧。他牵着马，刚靠近右边，那老道一个鲤鱼打挺，横在右边。孙安又转向左边，那老道又横卧在左边。如此反复多次，孙安再也忍不住了。

217

"哎,我说老道,你怎么这样别扭?这官道众人走,你为何要拦路堵人?"

老道躺在路上继续打呼噜。

孙安一见与他说话不应,讲理不成,干脆牵马从他身上越过吧。不料,他牵马刚过老道的身体,那马一步也不往前走。他使劲拽缰绳,马也不动。他扬鞭抽马,马也不走。孙安非常纳闷,于是往后一看,他明白了,原来那道人伸出一只手来,拽住了马尾巴。

见此情景,孙安惊呆了。别看这道人骨瘦如柴、弱不禁风,他居然拽住马尾巴,使这匹马动弹不得,可想他的力气有多大!对这位道人小看不得,说不定是世外高人。于是孙安站在老道跟前,恭恭敬敬地深施一礼:"老前辈,恕小生有眼无珠,刚才失礼。请高抬贵手,放我过去。我有急事在身,急着赶路呢。"

老道这才坐起身来,甩开马尾,微微一笑,狡黠地说:"你有什么急事?不就是要和孙燕讨解药,搭救你母亲吗?"

孙安大吃一惊,暗道:我的正事他怎么能知道?于是跪下说道:"老仙师既知道我的心事,必有救我的办法,望老仙师为我解忧。"

"好啦,不要行这样的大礼。"老道爱怜地端详着孙安说,"救你母亲和师兄不难,你得认我做师傅。"

孙安一想,认这样的高人为师,有什么不好?便又跪在地上:"师傅在上,受徒儿一拜。"

"徒儿孙安,起来吧。"

"师傅如何晓得徒儿的名字?"

老道哈哈大笑:"莫说你的名字,我连你祖父、你父亲都知道。"

孙安救母心急,顾不得多问,便催促道:"师傅,快救我母亲去吧!"

"好,咱们这就走!"老道叫孙安骑在马上,跟着他往前走。

第三十三回　灵雾山孙膑父子重相逢
　　　　　　天罗山孙安二次闯燕营

孙安拜师后，跟着老道就往前走。他牵着马也不好意思骑，便对老道说："请师傅上马，徒儿跟着走。"

老道狡黠地笑了笑说："骑马不如步行快，你骑吧！"

孙安哪里敢骑，便跟着老道，牵着马走。没走出三步，老道便蹿到前面了，一眨眼工夫，就不见人影了。孙安连忙上马，紧加几鞭往前追赶。跑了好一阵，才追上老道。

孙安见老道在一棵大榆树下面坐着，他见孙安赶了上来，笑嘻嘻地说："你看，骑马不如步行快吧！"孙安更加崇敬这位高人。

老道步行前面走，孙安骑马后面赶。他们翻过一架山，越过几条河，来到一座陡峭险峻的山谷中，钻进一片松林，林中有天然石阶。老道拾阶而上。

孙安在后面高喊："师傅，您不是去救我母亲吗？来这里做什么？"

老道回头一笑："你跟我走吧，不到这里，救不了你母亲！"

他们上到半山腰中，白云缭绕，云深处隐约有一山洞，洞前栽满奇花异草，几株古松下有几只仙鹤悠闲地觅食、亮翅。石洞上面镌刻着三个大字"云仙洞"。

老道走到洞前，朝里喊道："里面有人吗？出来一个！"

喊声刚落，出来一个道人，二十多岁，眉目清秀，五官端正，一见黄眼睛老道，连忙稽首施礼："不知师公到来，有失远迎，请恕罪。"

黄眼老道一摆手："哪来这么多礼？"

小老道就往里喊："师兄弟们，快出来迎接师公！"

说话间，出来五六个老道。孙安一看年纪大的三十开外，年纪小的也有二十多岁。

黄眼老道往那里一站，众道人一齐上前施礼："拜见师公！"

"这是你师叔，我刚收的徒弟！"黄眼老道指着孙安说。

众道人又给孙安施礼："拜见师叔！"

孙安一看人家的年纪都比自己大，怎好意思给人家当"师叔"？于是还礼道："众位哥哥免礼！"

黄眼老道一听就不乐意啦："嗨！这是什么话，他们应该叫你师叔，因为你是我的徒弟。你应该叫他们师侄，你叫他们哥哥，岂不乱了辈分！"

孙安不好意思地耷拉着脑袋，一句话也不敢说。

"徒孙们，你师傅可在洞中？"

"师傅正在大殿。"

"前面引路！"

孙安跟着众道人来到大殿，见正北莲花台上坐着一位道人，头绾牛心发髻，木簪别顶。身穿一纯灰道袍，巴掌宽的黑护领，白色丝绦。面似银盆，剑眉阔目，颌下五绺长髯。他见黄眼老道进来，微微欠身稽首："参见师叔！"

"兄弟免礼。"

孙安一听这两个老道的称呼，暗道：你方才说我乱了名分，听你们的称呼，更别扭。

"徒儿，上前见过我兄弟！"

孙安一听，可作难了：按他们兄弟相称，我该叫师叔；按他们师德相称，我该叫师兄。这该叫什么好呢？他眉毛一皱，干脆就叫前辈吧！于是上前施礼："晚生参见老前辈！"

"公子免礼！"

黄眼老道在一旁挑开了毛病："徒儿，你称他什么前辈？他是你父亲。"

上面坐着的老道和孙安都惊愕地互相看着。

"你愣着干什么？他就是你父亲孙膑。"黄眼老道又催促道。

"这是真的吗？"孙安疑惑地问。

"你问他去!"黄眼老道向上一指说。

"我正是孙膑。"座上的老道沉不住气啦,问道,"你可是我儿孙安?"

"爹爹!"孙安哇的一声哭着扑上前去,紧紧握着孙膑的手说,"我们母子想您想得好苦哇!"

孙膑虽是出家之人,却被孙安哭声激起一腔眷恋、思念的情怀。

怎么黄眼老道把孙安领到这里来见孙膑,不露神色地让父子团聚呢?原来此人大名鼎鼎,他姓毛名遂,因为他长着一对黄眼睛,外号金眼毛遂。孙膑的师傅鬼谷子是他的师兄。孙膑从临淄逃了出来,遇见毛遂,二人说话投机,毛遂非要和孙膑结为金兰之好。孙膑说,你是我的师叔,如何能结为兄弟?毛遂不依,硬拉孙膑磕头。所以他们之间的称呼很别扭,毛遂称孙膑兄弟,孙膑称毛遂师叔。

毛遂得知孙膑的坎坷遭遇后,送他到灵雾山云仙洞中修炼。毛遂自己到天罗山打听苏美荣的下落,结果他到天罗山时,打听清楚来龙去脉,刚到阵前一看,正遇上孙安败下阵来,一人骑马闯过大营,越山而去。毛遂怕孙安年幼孤单,在路上有闪失,便躺在路上拦截他,与他开了个玩笑,然后领他与孙膑相见。

再说孙安,把他们母子近几年颠沛流离的情况和天罗山齐军计赚乐毅,孙燕用毒器伤人,母亲讨药被掳,孙燕六亲不认等等一五一十地叙述了一番,央求道:"爹爹,只有您亲自出面,才能救出我娘和师兄袁达。"

孙膑沉吟良久,长叹一声说:"如此下去,冤冤相报何时了,四海烽烟几时熄!"

孙安见父亲听了他的叙述,开始激情溢于言表,胸内动荡如涛,进而那激情渐渐平静,最后竟淡漠如常,丝毫无着急的表现。于是问道:"爹爹,您到底去也不去?"

孙膑摇了摇头说:"我已跳出三界,远离红尘,不能下山去参与战事。"

"啊——"孙安满腔热情,被孙膑一瓢冷水浇了个透心凉,半晌说不出一句话来。

孙膑抚慰着儿子说:"儿啊,你莫怪为父心狠,我实出无奈。我与你修一书信，交给你孙燕哥哥，他一定会送还你母，赠给你解药。"

孙安说："爹爹非知，那孙燕已杀红了眼睛，六亲不认，我母亲还被他掳去，就凭您一封书信，他能俯首听命吗？"

孙膑满有把握地笑了笑，令徒儿打开竹简笔墨，一边写信一边说："你燕哥哥是个知书识礼之人，只要你以礼相待，他见了此信定会厚待于你。"

孙安无可奈何地把书信藏好，跪下道别："孩儿十多年未见父亲，这次有幸父子团聚，本该侍奉爹爹几日，怎奈救兵如救火，恕儿不孝，我下山去了。"

孙膑拉着儿子的手，离愁别恨涌上心头。他怨恨战乱使他们夫妻不能团圆，父子不能常见，心里有说不出的酸楚凄凉滋味，半响才嘱咐道："孩子，我孙氏一门中，只有你和燕儿是传宗接代的根，你们弟兄切不可意气用事，伤了和气。"

"爹爹放心，孩儿记下啦。"

孙安拜别父亲，出了洞门，朝山下走去。毛遂一直把他送到山下大路上，指点前程，看着他跨马驰骋，直到背影消逝，才回到云仙洞去。

天罗山中，两军对峙。乐毅急于回燕，多次组织攻山未遂。田忌依靠有利地形，紧守山口，备足滚石弓箭，燕军每次爬到半山腰时，滚石齐下，万箭齐发，燕军伤亡惨重。攻山不成，乐毅又想退出山谷，绕大道而行。可是退路也被齐军堵死。两军只好僵持着。

自从孙安走后，田忌急得坐卧不安。他派人到山外追踪寻觅，都未见孙安的行踪。这一天，田忌正坐在大帐中发愁，军兵来报："三王爷，孙公子回来啦！"

田忌急忙跑出帐外一看，果然是孙安。他扑上去紧紧抱住孙安，说："安儿，你到哪里去了，可把我急坏啦！"

"王叔，您猜呢？"孙安调皮地问。

"唉，我若能猜到，早派人把你接回来了！"

"告诉您吧，我去看家父来着！"

"什么，家父？"田忌以为自己没听清楚，打了个人愣。

"是呀，我找到父亲啦。"

"这是真的?"

"您看,有他写的书信在此!"

田忌接过书信,欣喜若狂,一把拉住孙安的手说:"走,到大帐去慢慢说!"

孙安进了大帐,把自己从阵前逃走,路途所遇,父子相见的情形从头至尾说了一遍。

田忌问:"这么说来,我那三哥他不来相助?"

孙安说:"爹爹说,他出于无奈,不能前来。"

田忌想了想说:"可也是呀,两军交战,一面是齐,一面是燕,就像一人的两只手臂一样,伤哪一方也不好。"

孙安说:"我爹说,把这封信交给孙燕,他一定会放回我娘,赠给解药。"

田忌也满怀信心:"对,你爹的话,他不能不听。安儿,你说这信该如何送去?"

孙安说:"现在我就去燕营中找孙燕哥去。"

"你一人去行吗?"田忌担心地问。

"没问题,爹爹说,只要我以礼相待,多叫他几声哥哥,他是会应允的。"

就这样,孙安未带一兵一卒、独自带着书信来到燕营门,大喊一声:"燕军往里传禀,我叫孙安,要求见哥哥孙燕。"

燕军见齐营中跑来一个单骑,急忙上前阻挡,盘问,然后进大帐禀报。

这时,元帅帐内,乐毅正和孙燕商量突围天罗山的事情,军兵来报:"启禀元帅,从齐营中来了一个单骑小将,自称叫孙安,要求见孙将军。"

孙燕一听,心里骂道:这个不识死活的东西,你又来做甚!那天他放走孙安,回到大帐就向乐毅请罪。当时乐毅微微一笑,色厉词严地说:"本帅念孙将军年少多情,饶过这次,下不为例。你要牢牢记住,在你死我活的疆场上,为各保其主,父子不能尽孝,弟兄不能全义,不可以情盖理,贻误大事!"

孙燕唯唯诺诺地说:"末将记住啦,下次在阵前见到他,绝不放过。"他想自那天在阵前绝情断义后，孙安再不会来见他，现在孙安又闯到燕军营门，这不是成心来找死吗！于是他把脸一沉："将他拿了，推出去斩首！"

乐毅一看，这是孙燕做戏给自己看的，便摆了摆手说："且慢，叫孙安进营上帐！"

孙安被军兵带进大帐，旁若无人，走到孙燕跟前，抱腕施礼："大哥，你好！"

孙燕气呼呼地瞪了他一眼："你来干什么？"

"我是奉父亲之命，前来找你的。"

孙燕听了一激灵，问道："三叔还健在？"

孙安点了点头，把书信掏出来，交给孙燕："这是我爹爹给你写的书信。"

孙燕接过书信，抬头看了看乐毅，乐毅一双犀利的目光正盯着他，孙燕不禁心头怦怦乱跳，赶紧把书信递给乐毅："请元帅先过目。"

乐毅假意推辞："这是将军的家书，本帅怎能看？"

"末将的家事没有丝毫隐情，请看无妨。"

乐毅这才拆封后，详细地阅读起来。

第三十四回　表心迹孙燕断然绑孙安
　　　　　　显身手毛遂悄然盗解药

乐毅读罢孙膑的来信，把信交给孙燕。

孙燕一看，勃然大怒，喝道："把孙安绑了，监禁后营！"

孙膑的信中无非是劝孙燕放回苏美荣，献出解毒药。从此两国息兵罢战，治国安民，不可再干使芸芸众生遭殃的蠢事。

孙燕看了信，暗骂孙膑是孙氏家族中的败类，枉为齐、燕共敬仰的贤臣。当初齐湣王出兵伐燕，杀孙氏两辈人，他不闻不问，更不谴责他们作孽；如今燕国伐齐，大获全胜，他却鼓噪什么罢战息兵，这不明摆着吗，孙膑算什么贤能，他是燕国的叛逆！

孙燕为表示自己忍痛割爱，大义灭亲，将孙安绑了下去。乐毅赞许地点了点头。

"元帅，请给我一支人马，末将趁齐军不备，再去攻山！"孙燕得到乐毅的赏识，要请兵出征。

"好！"乐毅高兴地说，"给你五千人马，打他个措手不及！"

回头再说齐军大帐中，这时田忌正在地上来回踱步，他接二连三地派出探马到燕营中打探，都回来禀报说："孙公子进了元帅大帐，探不出消息！"

田忌在帐内做出种种猜测，把心提到嗓子眼上。他知道孙燕心狠手毒，万一他翻脸不认人，一切希望就会化为泡影。更使他不安的是袁达今大是中毒器的第八天，病情日趋严重，明天搞不到解药，性命难保。还有，孙安是孙膑的唯一希望和寄托，如果有个三长两短，怎样向孙膑交代。

225

他正一筹莫展、心急火燎的时候,军兵来报:"启禀三王爷,孙燕领兵来攻山!"

田忌一听,如五雷轰顶,差一点儿昏了过去。他心里暗道:这回全完啦。真是船破又遇顶头风,怕什么偏碰什么。

军兵见田忌半晌不语,以为他没听清,又说:"启禀王爷,孙燕来攻山!"

"知道了,你啰唆什么!"

军兵悄悄退出大帐。田忌传令:"高悬免战牌!"

不大工夫,军兵又慌慌张张来报:"启禀王爷,免战牌被孙燕砸碎,骂声不止。"

"再换一块!"田忌不耐烦地说。

又过了一阵儿,军兵来报:"启禀王爷……"

不等军兵说完,田忌火冒三丈,他猛地一击桌案:"孙燕砸碎免战牌,再换一块就是,再来啰唆,定打不容!"

军兵硬着头皮说:"王爷,不是孙燕砸碎免战牌……"

"是什么?"

"从后山来了一个老道……"

"一个老道有什么大惊小怪的?轰了出去!"

军兵一着急,语无伦次:"不是老道,不、不,就是老道,他说能帮助我们杀败燕军。"

"啊,"田忌一激灵,忙问,"他在哪里?"

"就在军营门外。"

田忌以为是孙膑亲自下山,来解危急,忙说:"快请!"

田忌说完,领着众将迎出大帐外。这时军兵引着老道走了过来。田忌一看这老道双腿无病,步履矫健,心里凉了半截。走近再一细端详,头上像浇了一盆冷水:这老道衣袍褴褛,骨瘦如柴,相貌奇丑,俗不可耐。

田忌一看,心里老大不高兴:这样一副尊容,叫我出帐迎接,真令人耻笑。可是已经出了大帐,不好再退回去,便不冷不热地说:"这位道长,是你夸下海口,能杀败燕军吗?"

老道把那稀稀拉拉的马尾拂尘一晃,俯首道:"无量佛,正是贫道所言。"

田忌戏谑道："就凭你手中这十来根马尾拂尘，能击败燕军吗？"

"无量佛，能人不可貌相，海水不可斗量。君不闻：没有擒龙手不敢下东海，没有打虎艺岂能上南山吗？"

老道谈吐不凡，田忌不敢肆意戏弄，心里暗想：我先当神仙般地敬奉你，真能杀败燕军，还则罢了；如果来诓骗本帅，非把你碎尸万段。于是恭恭敬敬地谦让道："请道长进大帐，好聆听指教。"

老道一摆拂尘："这还差不多。"

众将跟着老道进了大帐，分宾主落座，军兵献上香茗。

田忌欠了欠身说："刚才本帅失礼，请道长海涵。"

老道耸了耸肩，傲慢地说："君子不记小人过，好说，好说。"

田忌一听，又火了：这像人说的话吗？你有多大本事，竟敢傲视本帅。便沉着脸问："道长仙居何处，仙号如何称呼？"

道人滑稽地一笑说："贫道身居无名山，无名洞，无名道长的弟子，无名道人也。"

田忌一听，气得憋了个大红脸，众将个个怒目相视。

道人一看真的触犯了众怒，忙说："众位不必生气，刚才和大家开个玩笑而已。贫道是鬼谷仙师的徒弟，孙膑的师叔，不过我俩成了磕头弟兄，姓毛名遂，道号金眼道人。"

田忌听了，肃然起敬，因为金眼毛遂的名字传扬很广，他的轻功绝技，无与伦比，神偷奇能，名扬天下。于是田忌连忙站起来，躬身施礼，说道："不知是仙师降临，多有怠慢不周之处，望恕罪。"说着把毛遂让到上座。

毛遂也不客气，往正中间帅位上一坐，说道："贫道肚里咕咕乱叫，请元帅施舍一餐如何？"

田忌看着毛遂的滑稽相，哑然失笑，把刚才两军阵前的忧虑焦急忘得一干二净，连忙吩咐下去："快给仙师备饭！"

工夫不大，端来饭菜。毛遂一看不乐意了："怎么全是素菜淡饭，连一壶酒也舍不得拿。元帅真够小气的。"

田忌一本正经地说："窃闻佛门道士，吃素禁酒，因此不敢贸然备酒。"

毛遂嘿嘿一笑:"君不闻酒肉穿肠过,佛祖心中坐吗?"

田忌说:"好,赶快备酒,增添佳肴。"

一霎时,军兵抱来一坛酒,端上来几盘肉菜。

毛遂这回鼻子眼睛全笑了,瘪薄的嘴唇一咧,说:"这就对啦!"说着,自斟自饮,左一杯右一杯地痛饮起来。

田忌见毛遂酒足饭饱,便试探着问:"请问仙师有何破敌之计?"

毛遂晃晃悠悠地说:"这些事你就别管啦,注意在山豁上多备石头、弓箭,千万别让燕军冲过去。"

"就此破敌之策吗?"田忌不高兴地问。

毛遂说:"此乃上上策。两军交战,必有一胜一负。燕军冲不过这座山,就难以取胜,不胜者,是败也。这不是败敌之计吗?"

田忌想顶撞他几句,可又怕得罪了毛遂,便说:"孙王妃和她的儿子都在燕营中,太子田发章还在囚车内,就是燕军不出这座山,怎能说他败了呢?"

毛遂说:"休要啰唆,贫道多贪了几杯,我要睡觉。"说罢往桌案上一趴,便鼻息如雷,酣睡不醒。

田忌和众将看着毛遂的样子,啼笑皆非,只好任他睡觉。

正在这个时候,孙燕领兵五千,到在山脚下,骂阵讨战。

田忌闻报,比火上房都着急,毛遂酣睡不醒,众将犯了嘀咕。这个说:"久闻毛遂大名,说他身怀绝技,名震列国,今日一见,原来不过是一个贪吃贪睡的道人。"哪个说:"我看他全无道家之风范,说不定是个骗子!"还有人说:"这个老道一点儿本事也没有,不如早早赶出营去!"

毛遂突然止住鼾声,把眼睁开怒目一扫说:"你们要把我赶走,燕军谁去破?孙王妃和我徒弟谁去救?解药谁去取?"

田忌连忙道歉:"仙师开恩,都怨他们见识短浅,少见多怪。仙师别往心里去,请到榻上休息吧!"

"这倒像人说的话。"毛遂看了看田忌强捺怒火的神情,说,"燕军不是来骂阵讨战吗?你们不必理他,他若攻山,你们就用石头砸,弓箭射,不让他们过山,贫道就有办法。"

田忌趁机问:"仙师打算如何降敌?"

"你就别管啦,明天太阳一出,贫道准把解药交给你,让孙夫人和我那徒儿孙安安然回营。"

田忌见他说话口气很硬,也不好说别的,只好说:"请仙师歇息吧!"

毛遂又趴在桌上,头抵手背,呼呼噜噜地打起了鼾。田忌和从将到别的军帐中议事,让军兵守着毛遂。

毛遂一觉醒来,约有二更时分,一看众将都不在跟前,只有两个军兵坐在军帐门口呼呼睡觉。他便蹑手蹑脚地出了大帐,两脚一用功夫,嗖嗖嗖地蹿入燕军营中。

这时燕帅大帐中,灯火通明。毛遂靠到帐前窥视,乐毅和孙燕正在议论战事。

乐毅说:"我军自出征以来,势如破竹,所向无敌,半年时间攻克七十余城,万万没料到大江大海都闯过来了,竟在这牛蹄坑内翻了船。"

孙燕说:"其实占领天罗山的这些齐将没多大能耐,只是地形有利,牵制了我们。"

乐毅叹了一口气说:"这都怨本帅大意,钻进了牛犄角。"

孙燕说:"元帅莫愁,那袁达天明死期已到,袁达一死,齐将必然把精力用在操办丧事上,而且军心浮动。我们乘虚而攻,定能成功。"

乐毅说:"袁达死期即到,齐将都虎视眈眈地盯着你的解药,你千万不可大意呀!"

孙燕得意地笑着说:"元帅放心,这药就在这里。"他指了指自己的头盔说,"万无一失,除非齐将砍下我的脑袋。"

乐毅笑了笑说:"好,天气不早啦,快回帐休息去吧,养足精神,明日好战。"

"遵命!"孙燕乐颠颠地回到自己帐中,卸下盔甲,倒头便睡。

他哪里知道,墙内说话,墙外窃听。刚才乐毅和孙燕所讲的话,全被毛遂听去。孙燕离开元帅帐,毛遂尾随其后。他将身形隐在暗处,单等着孙燕睡熟,好动手偷解药。

第三十五回　先得手白猿盗药鬼不知
　　　　　二进宫毛遂劫人天不晓

孙燕鞍马劳累一天，又年轻贪睡，往床上一倒，很快便进入梦乡。

毛遂听帐内发出均匀的鼾声，门口守卫的军兵也鼾声大作，这才高抬脚，轻移步，敛声屏息地摸入大帐。他定睛一看，孙燕的头盔就在桌案上放着，不禁大喜。他近前抄起头盔就往外走，心里暗道：孙燕，你真是初生牛犊不怕虎，雏燕凌空恨天低，解药我已盗走，你自己做好梦去吧。

毛遂自以为，孙燕的解药就在头盔之内，急于想看个究竟，便来到僻静之处，趁着月光，伸手往头盔里乱摸。他里里外外摸了几遍，哪里有什么解药？他低头一想：噢，对啦，即使有药，也不会放在头盔外面，准是缝在头盔里面。于是从腰间解下牛耳尖刀，刺啦一声把头盔的衬布挑开，伸手一摸，什么也没有，再挑一刀，还是一无所有。他左一刀，右一刀，把头盔的衬布划成了一堆碎片，仍然一无所获，孙燕刚才明明指着他的脑袋，说药就在这里，怎么会没有呢？啊，他想起来了，孙燕还说除非割下他的脑袋，否则得不到解药。当然脑袋里不会装药，发髻内倒能藏药。想到这里，他以手击头，自言自语地说："我真蠢，竟没想起解药在发髻内。"

毛遂二次又进孙燕的军帐，他敛声屏息地到床前一看，连个人影都没有了。他到哪里去啦？毛遂百思不解。他离开军帐，仰首一观天色，天将黎明，灰心丧气地叹了一口气，唉，今日没有得手，只好晚上再说，于是匆匆回到齐军大营。

毛遂原来想偷偷溜回大帐，继续装睡，以遮众将耳目，免得受别人的奚落。可是他一进大帐，被眼前的情景惊呆了：一边绑着孙燕，一边床上坐着袁达，田忌和几位将领正和一个客人说话。

毛遂走近一看，只见此人骨瘦如柴，两腮无肉，一双圆眼，眼圈发红，目光犀利，头发、两鬓和手臂上长了很长很长的白毛。此人毛遂认识，心里全明白了：准是他戏耍了我。于是上前稽首道："白老弟，别来无恙！"

"啊，原来是毛兄到啦，请坐。"

毛遂沉着脸说："想不到老弟不宣而至，让我金眼毛遂栽到你的手里！"

"老兄何出此言，小弟帮你把孙燕背了回来，理当酬谢小弟才是。"

毛遂气呼呼地"哼"了一声，转身就走。

田忌一看这场面很尴尬，便走出帐去劝阻毛遂。

"元帅不必阻挡，这位毛老兄争强好胜，他另有所图。"

这位不速客是何许人？前书已经交代，他就是孙膑在云蒙山学艺时遇到的偷桃人白猿。后来孙膑下山，白猿拜师学艺，一别二十多年。近日，白猿打听到孙膑入云仙洞修身炼丹，便来拜访。孙膑把自己半生坎坷全告诉了白猿，白猿为他流了不少眼泪。那天毛遂和孙安刚走，白猿得知天罗山齐兵遇难，便辞别孙膑，想到天罗山助齐军一臂之力。

白猿到了天罗山，已经三更半夜。他不便打扰齐营军兵，便只身潜入燕营观察地形、兵力。

这时，毛遂刚从大帐中偷出孙燕的头盔，鬼鬼祟祟到僻静处看个究竟。白猿便神不知鬼不晓地跟踪追迹。毛遂没有得到解药，自怨自叹，白猿心领神会，返身来到孙燕的军帐前，掏出八步断魂香，点燃后放入帐内，把孙燕熏蒙后，潜身入内，背起孙燕就跑。他一口气跑到齐军营前，高声大喊："快开营门，放我进去！"

军兵挑灯一看，此人怎么三分像人，七分像猴，是人是怪，辨别不清，便问："你是何人？"

"快去禀报，就说有人送来解药。"

军兵一听"解药"二字，眼前一亮，忙去禀报田忌。

田忌正和众将在大帐中议论毛遂。他们这个一言，那个一语，其说不一。有的说，毛遂是个冒牌货，进大营为的是骗一顿饭吃；有的说，或许他是燕军派来的奸细，探明军情，半夜逃走。大家正议论着，忽然军兵来报："启禀元帅，营外有人来送解药。"

田忌喜出望外，忙问："可是半夜逃走的老道？"

军兵摇了摇头说："不是，像个猴子，长一脸白毛，还背着一个死人。"

众将一听，好生奇怪，最近怎么连连出现怪事？大家怕其中有诈，都手持宝剑、腰刀迎出帐外。

田忌对军兵说："叫他进来！"

白猿背着孙燕进了大帐，把孙燕往地上一掷说："解药就在他的发髻内，快动手取吧！"

田忌一看，躺在地上的，正是战不胜、劝不降、切齿痛恨的孙燕，不禁大吃一惊。再看看这位不速之客，身矮人瘦，满脸白毛，更觉奇怪。便问："请问大仙，怎么将孙燕背到齐营？"

白猿摆了摆手说："什么大仙、小仙，我叫白猿，是个凡胎俗子。孙膑是我的结拜兄弟，因此我前来帮助众位解难。快快寻找解药，救人要紧。"

这时有人惊喜地说："解药在发髻里。"

白猿说："取少许药来，用水给袁将军服下。"

这解药确实灵验，气息奄奄的袁达服下解药，顿时睁开双目，渐渐嘴唇微动，断断续续地吐出了几个字："我……怎……么啦？"

田忌和众将都欣喜若狂，欢呼雀跃，把白猿围在当中，问长问短，这时毛遂空着两手回到大帐。他一看这情景，便知道他的"买卖"被白猿截夺了，顿觉脸上无光，自惭形秽，于是急忙转身奔出齐营。

天色大亮以后，乐毅在元帅帐前点卯。

第一个点到的是先锋官孙燕。

乐毅叫了一声，没人答应，又喊第二声："先锋官孙燕！"

还无人答应，乐毅就着急了。因为古代军营中，纪律森严，两次点卯不到，要打四十军棍，三次点卯不到，就要杀头，所以乐毅不敢再点三卯了。他向周围众将:"你们可知道先锋官到哪里去啦?"

众将面面相觑,良久没人答言。

乐毅抽出一支金钕令箭,命令军兵去调孙燕。

过了好一阵工夫,军兵来报:"启禀元帅,我等到先锋帐及营门内外访查,都不见孙将军的踪影。"

乐毅一听,惊颤不已。他预感到问题严重。孙燕对燕国忠心耿耿,对齐国的仇恨如山高海深,绝不会背叛燕国;要出问题,恐怕是齐人深夜偷袭军营,孙燕被挟持而去。可是偷袭军营,总该有些动静吧?

乐毅失去孙燕,如同失去右臂左膀,当务之急是先寻找他的下落,于是命各将速速回营,查访孙燕的消息。

众将散去,回营细细访查,然后陆续到元帅帐内禀报。

"禀报元帅,不见孙将军的踪影!"

"禀报元帅,没见先锋官!"

"禀报元帅,末将营中也没有!"

"禀报元帅,大事不好!"乐毅神色沮丧地正听众将反馈,突如其来地有人这样一报,乐毅打了个愣怔,急问:"又出了什么事?"

"苏美荣和齐将孙安也不见啦!"

乐毅如迎面挨了一掌,身子往后一倾,倒在虎皮帅椅上。他想,孙燕和苏美荣母子同时失踪,绝非偶然。齐营中不会有这样的高人把他们一齐弄走,莫非孙膑二次下山不成?想到这里,不禁心慌肉跳。

乐毅正在惊魂未定的时候,耳听得炮声震耳,战鼓雷鸣。军兵来报:"田忌来到阵前辱骂,要元帅出营与他决一死战!"

乐毅无奈,只好披挂整齐,领了三千燕兵,跨马提枪来到阵前。他闪目观看,只见田忌威风凛凛,今非昔比。他身旁有从将相随,从左到右一看,有小将孙安,四王田文,大将军袁达,副将王方、王凯等人。

田忌在马上说:"乐毅匹夫,你朝这里看!"用手一指,军兵推上一人,五花大绑捆着,耷拉着脑袋,乐毅一看,正是孙燕。

乐毅一切都明白了,就是不知道孙安是怎样逃出去的。其实,在拂晓之前,毛遂从齐营中出来,径直奔向燕营。他盗解药失算,回到

233

齐营一看，白猿已将孙燕背回大帐，自觉脸上无光，愧对众将，便返身去救孙安及其母亲。

那时候，正是黎明前的黑暗。毛遂摸到燕营，顺手抓到一个巡逻的燕兵。他一手揾着军兵的颈项，问道："孙安监押在哪里？"

军兵初时不说，毛遂稍一叫劲，军兵就憋得出不上气来，赶紧如实相告。毛遂把那军兵的腰带解了下来，噌噌噌，把他双臂反剪，捆绑结实，又从军兵的衣服上扯下一缕布片，塞到军兵嘴里，这才奔向军兵指定的地方。

苏美荣和孙安分处监押，相离不远，都有两名军兵看守。毛遂急中生智，把附近一垛草放火点着，扯旗放烟地高喊："所有军兵，快来救火！"

看守苏美荣母子的军兵正在打盹，一看草垛起火，揉揉眼睛，忙去救火。毛遂趁人乱之际，牵出两匹马来，闯进茅棚，将孙安母子救出来，二人一齐上马，毛遂步行，直奔齐营。这时，乐毅正点卯，急于寻找孙燕，不提防有人劫走了孙安母子。

白猿抓来孙燕，救醒袁达，田忌和众将无不欢欣鼓舞，士气大振，他们正议论围歼乐毅的战术，突然见苏美荣领着孙安进来。大家喜出望外，见过礼后，田忌问："兄嫂受苦啦，你们母子是如何逃出燕营的？"

苏美荣把毛遂潜入燕营搭救他们母子的情况说了一遍。田忌说："毛仙师真是神人也，快快请来相见。"

田忌和众将迎出门外一看，哪有毛遂的影子，询问军兵，才知道他从燕军营中出来，路过齐营，未进大帐，径直翻过天罗山，不知向何处去了。

田忌命王方赶快去追赶，请他回来。

孙安连忙制止："王叔不必费心，我师傅疾步如飞，谁能追得上；再说他既不贪功，又不争赏，故意不辞而别。"

田忌长叹一声，忏悔地说："都怨我们有眼无珠，对毛仙师失礼。"

这时四王爷田文说："三哥，现在我们将齐兵勇，快取掉免战牌，打乐毅一个措手不及！"

田忌想了想说："对，先挫挫乐毅的锐气！"于是点起兵马，一齐到两军阵前耀武扬威。当时，袁达刚刚苏醒，身体虚弱，也要上阵去。

田忌再三劝阻，袁达高低不从，他说："让乐毅知道，暗器没有将我致死，他的性命就难保！"

田忌只好同意，将袁达搀上马，一同到在阵前。

第三十六回　出奇兵田文大摆火牛阵
拜孙膑乐毅猛悟超红尘

乐毅来到阵前，看到孙燕被掳，孙安母子回到齐营，袁达转危为安。再看田忌，昂首挺枪，在马上傲然端坐，不禁锐气顿减，威风扫地，于是对田忌说："两军阵前，兵刃相见，争个高低上下，才是大将风范。你们偷鸡摸狗，将孙燕掳去，算什么能耐？"

田忌嘿嘿一阵冷笑："两军阵前本该较量武艺，用毒器伤人，难道是大将风范吗？"

乐毅面红耳赤，恼羞成怒，说道："你少啰唆，放马过来，与你决一死战！"

田忌撒马向前，二人战在一起。

乐毅把齐营的战将用眼一扫，心里掂量，只有袁达比自己力大艺高，其余田忌、田文、王凯、王方等等都不是自己的对手。袁达还在病中，看他面黄肌瘦，强打精神，难以上阵，所以他敢与齐军较量。

田忌年事已高，和乐毅战了十余合，便觉得难以招架。乐毅颐指气使，越杀越猛。齐军一看田忌要吃亏，四王田文急令鸣金收兵。

乐毅和田忌各回营中，从此歇兵数日不战。

乐毅在营中，烦躁不安，一筹莫展。这一天，月明星稀，万籁俱静。他走出大帐，仰观月光，低首长叹，一缕愁丝缠绕心头，不禁信口低吟："征篷千里，何时归期……"

忽然，远处一片嘈杂声，一片火光向前滚动。乐毅正纳闷，火光亮处，既无营房又无积草，焉能起火？这时军兵气喘吁吁地来报："启禀元帅，大事不……不好啦！"

"何事惊慌？"

"前面不知何物，哞哞乱叫，身上带着火团向我营地冲来。"

"待我一观。"

乐毅顾不上穿甲戴盔，跟着军兵到前面一看，燕营中慌作一团，乱成一片。只见一群凶猛的牦牛，角上绑着利刃，尾上拖着火把，发疯般地向燕军冲来。那牛看见军兵就用角抵，军兵跑到哪里，它追到哪里。牦牛所过之处，易燃物顿时起火。燕军躲避不及，死伤无数。帐篷、草料被火燃着，烈焰冲天，浓烟滚滚。军兵只顾逃命，不敢救火。

乐毅知道，这是火牛阵，忙传令，赶快撤退。说着话，齐兵如洪水般地涌了过来，见人就杀，见马就砍。燕军中喊声、哭声混成一片。那腿快的逃出性命，迟钝的死在营中，乐毅领着残将剩兵逃到对面山林中，十万军兵死伤过半，草料全部被烧毁或丢弃。

燕军损兵折将，篷毁粮丢，将心浮动、士气低落。乐毅大骂孙膑，他估摸孙膑就在齐营，大摆火牛阵，其实他猜错啦，这火牛阵是四王田文一手操练的。

齐军把乐毅引到天罗山谷，初战失利，田文对田忌说："三哥，虽然天罗山地形有利，一夫当关，万夫莫开，可是乐毅和孙燕武艺高强，人多马壮，力敌难以取胜，只能智擒。"

"如何智擒？"田忌问道。

田文便把大摆火牛阵的想法说了一遍。田忌欣然同意，便让田文带领一千军兵，从各地挑来五百头健壮的牦牛，牵到一个峡谷中训练。

他们给牦牛角上捆绑上一对尖刀、牛尾上拖着浇油芦苇，点燃芦苇，哄牛疾跑。然后又用布缝制成燕兵的模样，腹内装着草料，前两三天不喂牛草料。到牛饿急的时候，突然把牛放开，那饿疯了的牛如猛兽一般扑向布人，用角抵破布人，露出草料，吃上几口，又去抵人。训练好以后，待机而动，果然一举成功。

乐毅被齐军的火牛逼进丛林莽原中，粮尽草绝，军兵只好挖野菜、摘野草度命。乐毅一面鼓舞士气，加紧操练，一面派人回燕国搬兵，求援粮草。

就这样挨过了一个多月。有一天，突然军兵来报："钦差大人到！"

乐毅一听，喜气洋洋地迎出帐外，原来这位钦差是燕昭王的宠臣，名叫齐介。

"乐元帅，久违啦！"齐介一见乐毅，先上前施礼，谦恭问候。

"齐大人一路跋涉，不畏辛苦，恕我失礼，未曾远迎。"

"乐大人转战南北，劳苦功高，下官怎敢劳您大驾。"

"齐大人谬奖啦！"

"哈哈哈……"

二人说笑着进入大帐，分宾主落座后，乐毅问道："我军被困多时，大人可曾运来粮草？"

齐介立即收回笑容，阴沉着脸说："大王不曾叫下官运押粮草，只命我送来一封书信和一口天子剑。"说着把书信和剑交给乐毅。

乐毅把天子剑恭恭敬敬地放在桌案上，然后打开包裹，取出竹简。

乐毅一看书信，身上顿时沁出了冷汗，面色陡变。他颤颤抖抖地说："大王误会乐毅了，书中所言，全是捏造！"

齐介假装大吃一惊："乐元帅，此话是什么意思？"

乐毅颤抖着把竹简推给齐介。齐介一看，上面写着：

奉天承运，乐毅伐齐虽劳苦功高，但居心叵测。据悉乐毅拥兵立国，南面称王，大逆不道。为整军肃纪，今命上将齐介接替乐毅。赠乐毅天子剑一柄，自裁绝命，不得有误！

钦此。

其实，齐介对书信的内容早已知道。自从乐毅率兵伐齐后，每战必胜，喜报传到燕国，燕昭王喜不自胜，在众臣面前常常褒奖乐毅，并封他为齐王。

乐毅身受殊荣，引起一班嫉贤妒能官员的不满，背后常常议论，欲将乐毅排斥在朝外。于是他们不断在昭王耳旁吹风。有一次，他们将一个亲信扮作燕兵，从阵前逃回，谎报："乐毅拥兵齐境，自立为王，将燕兵全改换了服装旗号。"

燕昭王一听，勃然大怒。他宣众臣上殿议事，那些嫉妒乐毅的大臣争着说乐毅的坏话。

有的人说:"乐毅自立为王后,招降纳叛,扬言要再灭燕国,壮大齐军,吞并中原。"

有的人说:"乐毅制作灭燕的歌谣,令儿童传念,齐国一片反燕之声。"

燕昭王听了,气得三尸暴跳,七窍生烟。他欲兴兵讨伐乐毅,又怕战不过乐毅,正当他暴跳如雷,无计可施的时候,乐毅派人到蓟城求援粮草。昭王一看,时机已到,便立即写了一封书信,摘下天子剑来,交给宠臣齐介。

齐介到了燕营,装作不知书信内容。乐毅把书信交给他看了以后,齐介佯装同情乐毅,埋怨昭王说:"大王定是听信了奸佞的谗言,冤枉了元帅,我怎能接受兵权呢?"

乐毅说:"现在燕军被困,多日来粮尽草绝,如果齐将军接管兵权,乐某倒可轻松一些。"

齐介一听兵败粮绝,困境难离,急忙推辞:"乐元帅,下官实不知大王的旨意。兵权我无论如何也不能接,请你好自为之。我告辞啦!"

"齐大人,你要到哪里去?"

"我回燕国,禀明昭王,为元帅申冤!"

乐毅一听齐介要为他申冤,便说:"大人有此美意,乐毅感激涕零,请受乐某一拜!"

乐毅把齐介送走,抬头一看,红日西坠,晚霞满天。他无心观赏这彩云山色,回到大帐,又读了一遍诏书,抚弄了一阵天子剑,心头涌起一阵凄凉、悲伤的感情,于是信步走出大帐外面。

他踏着霞光向前无目的地走去,不知走了多长时间,来到一片开阔的旷野,只见天上浮云似火,残阳如血。他喟然长叹道:"功过有何用?难免刀下亡。舍身全大义,救得众儿郎。"

乐毅念罢,右手扬起剑来,挨近咽喉,就要闭目自刎。在这千钧一发之际,忽然有人高声喊道:"乐毅将军且莫动手!"

乐毅连忙放下剑,回头一看,只见前面有一群人向他走来。他仔细一看,中间一辆推车,车上端坐一人,道人打扮,面如满月,目似朗星，三缕长髯在胸前飘洒，年过半百，精神矍铄。车左面站着一个道人，骨瘦如柴，衣衫褴褛，塌鼻瘪嘴，车右站着的也是一个道人，脸上长满白毛。

"你们是何人？"乐毅问道。

"贫道孙膑！"

乐毅一听孙膑二字，气炸肝肺，血贯瞳仁，骂道："姓孙的，你枉为燕国子孙，本帅为你孙氏报仇伐齐，你却敌友不辨，认敌为友，干出了仇者快、亲者痛的事来，害得本帅走投无路……"

"乐元帅，贫道早与尘世隔绝，征战厮杀从不参与，怎能责怪于我？"

"哼！你说得好听！我来问你，是谁掳走孙燕，救活了袁达？"

"是我，名叫白猿！"

"是谁救走你夫人和儿子？"乐毅又问。

"是我，贫道毛遂是也！"

"火牛阵一定是你摆得喽！"乐毅满有把握地说。

孙膑淡然一笑："贫道刚刚下山，来到这里，怎知火牛阵的底细？"

乐毅气急败坏地说："好，既然天罗山一战与你孙膑无关，我拔剑自刎与你何干？"

孙膑说："贫道以为，此举不是大丈夫所为！"

乐毅悲愤地说："我虽为燕国出生入死，屡建奇功，但有国不能投有家不能归，只有死路一条。"

孙膑听了，哈哈大笑。

乐毅恼怒地扬起剑来，指着孙膑说："你为何狂笑？是耻笑乐某无能！"

孙膑说："乐元帅乃是燕国安邦治国的贤能，贫道怎能耻笑元帅无能？"

"你为何发笑！"

"我笑乐元帅聪明一世，糊涂一时。你能胜齐军千军万马，却败在几个燕国奸佞手中。"

乐毅听了，不解其意，问道："此话怎讲？"

孙膑说："窃闻燕国奸佞嫉恨你功高赏厚，才妄加罪名，蒙蔽昭王。你如果轻生一死，岂不中了奸佞的圈套。"

乐毅听了，敌意顿消，忙问："孙先生怎知燕国详情？"

孙膑笑着说："不瞒你说，刚才贫道截住齐介，是他讲了实情，贫道怕元帅误中奸计，特来相劝。"

乐毅如梦方醒，自语道："原来是这样。"然后对孙膑说，"请先生为乐某指一条明路。"

孙膑说："放下屠刀，立地成佛。跟贫道跳出三界处，修身养性，落个六根清净，与世无争，岂不善哉！"

乐毅连忙跪倒磕头："谢先生指点！"于是将天子剑一掷，回到营中，放出齐国太子田发章，遣散燕兵，跟孙膑离开天罗山，遁为道人。

后 记

母亲白佩玉（1938—2018），原名白文杰，回族，生于河南开封。15岁时为逃避继父安排的婚姻，她独闯津门，投奔天津其姑姑家，其姑父王本林是书曲艺人，擅太平歌词，也因此成为白佩玉的启蒙老师，白佩玉不久便能登台与其表弟王双福说相声。

1953年，王本林率全家到东北找演出机会，到了沈阳北市场，附近的茶馆每天有西河大鼓名角李春芹的演出。母亲白佩玉被书曲中的故事和西河大鼓的韵味及表演者的气质深深打动，从此迷上西河大鼓艺术。每天偷偷听书的她，终于被李庆海、李春芹夫妇发现，母亲索性提出学艺的请求，但是由于当时不兴拜师收徒，李庆海、李春芹夫妇很喜爱她的外貌及灵气，便传其学艺。从此白佩玉学会了《草船借箭》《白猿偷桃》等小段儿，很快就能登台演出。

许是机缘巧合，中国曲协主席陶钝来沈阳北市场瑞生茶社听书，白佩玉与李春芹同台演出对口大鼓，母亲一时紧张，不慎将茶馆的茶壶打落在地，李春芹给打了圆场。陶钝主席了解情况后说，新社会的师生不似旧制度的师徒，老艺人有责任为国家培养新人，并亲自主持了母亲的拜师仪式，由李庆溪、霍树棠、徐振东、程福浓为引见师。李庆海、李春芹夫妇原有单田芳、黄佩珠二徒，便用单田芳的"田"字，为母亲改艺名为白田玉，李庆溪认为用黄佩珠的"佩"字更好，将艺名改为白佩玉。

此后白佩玉书艺大进，学会了《英烈春秋》《银盒春秋》《大隋唐》《征东》《征西》《薛刚反唐》《五代残唐》《杨家将》《呼家将》等长篇大书，她还向王起仁学习了《明英烈》等书。母亲虽然文化不高，但是十分用心学习，认真记录了这些书的"书道子"，后来成为整理这些传统大书的第一手资料。

也许是最后一个亲传弟子，没有子女的李庆海、李春芹夫妇对这个小弟子十分偏爱，在后来的若干年，先为母亲白佩玉选婿，又把相继出生的我们姐妹三个接在身边抚养。从我记事时起，父母对老人的称谓是伯、娘，而我们一直叫二老为姥爷、姥姥。

1969年全家下乡，在新民县于家窝棚务农，但母亲从未怨天尤人，还在农村入了党。后来我问她，从一个演员到农民这种落差是如何调整过来的，如果政策没有改变，一生为农怎么办？她回答得很简单：我本来就是农民的女儿，一辈子务农也没什么了不得的。

1972年全家回到沈阳，母亲开始应邀到沈阳电台说书，先是小部头的评书《岳飞的童年》，后来又播了长篇大书《无盐娘娘传奇》（即《英烈春秋》）。1983年退休后，她致力于传统评书的整理工作，先后出版了《薛雷扫北》《唐宫女祸》《五代演义》《残唐演义》《天下第一棍》《无盐娘娘传奇》《万仙阵》《回龙传》《大唐三侠》《义侠萍踪》等长篇大书，是当时沈阳出书最多的评书艺人，因此也与春风文艺出版社的曲艺编辑耿瑛建立了深厚的友谊。

2018年8月4日傍晚，母亲弥留之际，我和二姐守在身边，此时看到了师弟洪兆宇发来的消息，二姐俯身对母亲耳边说："耿瑛叔叔中午走了，您不是总遗憾还有书没有出版吗，或许在天堂相遇，他还能帮你编辑呢！"说完，母亲突然有一瞬间很强烈的反应，长舒一口气，当晚安详离开。

原以为二姐的话就是对母亲未了心愿的一个安慰，没想到事隔不久，耿瑛叔叔的女儿耿柳就让我寻找《孙庞斗智》的遗稿。我去母亲家翻母亲遗物时，保姆正要把这部发黄的手稿扔掉，或许冥冥之中这部手稿就不该丢失。但是因为保管不善，手稿还是少了数页，后烦请曲艺家郝赫补上了缺失的部分。感谢《中国传统评书出版抢救工程丛书》，让母亲夙愿得偿，也让我们倍感欣慰！

王兰兰
2023年1月